Satansbraten

Miko-Verlag
Lesen&Kunst

Buch

Karin Berger ist erschüttert. Bei ihr wurde eingebrochen. Als Schutz vor erneutem Diebstahl schafft sich die knapp fünfzigjährige Lehrerin einen Hund aus dem Tierheim an. Hätte sie geahnt, wen sie sich da ins Haus holt, wäre sie vielleicht vorsichtiger gewesen. Vielleicht aber auch nicht, denn von nun an wirbelt die bildhübsche Hündin Molly das Leben ihres Frauchens tüchtig durcheinander und Karin muss sich täglich neuen Herausforderungen stellen.

Das Wort Langeweile hat von nun an keinen Platz mehr in ihrem Leben, und während Karin versucht, die Macken ihres Vierbeiners zu beheben und gleichzeitig den Einbrecher zu entlarven, muss sie sich als Kupplerin, Seelenklempnerin und Freundin behaupten.

Sie lernt durch Molly interessante neue Leute kennen und hat plötzlich so viel um die Ohren, dass sie dabei fast den richtigen Mann für sich verpasst.

Autorin

Beatrix Lohmann wurde 1960 in Trier geboren. Sie arbeitet als Lehrerin, schreibt unter ihrem richtigen Namen Kinderbücher und lebt mit ihrem Lebensgefährten und zwei Hunden im Hunsrück.

Beatrix Lohmann

———————————————

Satansbraten

Humorvoller
Roman

Miko-Verlag
Lesen&Kunst

1. Auflage 2015
2. Auflage 2016

Copyright © 2016 bei
Miko-Verlag
Lesen & Kunst
Hauptstraße 43
54314 Greimerath

Umschlaggestaltung: Niclas Treinen
ISBN: 978-3-946304-01-2

www. Miko-Verlag.de

Inhalt

»Natürlich kann man ohne Hund leben.
Es lohnt sich nur nicht.«

-Heinz Rühmann-

Für Emma und Maxi

Ein Unglück kommt selten allein

So ein Mist!

Ständig geht hier irgendetwas kaputt.

Ich stelle meine Einkaufstüten ab und versuche mit beiden Händen den Hausschlüssel ins Schloss zu drücken. Es klappt einfach nicht. Langsam werde ich sauer. Ich schaue an der Hausfront hoch, als wäre dort die Lösung des Problems zu finden.

Doch es ist alles wie immer. Die Fassade mit dem hellgrauen Reibeputz und den weiß abgesetzten Fensterlaibungen, die beiden mit lila Petunien bepflanzten Blumenkästen und die Hausnummer. Alles ist genau so, wie es sein soll. Also stochere ich weiter im Schloss herum und murmele:

»Nun mach schon, du dämliches Ding!«

In diesem Moment lässt sich der Schlüssel endlich ins Schloss stecken.

Na, also. Geschafft! Doch ich habe mich zu früh gefreut.

Das Schloss gibt ein unschönes Knirschen von sich und der Riegel schnappt mit einem viel zu lauten Geräusch zurück.

»Deine Tage sind gezählt, Schloss«, knurre ich und greife nach den Tüten. Ich schiebe die Tür auf und bleibe abrupt stehen.

So habe ich mein Haus heute Vormittag definitiv nicht verlassen. Erschrocken starre ich in die Diele.

Dort sind Kleidungsstücke auf dem Boden verstreut, die Schubladen der Garderobe hängen halb aus der Führung und der Garderobenschrank steht offen.

Vor meinem geistigen Auge nimmt das Bild eines maskierten Mannes mit einer Brechstange in der Hand Gestalt an und Panik schlägt über mir zusammen, wie eine Welle.

Mein Gott! Es ist jemand im Haus.

Augenblicklich bleibt mir die Luft weg.

Im Bruchteil einer Sekunde lasse ich die Einkaufstüten, meine Handtasche und den Schlüsselbund fallen. Dann rette ich mich mit einem rekordverdächtigen Satz vor die Tür und laufe in Richtung Straße.

Mein Herz klopft bis zum Hals und mir ist, als müsste ich ersticken. In unserer ruhigen Wohngegend habe ich mich all die Jahre immer völlig sicher gefühlt. Nicht im Traum hätte ich geglaubt, dass es einmal mich treffen könnte. So etwas passiert doch immer nur den anderen.

Ich bin fassungslos.

»Atmen Sie ruhig, Frau Berger«, höre ich die Stimme meiner Therapeutin, Frau Schmökel-Neumann. »Einatmen, drei, vier, fünf, sechs ... Ausatmen, drei, vier, fünf, sechs ...

Die Atemübung funktioniert zumindest ansatzweise. Ich zittere zwar am ganzen Körper, doch ich atme, zähle bis sechs und kann wieder etwas klarer denken.

Was jetzt?

Meine Nachbarn sind ausnahmslos berufstätig. Dort werde ich keine Hilfe finden. Ich stehe vor meinem Haus und atme. So weit, so gut. Aber das hilft mir nicht dabei, den Eindringling zu stellen. Ich sollte vielleicht ...

Mein Handy!

Es steckt in der Handtasche, die jetzt dummerweise in der Diele liegt. Soll ich es wagen?

»Frau Berger, haben Sie keine Angst vor der Angst. Sie schaffen das.«

Mit Frau Schmökel-Neumanns Stimme im Ohr schleiche ich zurück zum Haus. Vorsichtig lausche ich an der Tür. Es ist kein Ton zu hören, also schiebe ich sie auf, schnappe mir meine Handtasche und bin wie der Blitz wieder draußen.

In sicherem Abstand zum Haus wähle ich mit wild pochendem Herzen die 110 und kann, als ich jemanden vom Polizeirevier in der Leitung habe, fast verständlich und zusammenhängend den Vorfall melden.

»Ist die Person noch drin?«, werde ich gefragt.

»Ich ..., ich weiß nicht ...«

»Gehen Sie nicht ins Haus! Warten Sie in der Nähe. Wir schicken einen Streifenwagen.«

»Danke, ... vielen Dank ...«, stammle ich und vor Erleichterung werden meine Knie ganz weich.

Ich schaue nach einem geeigneten Versteck umher und entscheide mich für die Thujahecke des gegenüberliegenden Gartens. Dahinter gehe ich in Deckung und beobachte durch die Zweige meine Haustüre. Falls der Einbrecher noch im Haus ist, muss er diesen Weg wählen, denn um über den hohen Zaun meines Gartens zu kommen, müsste er klettern können wie ein Affe.

Und richtig …

Gerade, als ich wieder etwas ruhiger werde, sehe ich, wie sich die Tür ganz langsam öffnet. Mein Herz klopft augenblicklich wieder schneller, und ich beobachte entsetzt und gleichzeitig fasziniert, wie eine Gestalt aus dem Haus tritt.

Der Einbrecher ist groß, bestimmt über eins achtzig, und hat eine sportlich schlanke Figur. Eine blaue Baseballmütze hat er sich tief ins Gesicht gezogen. Na, klar, er will nicht erkannt werden, stelle ich mit detektivischem Spürsinn fest. Unter der Mütze schaut halblanges, dunkelbraunes, leicht gewelltes Haar hervor. Als der Mann ruckartig nach rechts und links schaut, erkenne ich einen dichten Vollbart. Mist! Sein Gesicht ist dadurch so gut wie unkenntlich gemacht und auch sein Alter kann ich so nicht einschätzen. Seine Kleidung ist unauffällig. Jeans, blaues Sweatshirt und Sportschuhe. Noch einmal schaut er sich prüfend um.

Vielleicht sucht er mich? Ich halte die Luft an. Jetzt bloß keinen Mucks! Nur einen Augenblick später ist er schon um die nächste Ecke verschwunden. Wieder Mist. Wäre er im Auto geflüchtet, hätte ich mir die Nummer merken können.

Ich überlege kurz, ob ich ihm folgen soll, doch so mutig bin ich nun ganz gewiss nicht. Ins Haus traue ich mich alleine auch nicht rein und so bleibe ich lieber in meinem grünen Versteck und warte auf Verstärkung. Nach einer scheinbaren Ewigkeit biegt ein Streifenwagen in die Straße ein und bleibt genau vor meinem Haus stehen.

Komisch. Im Film schleicht sich die Polizei immer an. Wenn ich der Einbrecher wäre, würde ich spätestens jetzt das Weite suchen und zur Not auch affengleich über den Zaun entschwinden.

Aus dem Auto sind ein Beamter und eine Beamtin in Uniform gestiegen und schauen sich suchend, aber in keiner Weise beunruhigt um.

»Ssstt!«, zische ich aus meinem Versteck.

Als sie in meine Richtung blicken, winke ich durch das Gestrüpp.

»Hier bin ich«, raune ich und winke noch etwas heftiger.

Der Polizist nickt und macht mir mit der Hand ein Zeichen, aus der Deckung zu kommen. Das ist so ganz anders, als in den Fernsehkrimis.

Etwas enttäuscht verlasse ich das schützende Dickicht und trete auf die Polizisten zu.

»Er ist weg«, verkünde ich den beiden. »Ich habe ihn genau gesehen.«

»So, so«, meint der Polizist. »Sie haben uns angefordert?« Als ich nicke, fragt er: »Sind Sie die Geschädigte?«

»Ja, die bin ich. Mein Name ist Karin Berger und das ist mein Haus.« Ich deute hinüber.

»Ich bin Oberkommissar Gerber und dies ist Kommissarin Premmel«, stellt der Polizist sich und seine Begleitung vor.

»Freut mich«, erwidere ich.

»Wir werden jetzt ins Haus gehen, und nach dem Rechten sehen«, klärt mich Frau Premmel auf.

»Sie bleiben so lange hier draußen. Ist das für Sie in Ordnung? Geht es Ihnen so weit gut?«

»Ich habe mich schon mal besser gefühlt«, gebe ich zu.

Nachdem die beiden im Haus verschwunden sind, stelle ich mir vor, wie sie mit gezückter Dienstwaffe die Räume durchsuchen. Dabei fällt mir siedend heiß ein, dass ich heute Morgen meine schmutzige Unterwäsche auf dem Boden des Schlafzimmers habe liegen lassen.

Ich merke, wie mir das Blut in den Kopf schießt.

»Wie peinlich«, murmele ich, als Herr Oberkommissar Gerber schon an der Tür erscheint und mich zu sich winkt.

»Erschrecken Sie nicht, Frau Berger, der Kerl hat ein ordentliches Chaos hinterlassen«, empfängt er mich dort und die Unterhose ist erst einmal vergessen.

Ich betrete zögernd das Haus.

Der Zustand der Diele ist mir ja bereits bekannt und ich folge dem Polizisten ins Wohnzimmer. Als ich sehe, was der Kerl hier veranstaltet hat, habe ich das Gefühl, den Boden unter den Füßen zu verlieren.

Der Einbrecher hat sämtliche Schubladen herausgerissen, Schranktüren geöffnet und alle meine Sachen durchwühlt. Die DVDs sind achtlos im Zimmer verstreut. Auch meine geliebten Klassik CDs hat er einfach aus dem Schrank geworfen. Einige sind dabei aus ihrer Hülle gefallen und jetzt sicherlich zerkratzt und nicht mehr zu gebrauchen.

Die Glasvasen und die beiden Kristallkerzenständer hat er verschont, denn sie stehen allein und verlassen auf einem ansonsten leer gefegten Regalbrett. Doch einige meiner teuren Weingläser aus der Vitrine sind heruntergefallen und zerbrochen. Es sieht entsetzlich aus.

»Ich glaube, mir wird schlecht«, stöhne ich und starre auf den Boden, der mit Glasscherben und meinem heiß geliebten Krimskrams übersät ist.

Glücklicherweise ist Frau Premmel eine vorausschauende Person. Sie hakt sich schnell bei mir unter und bugsiert mich zu einem meiner Sessel.

Ich lasse mich fassungslos hineinfallen und versuche, einen klaren Gedanken zu fassen. Dann höre ich von weit weg Herrn Oberkommissar Gerbers Stimme:

»Sie haben noch Glück gehabt. So wie es aussieht, hatte der Mann wohl keine Zeit mehr, auch noch das obere Stockwerk zu durchsuchen. Hier unten hat er sich viel Zeit gelassen, aber Sie haben ihn offenbar gestört, bevor er noch mehr Schaden anrichten konnte.«

»Äh, was?«, frage ich und kann den Blick nicht von meinem verwüsteten Wohnzimmer wenden.

Frau Premmel spricht ganz langsam und betont:

»Kollege Gerber meint, dass der angerichtete Schaden nicht ganz so hoch ist, wie vermutet. Hatten Sie Wertsachen in diesem Raum?«

»Wertsachen?«, frage ich und gebe mir Mühe, mir den Inhalt der Schubladen und Schränke vorzustellen.

»Geld, Schmuck oder Wertpapiere?«, versucht Frau Premmel mir auf die Sprünge zu helfen.

»Kein Geld«, antworte ich knapp aber wahrheitsgemäß. Doch da fällt mir die Brosche ein, die ich von Tante Luzia geerbt und in der kleinen Schublade unter dem Fernseher aufbewahrt habe.

»Eine Gemme«, stammle ich.

»Eine was?«, fragt Oberkommissar Gerber verdutzt.

Frau Premmel kann weiterhelfen.

»So nennt man ein Relief aus Schmuckstein«, erklärt sie ihrem Kollegen.

Dann wendet sie sich an mich.

»Wo lag sie denn?«

Ich zeige auf die Schublade, die nun umgekippt unterhalb des Fernsehers liegt. Frau Premmel zückt einen Kugelschreiber, hebt damit die Schublade leicht an und schaut darunter. Dann blickt sie in meine Richtung und schüttelt bedauernd den Kopf.

Urplötzlich machen meine Angst und die Verzweiflung beim Anblick der leeren Schublade etwas anderem Platz. Ich spüre stattdessen, wie heiße Wut in mir hochkocht.

Dieser Dreckskerl! Kommt einfach her, verwüstet mein Haus und klaut Tante Luzias Brosche. Ich sehe ihn vor mir, wie er meinen Wohnzimmerschrank durchwühlt. Ich höre, wie die CDs auf den Boden knallen und die Weingläser zerschellen. Das durfte er nicht. Er soll dafür bezahlen.

Ich springe unvermittelt auf.

»Der Kerl muss doch irgendwie zu schnappen sein. Diese Brosche hatte ich von meiner Lieblingstante!«

Frau Premmel ist durch meinen Ausbruch leicht zusammengezuckt und ich habe sofort ein schlechtes Gewissen.

»Ich wollte Sie nicht erschrecken«, fahre ich daher etwas ruhiger fort. »Aber können Sie nicht gleich etwas tun? Eine Ringfahndung einleiten, oder so?«

Frau Premmel hat sich schnell wieder gefasst.

»Wir werden erst einmal Ihre Personalien aufnehmen und natürlich die Beschreibung des Täters«, beginnt sie, doch ich lasse sie nicht ausreden.

»Und was ist mit Fingerabdrücken, Körperflüssigkeiten und Hautschüppchen?«, bringe ich meine Kenntnisse aus regelmäßigem Krimikonsum ins Spiel.

Jetzt muss Polizist Gerber schmunzeln:

»Ich weiß schon. Unsere Arbeit sieht im Film immer viel aufregender aus, nicht wahr?«

Frau Premmel fügt hinzu:

»Wir haben die Spurensicherung bereits informiert. Sie werden Fotos machen und versuchen, Fingerabdrücke und andere Spuren sicherzustellen. Ich muss Ihnen aber leider sagen, dass sich dies bei Einbrüchen häufig als vergeblich erweist. Die Täter tragen meistens Handschuhe.«

So schnell wie er kam ist mein Wutanfall auch schon wieder verraucht und ich sinke in mich zusammen.

»Ich darf mir also keine großen Hoffnungen machen, dass Sie den Kerl schnell erwischen werden?«

Frau Premmel schüttelt bedauernd den Kopf.

»Am Besten schauen Sie jetzt noch oben nach, ob nichts fehlt und dann nehmen wir Ihre Personalien und die Täterbeschreibung auf«, weist mich Herr Gerber an.

Also gehe ich mit klopfendem Herzen nach oben, doch ich kann aufatmen. Hier sieht tatsächlich alles aus wie vorher. Auch meine Unterhose liegt noch im Schlafzimmer und ich kicke sie schnell unters Bett. Nachdem ich meinen Rundgang beendet habe, stehe ich den Beamten Rede und Antwort.

»Karin Berger, geboren: 18.10.1966, geschieden, Realschullehrerin, ein Sohn«.

»Sie sind Lehrerin?«, unterbricht mich Frau Premmel. »Dann freuen Sie sich sicher auch, dass endlich die Ferien begonnen haben. Meine Kinder sind jedenfalls ganz aus dem Häuschen.«

»Ja, ein wirklich gelungener erster Ferientag, kann ich nur sagen«, erwidere ich niedergeschlagen.

Ich hatte mich tatsächlich sehr auf die Ferien gefreut. Die letzten Wochen in der Schule waren hektisch und anstrengend gewesen. Und dann so etwas gleich am ersten Tag. Na, herzlichen Dank.

Frau Premmel lächelt verständnisvoll und zückt wieder Block und Stift.

Ich beschreibe den Täter und auch die gestohlene Brosche. Kurz darauf trifft ein Mitarbeiter der Spurensicherung ein, und die beiden Polizisten verabschieden sich. Herr Gerber gibt mir seine Karte.

»Falls Ihnen noch etwas einfällt, oder Sie noch Fragen haben.«

Er lächelt mich an.

Die Spuren sind schneller gesichert, als ich dachte. Ehe ich mich versehe, bin ich wieder allein. Ich schaue mich um und plötzlich wird mir ganz mulmig. Wie soll ich mich hier jemals wieder wohlfühlen? Wie soll ich hier jemals wieder ruhig schlafen können? Was kann ich tun, damit so etwas nicht noch einmal passiert? Sofort greife ich zum Telefon und wähle die Handynummer auf Herrn Gerbers Karte.

»Soll ich die Fenster im Erdgeschoss vergittern lassen, oder mir eine andere Haustüre kaufen?«

Er scheint nicht wirklich überrascht über meinen Anruf zu sein und seine Antwort ist so simpel, wie ernüchternd.

»Wenn jemand wirklich in Ihr Haus will, kommt er auch rein. Da will ich Ihnen nichts vormachen, Frau Berger.«

»Aber ... Es muss doch etwas geben.«

»Statistisch gesehen ist der beste Schutz vor Einbruch Hundege-bell. Wenn Einbrecher einen Hund im Haus vermuten, geben sie in der Regel auf«, informiert mich Herr Gerber, verabschiedet sich und lässt mich verzagt zurück.

Ein Freund, ein guter Freund …

»Und was haben die Polizisten gesagt?«, fragt Sonja und ordnet einige lose Blätter, die sie gerade vom Boden aufgehoben hat.

»Dass sie tun werden, was sie können. Was sollen sie denn auch anderes sagen?«, antworte ich und schiebe eine Schublade wieder an ihren Platz zurück.

Nach dem Telefonat mit Herrn Gerber habe ich sofort meine Mutter, meine Schwester Petra, meinen Sohn Alex, und dann meine Freundin Sonja angerufen und ihnen alles haarklein berichtet. Wenn ich schlimme Sachen oft und immer wieder erzähle, dann sind sie irgendwann nicht mehr ganz so scheußlich.

Eigentlich hatte ich auf Petras Beistand gehofft, doch sie musste arbeiten. Alex ebenso. Sonja hatte aber heute Nachmittag frei und ist, ohne viel zu fragen, gleich hergekommen. Das Fragen holt sie jetzt nach. Während ich mit ihrer Hilfe das Chaos beseitige, berichte ich den ganzen Hergang erneut.

»Erzähl noch mal, wie der Kerl ausgesehen hat«, fordert sie gerade und ich lasse mich nicht zweimal bitten.

»Dass der aber auch einen Bart haben muss. Wie blöd«, stellt Sonja fest.

»Denkst du denn, die Polizisten hätten ihn geschnappt, wenn er noch da gewesen wäre?«

Ich muss kichern, obwohl mir eigentlich gar nicht danach ist.

»Bei Oberkommissar Gerber wäre ich mir nicht so sicher. Der hat einen ordentlichen Bauch. Aber seine Kollegin, die Frau Premmel, die sah recht fit aus.Vielleicht hätte sie die Verfolgung aufgenommen.«

Sonja macht große Augen. Sie findet das alles ziemlich aufregend.

»Und die Brosche, die kannte ich ja gar nicht. Ist die denn etwas wert?

Wie sieht sie denn aus? Wie kann man denn so was zu Geld machen? «, möchte sie wissen.

»Ich habe die Brosche schon über 15 Jahre«, beginne ich.

»So lange kennen wir beide uns ja überhaupt noch nicht«, schiebt Sonja ein und ich nicke.

»Onkel Heribert hat sie Tante Luzia damals zur Verlobung geschenkt. Ein schönes Stück. Viktorianisch. Das hat Tante Luzia immer betont.

-Diese Brosche ist antik- hat sie oft zu mir gesagt. *Aus Engelshautkoralle. Dein Onkel Heribert war ein sehr generöser Mann, Gott hab ihn selig.-*

Sie hat dieses Schmuckstück geliebt. Ich starre vor mich hin. Sonja unterbricht meine Gedanken:

»Weißt du denn, ob sie was wert ist?«

»Ich habe sie irgendwann mal zu einem Juwelier in der Stadt gebracht. « Der fand die Brosche sehr schön und meinte, sie wäre um die 2000 Euro wert. Für Liebhaber wahrscheinlich sogar mehr«.

Sonja pfeift durch die Zähne: »Alle Achtung. Das ist nicht gerade wenig. Ich kann verstehen, warum du sie wiederhaben willst.«

»Das ist nicht der alleinige Grund«, widerspreche ich, während ich einige CDs und DVDs aufeinanderstaple.

»Ich wollte die Brosche meiner Schwiegertochter in spe zur Hochzeit schenken, falls Alex denn jemals Ernst machen sollte. Außerdem bin ich stocksauer auf den Kerl, der mir das hier angetan hat. Er soll zur Rechenschaft gezogen werden!«

Sonja ist meiner Meinung.

»Da hast du absolut recht. Hier so ein Durcheinander anzurichten. Mistkerl, der!«

»Scheißkerl!«, pflichte ich ihr bei.

»Weißt du was?«, Sonja schaut mich nachdenklich an.

»Du kannst von Glück sagen, dass der Kerl nicht oben war.«

»Klar«, grinse ich. »Dann müssten wir noch viel mehr aufräumen.

»Das meine ich nicht«, fährt Sonja fort.

»Hier unten hast du keine Fotoalben, oder Fotos, so weit ich das sehe.«

»Nein«, bestätige ich. »Die hängen oben im Flur und im Schlaf …«

Dann erst verstehe ich, was Sonja andeuten will.

»Der wüsste, wie ich aussehe, wenn er oben gewesen wäre. Der könnte mich auf der Straße erkennen.«

Der Gedanke jagt mir augenblicklich einen Schauer über den Rücken und mein Hals wird eng.

»Ein schrecklicher Gedanke, aber so ist es ja Gott-sei-Dank nicht«, lächelt mich Sonja an und nimmt mich in den Arm.

Ich lehne mich an sie und schließe kurz die Augen. Sonja schiebt mich auf Armlänge von sich weg, schaut mich an und zwinkert.

»So, Themenwechsel. Willst du die neuesten Schnapsideen meines geliebten Göttergatten hören?«

Ich schlucke, hole tief Luft und nicke. Mir ist jede Abwechslung recht.

Dann greife ich mir die nächste Schublade und Sonja berichtet.

»Ich glaube, Konrad ist momentan in einer tiefen Sinneskrise. Will sagen: Midlife-Crisis.«

»Wie kommst du darauf?«, frage ich.

»Was würdest du denn denken, wenn dein 54jähriger Gatte, der bisher Vorsitzender der Couch-Potatos war, sich plötzlich im Fitness-Center anmeldet und jeden Morgen joggt, bevor er zur Arbeit geht?«

»Ok«, gebe ich zu. »Ein bisschen merkwürdig ist das schon. Aber vielleicht hat er ja zugenommen.«

»Hat er, mal ganz nebenbei bemerkt«, antwortet Sonja mit hochgezogener Augenbraue.

»Aber das Beste kommt ja noch. Er will …«, Sonja macht eine dramatische Pause.

Meine Aufmerksamkeit hat sie. Ich erstarre in der Bewegung und schaue sie gespannt an.

»Er will sich doch tatsächlich einen Sportwagen kaufen. Einen Zweisitzer. In Rot!«

Sonja ist sichtlich empört.

»Was hältst du davon?«

»Eindeutig Midlife-Crisis«, pflichte ich ihr bei und muss grinsen, als ich mir den fast kahlköpfigen und etwas moppeligen Konrad vorstelle, wie er sich in einen winzigen Sportwagen quetscht.

»Der hat sie doch nicht mehr alle«, schnaubt Sonja.

»Das ist sicher nur vorübergehend«, beruhige ich sie.

»Sprich du doch mal bitte mit ihm. Auf dich hört er doch meistens«, bettelt Sonja und ich verdrehe die Augen.

Meistens mag ich Konrad. Schließlich bin ich nicht mit ihm verheiratet. Einige seiner Ansichten und Meinungen kann ich allerdings nicht teilen. Trotzdem nicke ich ergeben. Schließlich ist Sonja meine beste Freundin.

»Klar, ich werd´s versuchen. Aber vorher musst du ihn noch weiter bearbeiten, ja?«

»Da kannst du Gift drauf nehmen,« verspricht Sonja.

»Gut. Dann lass uns jetzt bitte weitermachen. Um 18 Uhr kommt der Mann von der Türenfirma. Er wird einen einbruchsicheren neuen Zylinder mit Bolzen in die Haustür einbauen und danach möchte ich für heute erst einmal abschalten, wenn´s geht.«

»Na, sicher.« Sonja fischt weitere Blätter vom Boden, schaut sie sich an und klemmt sie dann in meinen Ordner für Versicherungen.

»Willst du wirklich nicht, dass ich bei dir übernachte?«, fragt sie zum wiederholten Mal. »Du kannst auch bei uns schlafen, wenn es dir hier heute Nacht zu gruselig ist«.

»Nein, danke. Schließlich muss ich in diesem Haus weiter mein Leben fristen. Ein Neues kann ich mir auf die Schnelle nicht leisten«, antworte ich betont heiter.

In Wahrheit würde ich nichts lieber tun, als mich für immer bei ihr zu verkriechen. Tatsächlich habe ich panische Angst davor, hier allein im Haus zu bleiben. Und an heute Nacht darf ich gar nicht erst denken.

Doch das möchte ich nicht zugeben. Schließlich habe ich eine Gesprächstherapie hinter mir und war fest der Meinung meine Ängste im Griff zu haben. Und jetzt das. Mir ist, als wäre alles umsonst gewesen. Aber das darf einfach nicht sein!

»Vielleicht schlafe ich nicht gut, oder auch gar nicht, aber ich werde mich nicht von so einem Widerling aus meinem Haus vertreiben lassen«, fahre ich also fort.

»Das ist die richtige Einstellung«, lobt Sonja.

»Diese Frau Schmökel-Neumann scheint wirklich gut zu sein. Na ja, wenn Konrad so weiter macht, werde ich ihre Hilfe vielleicht auch mal in Anspruch nehmen müssen«, grinst sie und ich grinse zurück und denke mir meinen Teil.

Nach einer weiteren Stunde ist mein Wohnzimmer fast wieder im Originalzustand. Man könnte glauben, es sei gar nichts passiert. Nur die fehlenden Weingläser erinnern noch an den Einbruch.

Kurz darauf kommt der Mechaniker und werkelt an meiner Haustüre herum. Ich weiche nicht von seiner Seite und löchre ihn mit Fragen über die Sicherheit und Unverwüstlichkeit des neuen Schlosses. Falls er genervt sein sollte, lässt er sich davon nichts anmerken. Er beantwortet höflich und immer wieder die gleichen Fragen. Ja, das Schloss ist einbruchsicher. Ja, das Schloss wurde mehrfach getestet. Ja, der Bolzen ist nur mit dem passenden Schlüssel verschiebbar. Nein, ich brauche mir keine Sorgen mehr zu machen. Nein, außer mir kommt hier niemand mehr rein, wenn er keinen Schlüssel hat. Vielleicht hat er häufiger mit Einbruchsopfern zu tun, überlege ich und gebe ihm ein ordentliches Trinkgeld, nachdem er seine Arbeit beendet hat.

Ich seufze tief. Mehr kann ich momentan wohl nicht tun. Wenn nur dieser Kloß im Hals und der Druck im Magen nicht wären. Ich habe immer noch panische Angst.

Sonja hat uns in der Zwischenzeit ein kleines Abendessen gezaubert und eine Flasche Wein auf den Tisch gestellt.

»Fühlst du dich jetzt etwas besser?«, fragt sie mich, als ich uns beiden das Glas fülle.

»Nur ein wenig«, muss ich zugeben und nehme einen großen Schluck.

»Das wird schon«, muntert mich Sonja auf und nippt am Wein.

Wir sitzen noch über zwei Stunden zusammen, reden über Verbrecher im Allgemeinen und Einbrecher im Besonderen und ich trinke mehr Wein, als mir wahrscheinlich gut tut. Nachdem Sonja gefahren ist, bleibe ich noch lange auf, und es ist fast halb zwei, als ich ziemlich angeschickert den schweren Gang nach oben antrete. Vorher verkeile ich allerdings noch einen Wohnzimmersessel vor der Haustüre und hole mir eine Tüte getrocknete Erbsen aus der Küche. Die streue ich vom oberen Treppenabsatz auf die Stufen. In Filmen funktionieren solche Einbrecherfallen immer ganz prima. Trotzdem bin ich nicht wirklich beruhigt, als ich endlich ins Bett gehe.

»Aber, aber, Frau Berger. Das ist doch kein Beinbruch. Jeder würde nach so einem schrecklichen Erlebnis erst einmal die Fassung verlieren«, meint Frau Schmökel-Neumann und hält mir ein Papiertaschentuch vor die Nase. Ich ergreife es und wische mir damit über die Augen. Dass ich auch gleich losheulen muss, kaum dass ich mich hingesetzt habe. Doch die letzte Nacht hat mich sprichwörtlich an den Rand eines Nervenzusammenbruchs gebracht.

Nachdem ich stundenlang aufrecht im Bett gesessen hatte, nickte ich immer wieder kurz ein und träumte von maskierten Männern, die mich verfolgten. Ich schreckte immer wieder schweißüberströmt und mit Herzrasen auf und versuchte daher den Rest der Zeit mit Fernsehen und Bügeln zu überbrücken. Das half allerdings auch nicht. Bei jedem Geräusch bekam ich fast eine Herzattacke und musste um Atem ringen. Außerdem war mir vom vielen Wein auch noch übel. Am frühen Morgen war ich nur noch ein Häufchen Elend und rief, sobald es möglich war, in der Praxis an.

Da es schließlich um Leben und Tod ging, bekam ich gleich einen Termin und jetzt sitze ich hier und weine mir die Augen aus dem Kopf.

Frau Schmökel-Neumann lässt mich schluchzen und bewahrt die Ruhe. Auch als ich mir lautstark die Nase putze, verzieht sie keine Miene.

Sie ist ungefähr in meinem Alter und scheint, trotz der frühen Stunde, wie immer frisch und ausgeruht. Heute trägt sie ein dunkelrotes, todschickes und für mich sicher unbezahlbares Kostüm, das hervorragend zu ihrem dunklen Teint und den hochgesteckten dunkelbraunen Haaren passt. Ihre im gleichen Farbton gehaltenen Pumps haben einen mittelhohen Absatz und sehen ebenfalls sündhaft teuer aus. Sie ist nicht wirklich eine Schönheit. Dafür ist ihre Nase etwas zu breit und das Gesicht nicht symmetrisch genug. Doch dies überspielt sie geschickt durch ein dezentes, aber perfektes Makeup. Ihr Gesicht strahlt genau die Mischung zwischen Autorität, Zuversicht und Verlässlichkeit aus, die ich in meiner jetzigen Situation dringend brauche.

Endlich habe ich mich beruhigt und als sie mich mit einem freundlichen Nicken zum Sprechen auffordert, sprudelt alles aus mir heraus.

»Ich habe ständig Geräusche gehört. Überall hat es geknarrt und ich dachte, jeden Moment kommt der Mann zurück. Ich hatte solche Angst«, schluchze ich und muss mir erneut die Nase putzen.

»Zu allem Überfluss bin ich dann auch noch die Treppe hinunter gefallen und habe mir den Knöchel verstaucht«, jammere ich.

Den tatsächlichen Grund für den Sturz behalte ich lieber für mich.

»Haben Sie denn Ihre Atemübungen gemacht?«, will Frau Schmö-kel- Neumann wissen.

»Ich … Ich hab´s versucht, aber ich konnte ja kaum atmen. Es war so grauenvoll. Ich hatte das Gefühl zu ersticken. Was soll ich denn jetzt bloß machen? Eine weitere Nacht wie diese überlebe ich nicht!«

Nachdem wir gemeinsam einige Entspannungsübungen durchgeführt haben, schreibt sie mir ein leichtes Beruhigungsmittel auf.

»Aber das werden Sie gar nicht brauchen, Frau Berger. Sie können diese Phase Ihres Lebens auch ohne Hilfsmittel bewältigen. Da bin ich mir ganz sicher«,

»Gut, dass wenigstens eine von uns beiden so denkt«, murmele ich.

»Frau Berger,« fährt Frau Schmökel-Neumann fort.

»Was fehlt Ihnen zum jetzigen Zeitpunkt, um Ihnen die Angst vollständig zu nehmen? Denken Sie nach!«

Da muss ich nicht lange nachdenken.

»Sicherheit.«

»Wer oder was könnte Ihnen diese Sicherheit vermitteln?«

Dafür brauche ich etwas länger.

Also einen Mann kannst du jetzt so schnell nicht aus dem Hut zaubern, das steht mal fest. Für eine Alarmanlage oder einen eigenen Wachdienst fehlt dir das Kleingeld, und eine Waffe im Haus kommt gar nicht in die Tüte lässt sich meine innere Stimme vernehmen.

Ich nenne sie: »Babette«, mit stimmhaftem −e- am Ende.

Babette ist mein moralischer Zeigefinger, gutes und schlechtes Gewissen, eine Nervensäge und Spaßbremse und … Ich führe in letzter Zeit immer häufiger laute Zwiegespräche mit ihr.

Frau Schmökel-Neumann findet das ganz ok und ist der Meinung, dass Selbstgespräche der seelischen Gesundheit äußerst zuträglich sein können. Ich hingegen frage mich öfter einmal, ob diese Gespräche nicht eher ein Zeichen schwindender geistiger Gesundheit sind.

»Der Polizist, also Herr Gerber hat mir erklärt, dass die meisten Einbrecher von Hunden abgeschreckt werden«, sage ich unvermittelt.

Frau Schmökel-Neumann nickt mit großen, wissenden Augen und schaut mich einfach nur an.

Will sie damit andeuten ...?

Meint sie etwa ...?

Aber der viele Dreck.

Denk doch nicht immer nur an die negativen Seiten! Ein Hund würde deine Probleme in jeder Hinsicht lösen, mischt sich Babette ein.

Du wärst nicht mehr allein, hättest jemand, um den du dich kümmern kannst und der mit dir kuschelt, kämst täglich an die frische Luft ...

»Einbrecher würden in Zukunft ganz schön blöd gucken«, denke ich laut weiter und Frau Schmökel-Neumann lächelt.

»Habe ich Ihnen eigentlich erzählt, dass ich mich im Tierschutz engagiere?«, unterbricht sie meine Gedanken.

»Ich habe einen Patenhund in Spanien, Manolo heißt er. Außerdem gehe ich einmal die Woche mit Hunden aus dem hiesigen Tierheim spazieren.«

Ich schaue sie ungläubig an. Nein, das hätte ich ihr nun wirklich nicht zugetraut. So adrett, wie sie vor mir sitzt, kann ich sie mir schlecht mit Hundehaaren und Pfotenspuren am Kostüm vorstellen.

»Irgendwann werde ich einen eigenen Hund haben, aber bei meinen Arbeitszeiten ist das zurzeit einfach unmöglich«, seufzt sie bedauernd.

»Aber der viele Dreck, der Geruch , die Haare überall,« wage ich einzuwenden.

Frau Schmökel-Neumann lächelt mich mitleidig an.

»Ach, Frau Berger. Was ist das denn schon gegen einen wirklich treuen Gefährten, der uns auch noch beschützt? Rein gar nichts! Schon Carl Zuckmayer hat gesagt: «Ein Leben ohne Hund ist ein Irrtum« und ich bin ganz seiner Meinung.«

Ich starre eine Weile vor mich hin und mit einem Mal spüre ich, wie sich der Knoten in meinem Magen löst.

Plötzlich fühle ich mich besser, freier, sicherer.

Warum denn eigentlich nicht? Zeit genug habe ich doch und putzen muss ich, so oder so …

»Ich werde darüber nachdenken«, sage ich. Doch ich weiß, dass
das eigentlich nicht mehr nötig ist.

Auch der längste Weg beginnt mit dem ersten Schritt

Nachdem ich die Praxis verlassen habe, starte ich durch in mein neues Leben. Warum lange warten? Schon heute Nacht will ich wieder ruhiger schlafen können. Jetzt gibt es kein Zurück mehr und ich fahre Richtung Stadtrand.

Hast du dir das wirklich gut überlegt?

Na, klasse! Kaum wage ich mal was, stelle ich es sofort wieder infrage.

»Natürlich habe ich es mir nicht genügend überlegt. So etwas nennt man Spontanentscheidung. Und die sind oft nicht mal die Schlechtesten«, kläre ich Babette auf.

Nach ungefähr 30 Minuten habe ich mein Ziel erreicht und fahre auf den Parkplatz. Als ich aussteige, schallt mir lautes Bellen und Jaulen entgegen. Plötzlich ist der Druck im Magen wieder da. Das Geräusch der vielen Hunde, die dort hinter Gittern warten, macht mich traurig, aber es ängstigt mich auch ein bisschen. Ich schlucke.

Jetzt noch einen Rückzieher machen?

Nein! Ich will das jetzt durchziehen! Also schließe ich den Wagen ab, kneife den Hintern zusammen und gehe los.

Der Eingang zum Tierheim wird von einem großen schmiedeeisernen Tor bewacht und ich schiebe es vorsichtig auf. Das Geheul der Hunde nimmt deutlich an Lautstärke zu. Sie wissen wohl, was es heißt, wenn das Tor aufschwingt. Und die Mitarbeiter des Tierheims wissen es scheinbar auch. Sie heulen zwar nicht, doch wie auf ein Kommando treten zwei von ihnen aus einem Gebäude, auf dem in großen schwarzen Lettern das Wort »Büro« zu lesen ist. Ich lächle sie unsicher an und sie lächeln freundlich zurück.

»Grrüß Gott. Können wir Ihnen helfen?«, fragt einer der beiden.

Aha, ein Bayer. Der sympathische Akzent ist unüberhörbar. Der Mann ist Mitte bis Ende fünfzig, hat einen grau durchwachsenen, ziemlich großen Schnauzbart und darüber freundliche, blaue Augen mit vielen Lachfalten. Er trägt einen Blaumann und darunter ein

karietes Holzfällerhemd. Auf dem Kopf sitzt eine grünliche Schirm-
kappe. Schade. Mir hätte ein Gamsbarthut für ihn besser gefallen.
Ich mag die Bayern. Sie haben so etwas Ursprüngliches. Und dieser
hier gefällt mir auf Anhieb.

Sein Begleiter ist wesentlich jünger, hat keinen Bart, weil ihm wohl
noch keiner wächst, lächelt breit über sein etwas einfältiges, rundes
Gesicht und zeigt dabei seine großen, schiefen Schneidezähne.
Er erinnert mich ein wenig an ein freundliches, wohlgenährtes
Kaninchen.

»Tach«, sagt er und ich erwidere seinen Gruß.

»Ich wollte mir gerne die Hunde ansehen, wenn das möglich ist.«

»Möchten Sie mit einem Hund spazieren gehen, oder wollten Sie
einen mit nach Hause nehmen?«, fragt der Ältere freundlich.

»Ich würde gerne einen mitnehmen, wenn das geht und ich einen
Hund finde«, antwortete ich.

»Hier brauchen Sie keinen Hund zu suchen. Die sind gleich da
drüben«, mischt sich nun das rundliche Kaninchen ein und lacht
sich über seinen eigenen Witz fast schief.

Ich lächle freundlich und schaue wieder den Älteren an.

»Das wird sicher kein großes Problem. Das werden wir schon hin
bekommen. Kommen Sie doch einfach mal mit. Wir zeigen Ihnen
einmal unsere Jungs und Mädels. Nicht wahr, Hannes?

Hannes, das Kaninchen, nickt heftig und wir setzen uns in
Bewegung.

»Welche Größe darf der Hund denn haben?«, fragt mich der Bärtige.

»Ich habe mir ehrlich gesagt keine Gedanken darüber gemacht.
Aber ich habe ziemlich viel Platz. Welche Größen haben sie denn
(«vorrätig« hätte ich fast gesagt) hier, Herr …?«

»Ach. Des tut mir jetza leid. Ich habe mich noch gar nicht vorgestellt. Mein Name ist Gröbner. Erwin Gröbner. Ich bin hier für die
Hunde zuständig. Und das ist unser Auszubildender, der Hannes.
Nicht wahr Hannes? Wir beide machen es den Hundchen so gemütlich, wie es eben geht.«

»Karin Berger.« Ich schüttle seine Hand und wir setzen unseren
Weg fort.

Je näher wir den Hundezwingern kommen, desto nervöser werde ich.
»So, da wären wir also«, meint Herr Gröbner gut gelaunt und zeigt auf den ersten.
Darin befinden sich drei Hunde unterschiedlichster Größe.
»Hier haben wir unseren Paule. Nicht wahr, Paule?«, stellt Herr Gröbner vor und zeigt auf den größten der Drei. Ein hellbrauner Wuschelmix, der hektisch am Zaun hochspringt und dabei seine beeindruckende Baritonstimme erschallen lässt.
»Das ist ein ganz Lieber, der Paule, nicht wahr Paule?«, meint Herr Gröbner und steckt todesmutig den rechten Zeigefinger durch den Draht.
»Und da drüben, da hat´s die Emily und den Herbert.«
Die besagten beiden sind ein kleiner Handfegermix in schwarz und weiß, dem man die Verwandtschaft zum Pekinesen an der Nasenspitze ansieht und ein brauner Schnauzermix mit Stehohren. Beide kläffen, was das Zeug hält und Herbert zeigt mir schon mal seine Beißerchen, indem er gekonnt die Lefzen hochzieht und dabei bedrohlich knurrt.
»Herbert macht mal wieder dicke Backen«, meint Kaninchen Hannes.
»Der will doch bestimmt nur … spielen?«, frage ich verunsichert, doch Herr Gröbner schüttelt den Kopf.
»Der Herbert ist gestört. Der hat es wohl sicher schwer gehabt im Leben.
Den können wir nicht vermitteln. Aber die Emily ist eine ganz und gar Feine. Nicht wahr, Emily?«
Emily kläfft wie bekloppt und springt gegen den Zaun.
Ich bin entsetzt. »Sind die alle so äh, aufgeregt?«, erkundige ich mich.
»Ja, klar. Es ist doch was Besondres, wenn Besuch kommt, nicht wahr? Aber wir gehen besser mal weiter.«
Sagt`s und tut`s und ich laufe hinterher und fühle mich zugegebenermaßen reichlich überfordert. Vielleicht hätte ich doch etwas länger über alles nachdenken sollen?
Der nächste Zwinger ist nicht so groß wie der erste und hier sind deshalb wohl auch nur zwei Hunde untergebracht. Ein großer Schäfer-

hund, der mit seinem vollen Gewicht (von gefühlten 100 kg) gegen den Zaun donnert, sodass ich erschrocken zwei Schritte zurückweiche. So ein Hund würde allerdings jeden Einbrecher in die Flucht schlagen.

Du und so ein riesiger Hund? Vergiss nicht, dass du nur 1.62m groß bist. Niemals!!!, meldet sich Babette entsetzt und hat augenblicklich meine vollste Zustimmung.

Dann fällt mein Blick auf den zweiten Hund. Er ist ein gutes Stück kleiner, hat ein braun-weißes, langes Fell und schwarze Schlappohren. Er sitzt einfach nur da und schaut an mir vorbei. Er hat wunderbare dunkelbraune Augen und sieht furchtbar traurig aus. So verlassen und allein. Er fühlt sich bestimmt verloren und hat den Glauben an ein schönes Zuhause längst aufgegeben.

Ich stehe wie hypnotisiert vor dem Tier und weiß in meinem tiefsten Inneren, dass ich eigentlich nicht mehr weiter suchen muss.

»Warum ist der da so ruhig?«, frage ich Herrn Gröbner.

Der wiegt wissend den Kopf und macht ein bedenkliches Gesicht.

»Das ist ein Neuzugang. Wir haben sie gestern Morgen am Tor angebunden gefunden. Sie heißt Molly. Zumindest stand der Name auf ihrem Halsband. Bisher hat sie sich ganz gut benommen. Sonst kann ich Ihnen aber noch nichts über diesen Hund sagen.«

»Sie ist so hübsch«, bemerke ich.

»Ja, das stimmt. Aber wie schon gesagt, wir wissen noch nichts über das Tier«, erinnert mich Herr Gröbner.

»Wir können uns doch noch etwas umsehen. Ich denke, ich weiß da ein Hundchen, das würde Ihnen sicher gefallen.«

»Wie kann man nur so ein herrliches Tier aussetzen?«, erkundige ich mich mit klopfendem Herzen und schaue Molly weiter unverwandt an.

»Sie glauben gar nicht, zu welchen Dingen Menschen fähig sind«, erklärt mir Herr Gröbner. »Wir haben hier schon weit Schlimmeres erlebt.«

»Vielleicht ist es ein Glück für Molly, dass sie hier gelandet ist. Andere werden einfach nicht gefüttert, totgeschlagen oder vergiftet, wenn sie nicht mehr erwünscht sind.«

Mir steigen Tränen in die Augen.

Diese armen, bemitleidenswerten Tiere.

Ich muss Molly helfen. Ich spüre es ganz deutlich.

»Was für eine Sorte Hund ist sie denn?«, frage ich mit belegter Stimme.

»Das kann man nicht so genau sagen. Es könnte ein Bretone, ein Setter oder ein anderer Jagdhund mit drin sein«, meint Herr Gröbner.

»Die hauen schon gerne mal ab, wenn man sie lässt,« wirft Hannes ein.

»Aber das ist ja nur eine Vermutung«, fügt Herr Gröbner hinzu.

»Kommen Sie doch mal mit, junge Frau. Wir zeigen Ihnen unseren Dändy. Der wäre bestimmt was für Sie. Was meinst du, Hannes?«

Hannes grinst zustimmend und wir gehen weiter zum nächsten Zwinger, in dem zwei riesige Schäferhunde untergebracht sind und beim Bellen ihre mächtigen Beißwerkzeuge zur Schau stellen. Mir wird angst und bang. Doch schon ist Herr Gröbner an den nächsten Verschlag getreten und deutet mit dem Finger in eine Ecke.

»Da sitzt er, unser Dändy. Ein feiner Kerl und noch so ein kleiner.«

Ich folge seinem Fingerzeig und entdecke einen winzigen schwarzen Welpen. Als er uns sieht, kommt er schwanzwedelnd und mit leuchtenden Augen an den Zaun gehopst und ich kann nichts anderes tun, als meinen Finger durch die Maschen zu stecken und mit seinen nadelspitzen Zähnchen Bekanntschaft zu machen.

Hingebungsvoll kaut er an meinem Finger herum, und ich werde von Hormonen nur so überschüttet. Von einem Augenblick zum nächsten bin ich der deutschen Sprache nicht mehr mächtig.

»Du bissabber ein Süüüüßer«, brabble ich. »Ein ganz Feinii, feinii. Da hattu aber scharfe Zähnchen. Hattu Hunger? Feinii, feinii.«

Die beiden Pfleger schauen sich über mich hinweg an und ich will wirklich nicht wissen, was dieser Blick bedeuten soll.

Währenddessen schlabbert mich Dändy völlig mit Hundesabber ein. Überraschenderweise macht es mir nicht das Geringste aus. Mein Finger nimmt langsam die Form eines saftigen Rinderhackbratens an, doch ich finde Dändy einfach nur hinreißend. Endlich komme ich wieder zu mir und richte mich mit verträumtem Gesichtsausdruck und schmerzender Hand wieder auf.

»Na, des is´ doch was, der Dändy, oder?«, meint Herr Gröbner und lächelt mich wissend an.

Ich nicke noch völlig in Trance und kann nicht begreifen, wie so ein süßes Baby im Tierheim landen konnte. Hannes klärt mich auf. »Die Mutter vom Dändy wurde ebenfalls am Zaun angebunden. Kurze Zeit später hat sie 4 Junge gekriegt. Mittlerweile haben wir alle vermittelt, bis auf ihn hier. Er is jetzt zehn Wochen alt.« Ich lächle. »Er ist wirklich knuffig. Total niedlich.«

»Na sehen Sie«, schaltet sich Herr Gröbner wieder zu. »Der gefällt Ihnen. Wusste ich doch gleich.«

Sicher ist das ein süßer Hund. Er ist sogar außerordentlich süß. Ich schaue auf den kleinen Hüpfer und mein Herz hüpft mit.

Du brauchst einen Hund, der Einbrecher abschrecken kann, kein Baby. Bis der kleine Kerl da endlich so weit ist, sitzt du schon längst wegen chronischen Schlafmangels und Panikattacken in der Geschlossenen.

Babette sieht das Ganze pragmatisch. Recht hat sie ja, aber ...

»Oh, Mama. Guck mal der da! Ist der süüüß!«, jauchzt plötzlich eine vor Aufregung ganz kieksige Kinderstimme.

Um die Ecke saust ein etwa zehnjähriges Mädchen, drückt sich ohne Umschweife an mir vorbei und wirft sich bäuchlings vor Dändy, der sofort das Gleiche tut. Umgehend versenkt er seine Zähnchen in die ihm dargebotene Hand und die Kleine quiekt entzückt:

»Mama, Mama, den will ich! Mama bitte!«

Inzwischen sind eine Frau um die vierzig und eine weitere Tierpflegerin zu uns getreten.

»Hallo, ich komme euch doch jetzt nicht ins Gehege«, grüßt sie, während sich die Mutter des Mädchens bereits wie ferngesteuert zu Dändy hinunterbeugt.

»Na, Sabine. Ist schon gut. Die Dame wollt´ nur mal schauen. Nicht wahr, Frau Berger?«

»Ja, ich wollte ihn mir nur einmal ansehen. Er ist wirklich goldig, aber ich denke, ich möchte einen anderen Hund«.

»Hab ich´s mir doch gleich gedacht. Naja, gehen wir halt zurück«, wendet sich Herr Gröbner an mich. Schnell drehe ich mich um, und wir setzen uns wieder in Bewegung.

»Mama, darf ich ihn haben? Maaamaaa!«, höre ich beim Weggehen und ich bin mir ziemlich sicher, wie die Antwort ausfallen wird.

»Ich schlage aber vor, dass Sie erst einmal ein Stück mit der Molly gehen, damit Sie merken, ob Sie beide miteinander harmonieren. Und der Hannes geht mit. Nicht wahr, Hannes?«

Ist mir alles recht. Hauptsache, ich lerne Molly gleich ganz aus der Nähe kennen. Als wir am Zwinger ankommen, sitzt Molly noch so da wie eben.

Sie hat auf mich gewartet, denke ich gerührt. Hannes nimmt eine Leine vom Haken und öffnet die Zwingertür.

»Komm Molly, wir gehen ein Stück«, ruft er.

Sie kommt langsam zu uns. Sie scheint nicht wirklich aufgeregt zu sein, sondern eher vorsichtig. »Darf ich sie mal streicheln?«, frage ich Hannes. »Ja klar«, lässt der sich vernehmen und leint Molly an. Ich hocke mich hin und versuche sie zu locken.

»Hallo Molly, komm mal her! Komm mal her zu mir!« und tatsächlich …

Sie kommt langsam herüber, ohne mich jedoch anzuschauen.

Ich streichle sie am Kopf und an der Schulter. Doch da hat sie wohl schon genug und dreht sich von mir weg.

»Sie braucht sicher Zeit, bis sie wieder Vertrauen zu jemandem fasst«, erläutert mir Hannes.

Kein Wunder. Nachdem sie ausgesetzt und einfach allein gelassen wurde, meint Babette empört.

Dann gehen wir los.

»Na denn viel Glück«, ruft uns Herr Gröbner hinterher.

Schon nach einigen Metern überlässt mir Hannes die Leine und ich könnte platzen vor Stolz.

Molly benimmt sich eigentlich ganz gut, finde ich.

Naja, okay, um ehrlich zu sein, zieht sie ganz schön heftig an der Leine.

Und zwar so heftig, dass sie laute Japps- und Würgegeräusche von sich gibt. Es hört sich an, als würde sie in den nächsten Minuten verenden. Dass ich am anderen Ende der Leine hänge, interessiert sie nicht die Bohne. So bleibt mir also erst einmal nichts anderes übrig, als mit lang ausgestrecktem Arm hinter ihr herzurennen.

»Sie -ist -doch, -bis -auf -das -Ziehen, -ganz -brav«, stelle ich kurzatmig fest und Hannes grinst.

»Daran kann man arbeiten. Ist alles machbar. Für einen Anfänger ist es natürlich immer ein wenig schwieriger«, meint er und schaut interessiert nach vorne.

Auf dem Weg kommt uns gerade ein Fahrradfahrer entgegen und plötzlich ist nichts mehr, wie es war. Aus Molly wird ein Derwisch, ein wildgewordener Handfeger, ein Berserker. Sie stellt die Haare auf, reißt an der Leine, bellt, was das Zeug hält und fletscht die Zähne. Plötzlich wiegt sie zehn Tonnen und hat die Kraft eines Nashorns. Sie ist völlig außer sich. Hysterisch. Es steht außer Frage, dass sie den Radfahrer umbringen und anschließend auffressen will. Ich bin im ersten Moment total geschockt. Dann aber schaltet sich mein durch die jahrelange Arbeit mit Kindern geschulter Gefahrensensor ein. Ohne zu überlegen nehme ich die Leine kurz, bleibe stehen und arbeite mit meinem ganzen Gewicht gegen die unglaubliche Zugkraft an, die Molly entwickelt. Der arme Radfahrer fährt mit weit aufgerissenen Augen zügig und in gebührendem Sicherheitsabstand an uns vorbei. Molly kläfft ihm noch ein paar Mal hinterher, legt dann die Haare wieder an, schüttelt sich und plötzlich ist es so, als sei nichts gewesen. Sie will weiter und zieht, was das Zeug hält.

»Oho! Was war denn das?« Hannes staunt nicht schlecht.

»Unsere Molly scheint etwas gegen Räder zu haben. Tja, Frau Berger. Das war´s ja dann wohl. So einen Hund will doch kein Mensch haben, oder?«

Karin, überleg dir gut, was du jetzt sagst. Dieser Hund würde jeden Einbrecher in die Flucht schlagen. Ein Weichei nützt dir nichts. Du brauchst einen Wachhund, der sich auch was traut.

»Aber einen ständigen Kampf brauche ich auch nicht«, murmele ich.

»Wie bitte?«, fragt Hannes.

»Ich sagte: So schlimm ist das doch gar nicht.«

Mit dieser Antwort hat Hannes jetzt nicht gerechnet.

»Naja, wenn Sie sich so etwas antun wollen. Immerhin haben Sie da eben gar nicht mal so schlecht reagiert. Vielleicht könnte es ja tatsächlich klappen mit Ihnen und der Molly«, sagt er, doch sein Blick sagt etwas anderes.

Ich wünscht ich hätt' ein Huhn

Der Rest des Spaziergangs verläuft ohne weitere Zwischenfälle. Dies liegt aber nicht daran, dass ich mich als Hundeführerin besonders hervortue, sondern dass weit und breit kein Fahrrad mehr zu sehen ist. Hannes unterrichtet mich derweil über die weitere Vorgehensweise.

»Sie nehmen den Hund auf Probe mit nach Hause. Falls Sie sich doch überfordert fühlen sollten, können Sie die Molly wieder zurückbringen. Falls es aber doch mit Ihnen beiden klappt, wird der Vertrag abgeändert und Molly gehört Ihnen.«

Als er meinen skeptischen Blick bemerkt, fügt er hinzu:

»Molly braucht eine konsequente Führung. Sie muss wissen, wo sie dran ist. Meinen Sie, Sie können das?«

Ich betrachte Mollys Hinterteil. Das Ziehen an der Leine hat nicht nachgelassen, doch so schlimm finde ich es mittlerweile eigentlich gar nicht mehr.

Molly braucht ein ordentliches und liebevolles Zuhause und du brauchst einen Hund, der sich auch mal durchsetzen kann. Komm schon, Karin!

Babette hat recht. Nach einem Schoßhündchen habe ich schließlich nicht gesucht. Molly wird mein Hund und ich werde sie nicht wieder ins Tierheim zurückbringen. Auf keinen Fall. Komme, was da wolle.

»... den können Sie anrufen, wenn Sie nicht zurechtkommen«, unterbricht Hannes meine Gedanken.

»Wie bitte? Ich habe nicht richtig zugehört. Entschuldigung.«

Geduldig beginnt Hannes von vorne:

»Das Tierheim arbeitet mit einem Tierpsychologen zusammen. Wir geben Ihnen seine Nummer und Sie können ihn anrufen, falls Sie mit Molly nicht zurechtkommen, oder Fragen haben. Hier bei uns natürlich auch. Ist doch klar.«

»Das ist sehr beruhigend«, erwidere ich erleichtert.

»Sie sollten mit Molly auch in eine Hundeschule gehen. Wie man sieht, hat sie noch nicht viel gelernt.« Er deutet auf die straffe Leine.

Herr Gröbner hat uns kommen sehen und tritt gerade aus der Tür des Büros. »Na, wie war´s?«, fragt er höflich. »Hat alles geklappt?«

Hannes schildert ihm den Hergang unseres Spaziergangs und meine Reaktion auf Mollys Ausbruch, worauf Herr Gröbner anerkennend nickt und dann nachdenklich die Unterlippe vorschiebt.

»Na, Frau Berger? Was denken Sie? Wollen Sie es mit der Molly versuchen?«

»Auf jeden Fall«, sage ich und streichle ihr über den Kopf. Sie lässt meine Annäherungsversuche zu.

»Also gut, Frau Berger. Dann wollen wir mal ins Büro gehen und alles soweit fertigmachen. Hannes kümmert sich in der Zeit um Molly und dann kann es ja los gehen, nicht wahr?«

Nach einer guten halben Stunde, in der ich die unterschiedlichsten Formulare ausgefüllt und unterschrieben habe, trete ich als stolze Probebesitzerin einer etwa zweijährigen Mischlingshündin mit Herrn Gröbner aus dem Büro. Hannes steht schon da und Molly sitzt daneben und schaut mich nicht an.

»Also Frau Berger, alles Gute mit der Molly. Nehmen Sie sie überall mit hin. Sie muss noch viel lernen. Lassen Sie sich nicht entmutigen, wenn es mal nicht so klappt. Zähne zusammenbeißen und durch!«, gibt er mir mit auf den Weg.

»Sie können jederzeit anrufen«, grinst Hannes, das Kaninchen und reicht mir die Leine.

Ich schüttle beiden die Hand und dann geht es los.

Schnellen Schrittes (dank der Tempovorgabe meines Hundes) am Auto angekommen, öffne ich die Heckklappe und sage: »Hopp!«

Molly schaut mich nicht an und macht auch nicht hopp. Also das Ganze noch einmal.

»Hopp!«, sage ich und klopfe mit der Hand innen auf den Kofferraumboden.

Molly schaut gelangweilt zur Seite.

»Molly, hopp, hopp!«, sage ich und mache eine angedeutete Hüpfbewegung in Richtung Kofferraum. Meine Güte, wie blamabel. Wenn mich jemand sieht. Doch Molly rührt sich nicht. Mir bricht der Schweiß aus. Was, wenn ich es nicht schaffe? Schon sehe ich mich schwitzend und heulend wieder ins Büro zurückschleichen, um mein Versagen einzugestehen und mir bereits nach zwei Minuten Hilfe suchen zu müssen, als sich Frau Schmökel-Neumann meldet: »Visualisieren Sie sich selbst, wie Sie das Problem lösen! Wir laufen nicht vor Problemen davon. Wir gehen ihnen entgegen.«

Ich gehe dem Problem jetzt nicht entgegen, sondern darum herum. Ich versuche es mit der Beifahrertür. Und siehe da …

Mein Hund auf Probe hüpft auf den Beifahrersitz, als hätte sie nie etwas anderes getan.

Puh, geschafft! Ich wechsle auf die andere Seite und lasse mich ebenfalls auf den Sitz sinken. Molly hat es sich bequem gemacht. Sie liegt zusammengerollt da und schaut, (na, raten wir doch mal), mich nicht an. Kommt noch, denke ich und fahre los.

Plötzlich fällt mir ein, dass ich gar nichts vorbereitet habe. Kein Körbchen, kein Futter, nichts. Also sofort hin zur nächsten Tierfutterhandlung. Eine Filiale von «Happy Pet« ist ganz in der Nähe.

Ich werde Molly natürlich mit hineinnehmen. Wir müssen ja schließlich üben. Sie springt aus dem Auto und zieht mich in einem Affentempo hinter sich her in den Laden. Doch ich arbeite hart dagegen und schaffe es tatsächlich, sie in der Nähe einer Ladenmitarbeiterin zu stoppen. Glücklicherweise hat die gute Frau weder ein Fahrrad noch einen Rollator oder Ähnliches bei sich und Molly bleibt ruhig. Auf ihre freundliche Frage, ob sie mir helfen könne, schildere ich ihr meine Wünsche und wir starten gemeinsam einen Mammuteinkauf. Nach zwanzig arbeitsreichen Minuten verlasse ich den Laden mit einem großen Einkaufswagen voller Hundeartikel, einer hysterisch den Einkaufswagen anspringenden Molly und 180 Euro weniger im Geldbeutel.

Ich öffne gerade die Heckklappe, als Molly einen Satz nach vorne macht, und ich nach hinten gerissen werden. Ich knalle mit der Hüfte gegen den Einkaufswagen und kugele mir beinahe den Arm aus. Noch einmal hechtet Molly vorwärts. Durch den erneuten Ruck drehe ich mich um die eigene Achse, verliere das Gleichgewicht und falle auf die Knie.

In dieser Position habe ich nicht die Kraft, Molly zurückzureißen und muss hilflos mit ansehen, wie sie gegen ein gerade vorbeikommendes Fahrrad springt. Der Radfahrer wird genau wie ich, total überrumpelt und kippt zur Seite. Es scheppert, und sowohl Fahrrad, als auch Fahrer haben Bodenkontakt. Ich rapple mich so schnell es geht auf, um Schlimmeres zu verhindern, doch Molly hat sich augenblicklich wieder beruhigt. Ihre Mission ist erfüllt. Das Fahrrad ist erledigt.

Der Radfahrer interessiert sie nicht weiter. Sie bellt noch einmal kurz und schnuppert dann interessiert an etwas Undefinierbarem auf dem Boden.

Ich bin fix und fertig.

»Molly, sofort hierher!«, rufe ich, und als sie nicht reagiert, ziehe ich sie so fest ich kann an der Leine zurück und verfrachte sie schnell auf dem Beifahrersitz. Als ich mich wieder umdrehe, hat der Fahrradfahrer sich und sein Fahrrad wieder aufgerichtet und öffnet gerade den Verschluss seines Helmes.

»Es tut mir furchtbar leid«, beginne ich. »Ich hätte besser aufpassen müssen. Haben Sie sich verlet ...?«

Das Wort bleibt mir im Hals stecken und ich starre fassungslos auf mein Gegenüber. Der Radfahrer hat den Helm abgenommen und blinzelt mich etwas benommen an. Ich schätze ihn auf etwa fünfundvierzig. Er ist groß. Sicher um die eins achtzig, schlank, hat dunkelbraunes, leicht gewelltes, halblanges Haar und ... einen dichten Vollbart.

Mein Magen krampft sich zusammen.

Das ist er! Der Einbrecher!

»Ihr Hund mag wohl keine Fahrradfahrer?«

Er hat eine angenehme, dunkle Stimme, in der ein kleines Lächeln mitschwingt. Er scheint gar nicht sauer zu sein. Merkwürdig.

Mach den Mund wieder zu, Karin! Du darfst dir nichts anmerken lassen. Lass ihn nicht spüren, dass du ihn erkannt hast! Er darf keinen Verdacht schöpfen.

»Sie ist aus dem Tierheim ... gerade gekommen ... Äh, ich meine, ich habe sie von dort geholt und ... und sie ... sie hat ein Problem mit Rädern«, stottere ich.

»Das habe ich gemerkt.«

»Es tut mir so leid. Haben Sie sich etwas getan? Was ist mit Ihrem Rad?«

Er schaut an sich herunter und rollt dann sein Fahrrad hin und her. So ein Gefährt sieht man selten. Es ist grün und über und über mit bunten Blümchen bemalt. Ist der Einbrecher etwa ein Hippie? *Die klauen wie die Raben, hast du das nicht gewusst?*, tönt Babette. »Ach, so ein Quatsch!«, sage ich laut.

»Wie bitte?« Der Einbrecher ist irritiert.

»Ich sagte: Das Fahrrad ist doch wohl nicht Matsch«, improvisiere ich.

»Scheint nichts dran zu sein, und ich habe höchstens ein paar blaue Flecke abbekommen. Ist also nicht weiter tragisch.«

Jetzt grinst er tatsächlich. Es ist ein sehr sympathisches Lächeln, das bis zu seinen Augen reicht. Ich schaue in sein bärtiges Gesicht und kann es nicht fassen. Er wirkt so normal, so nett.

Verbrecher müssen sich gut verstellen können. Wenn man ihnen ansehen würde, dass sie Kriminelle sind, wären sie ja schließlich schnell hinter Gittern.

Stimmt. Und um ihn dingfest machen zu können, muss ich seinen Namen herausbekommen, oder besser noch seine Adresse.

»Geht es Ihnen gut?« Er wirkt plötzlich besorgt.

»Sie hatten gerade so einen abwesenden Gesichtsausdruck.«

Ich zwinge mich zu einem Lächeln.

»Mit mir ist alles in Ordnung. Ich habe mich nur so erschrocken. Wie kann ich das denn nur wieder gut machen, Herr …?«

»So schlimm war das doch gar nicht. Machen Sie sich keine Sorgen!«

Aha, er will dir seinen Namen nicht sagen. Sehr verdächtig.

Schon setzt er den Helm wieder auf. Mist! Er will abhauen. Was jetzt?

»Kann ich Ihnen denn wenigstens als Wiedergutmachung eine Kleinigkeit per Post zukommen lassen?«, dränge ich.

»Das ist wirklich nicht nötig.« Er schwingt sich auf sein Rad.

»Auf Wiedersehen«, und schon fährt er los.

Hinterher! Beeil dich, Karin!

So schnell ich kann, werfe ich meinen Einkauf in den Kofferraum, bringe eilig den Einkaufswagen zurück und starte den Wagen. Er ist in Richtung Bornstraße gefahren.

Vielleicht habe ich ja Glück und bekomme heraus, wo er wohnt.

Ich biege in die Bornstraße ein und halte nach einem Fahrrad Ausschau.

Da! Da vorne fährt er.

Ich lasse das Blümchenrad nicht aus den Augen und sehe, wie es nach links abbiegt. Leider ist die nächste Ampel rot und die Verfolgung erst einmal auf Eis gelegt. Als ich endlich auch abbiegen kann, ist von dem Fahrrad weit und breit nichts mehr zu sehen. Hier beginnt leider auch ein Radweg durch den Park. Den hat er sicher genommen. Das war´s dann wohl mit meiner Detektivarbeit. Enttäuscht trete ich den Heimweg an, nehme mir aber vor, jetzt häufiger um diese Zeit Richtung Bornstraße zu fahren. Man weiß ja nie.

Kaum habe ich die Haustüre aufgeschlossen klingelt das Telefon. Ich leine Molly schnell ab und greife nach dem Hörer.

»Wie war die Nacht Schwesterherz?«, höre ich die Stimme meiner Schwester Petra.

Ich lege sofort los und erzähle ihr von meiner unaussprechlich furchtbaren Nacht, dem Besuch bei Frau Schmökel-Neumann, dem Tierheim, Molly und ihrer Macke und natürlich von der Begegnung mit dem Einbrecher.

Am anderen Ende der Leitung ist es ganz still.

»Bist du noch da?«, frage ich atemlos.

»Und du bist dir sicher, dass es der gleiche Mann war?«

»Naja, so ziemlich. Er hatte zwar keine Baseballmütze auf und andere Sachen an. Aber sonst hat alles genau gepasst. Er war es ganz bestimmt.«

»Du könntest dich aber auch irren.«

»Er wollte mir seinen Namen nicht nennen. Wenn das nicht verdächtig ist. Außerdem hat er sich überraschend schnell aus dem Staub gemacht«, gebe ich zu bedenken.

»Vielleicht hat er aber auch nur gedacht, du wolltest ihn anmachen und es war ihm peinlich.«

Petra lacht.

»Haha. Mach dich ruhig lustig über mich. Aber ich weiß, was ich gesehen habe«, erwidere ich säuerlich.

»Mhm«, macht Petra. »Und? Ist der Hund schon bei dir im Haus?«

»Ja, sie schaut sich gerade ihr neues Zuhause an. Molly wird dir gefallen. Sie ist eine wahre Schönheit.«

»Und du hast dir das alles wirklich gut überlegt, ja?«, fragt sie.

»Sag mal, hast du mir überhaupt zugehört?«, erwidere ich eingeschnappt.

»Habe ich. Und ich kenne deine berühmten Spontanentscheidungen zur Genüge, weil sie bisher meist in die Hose gegangen sind, und ich hinterher alles wieder in Ordnung bringen musste.«

Ich weiß, worauf sie anspielt. Als mein Sohn Alex acht war, wollte er unbedingt ein Haustier haben. Ich kaufte damals, zugegebenermaßen sehr spontan, zwei Meerschweinchen. Fox und Fixi. Süße Kerlchen, ohne Zweifel. Allerdings hatte ich leider vergessen, mir bereits im Vorfeld Gedanken darüber zu machen, was im Urlaub aus ihnen werden sollte.

Es kostete mich all meine Überredungskünste, Petra dazu zu bewegen, die Urlaubspflege der beiden zu übernehmen. Das hält sie mir bis heute vor, obwohl ich ihr jedes Mal tolle Geschenke mitbrachte.

»Das ist doch ewig her. Alex ist mittlerweile schon 26. Sei doch nicht so nachtragend«, protestiere ich.

»Bestimmt hast du mich auch diesmal verplant, ohne mich vorher zu fragen, stimmt´s?«

»Hunde kann man problemlos mit in Urlaub nehmen«, trumpfe ich auf.

»Außerdem wollte ich diesen Sommer sowieso nicht wegfahren, wie du weißt«.

»Und was ist mit deinen Konferenzen, den Elternsprechtagen, den Klassenfahrten …«.

Autsch! Jetzt hat sie mich am Wickel.

»Äh, ja, stimmt wohl«, muss ich kleinlaut zugeben.

»Wusst ich´s doch.« Petra klingt selbstzufrieden.

»Und du glaubst wirklich, du hast genügend Erfahrung, um so ein Hundeproblem zu wuppen?«

»Na, sicher. Schließlich hatten wir doch den Lumpi«, antworte ich.

»Halloho? Als Lumpi gestorben ist, warst du gerade mal neun und ich erst zwei. Du willst mir doch nicht erzählen, dass du von damals noch etwas anderes weißt, als die Tatsache, dass er existiert hat. Also wirklich Karin, das würde ich jetzt nicht unbedingt als Hundeerfahrung ins Feld führen.«

Ich schlucke.

»Komm schon Petra. Sei nicht so«, schnurre ich. »Du wirst Molly lieben. Ich werde ganz viel mit ihr üben und in die Hundeschule gehen. Bis du dann irgendwann zum Einsatz kommst, haben wir beide bestimmt schon das Hundeabitur. Bütteee!«

Petra lacht und ich weiß, ich habe gewonnen.

»Ok. Ich mag Hunde, das weißt du ja. Aber warum konntest du dir nicht einen ganz normalen Hund aussuchen? Einen ohne Matsche?«

»Weil es einfach Molly sein sollte«, erwidere ich.

»Das müsstest doch gerade du gut verstehen, wenn ich mir deinen Kurt so ansehe.«

Sofort reagiert Petra säuerlich. »Jetzt fang nicht schon wieder damit an!«, grollt sie und ich denke, dass ich wohl besser meinen Mund gehalten hätte.

Kurt, Petras neueste Eroberung, ist ein Muttersöhnchen und sicherlich kein Vorbild für Petras Sohn Robin, der unleugbar ein süßer und vor allem kluger und hübscher fünfjähriger Kerl ist. Leider trägt Robin und auch das lässt sich nicht leugnen, die Gene eines ebenso wie Kurt nicht wirklich familientauglichen Kerls in sich. In den hatte sich Petra auf einer Ferienreise verliebt und verdankt ihm nicht mehr und nicht weniger als 5000 Euro Schulden und Robin. Wobei ich betonen möchte, dass Robin wirklich gut gelungen und die 5000 Euro mehr als wert ist.

Petra hat nun mal leider einen komischen Geschmack, was Männer angeht, finde ich. Kurt ist der ewige Student, hat nie Geld, lebte bis ins zarte Alter von 26 Jahren bei Mama und ist auch sonst nicht der Hingucker mit seinen dünnen, spülwasserfarbenen Haaren und der spitzen, kleinen Nase.

Da ich weiß, dass Petra, was ihren Kurt angeht, etwas sensibel ist, lenke ich schnell ein: »Entschuldigung. War nicht so gemeint, Schwesterchen.«

Petra ist nie lange sauer. Das ist ein wunderbarer Charakterzug von ihr, den ich aufs Höchste schätze. So brummelt sie auch jetzt:

»Na gut. Aber lass Kurt endlich in Ruhe!«

»Versprochen«, lüge ich, ohne rot zu werden.

»Aber denk dran! Ich nehme den Hund erst, wenn er sich benehmen kann. Schließlich muss ich an Robin denken. Stell dir vor, der beißt ihn.«

»Robin wird Molly schon nicht beißen, keine Sorge«, lache ich.

»Haha, sehr lustig. Versprich es mir!«, erwidert Petra.

»Versprochen«, töne ich im Brustton der Überzeugung.

»Na gut. Ich mach´s«, stöhnt sie und ich juble und danke ihr mit Drücker und Kuss durchs Telefon.

Als ich kurz darauf ins Wohnzimmer trete, sehe ich sofort die Bescherung. Molly hat eine große gelbe Pfütze auf dem Fußboden hinterlassen und ist jetzt bestimmt auf dem Weg ins Schlafzimmer, um es als karinfreie Zone zu erklären. Sofort suche ich nach dem Untier.

Ich schaue in der Küche nach, doch da ist sie nicht. Als ich gerade die Treppe hochhasten will, kommt Molly mir aus dem Arbeitszimmer entgegen. Ohne mich zu beachten, geht sie an mir vorbei, betritt das Wohnzimmer und legt sich vor mein Sofa. Es hat jetzt sicher keinen Sinn mehr wegen der Pfütze mit ihr zu schimpfen. Also putze ich zum ersten, aber längst nicht zum letzten Mal das Malheur weg.

Ein Gummihuhn wäre pflegeleichter gewesen, amüsiert sich Babette.

»Aber mit Molly wird mein Haus zur Festung«, sage ich, gehe nach draußen und räume mein Auto aus.

Guter Start ist halber Sieg

Als ich fertig bin, liegt Molly immer noch vor dem Sofa und ignoriert gekonnt meine Aktivitäten. Ich gehe zu ihr, öffne ihr altes Halsband und lege ihr das eben erstandene an. Todschick. Sie lässt alles ohne Murren mit sich machen und ich bin stolz auf mich.

Dann fahre ich mit Molly in den Wald. Dort werden wir beide ordentlich üben. Kaum sind wir ausgestiegen, zieht Molly an der Leine, was das Zeug hält. Ich halte dagegen und sage immer wieder tapfer: »Bei Fuß!« So bewegen wir uns, die eine japsend und hechelnd, die andere japsend und schwitzend den Waldweg entlang und ich konzentriere mich völlig auf mein Gegenüber, bzw. mein Nebenher, was man von diesem allerdings nicht behaupten kann. Ich bin so sehr mit meiner Übungseinheit beschäftigt, dass ich den anderen Hund erst bemerke, als er fast vor mir steht.

Plötzlich sehe ich, dass Molly die Haare aufstellt und als ich nach vorne schaue, stehe ich bereits Auge in Auge mit einem Kalb. Zumindest von der Größe her. Der Hund ist riesig, wenn nicht noch größer. Ich gebe vor Schreck einen Laut von mir, der sich anhört, wie ein Schweinequieken und erstarre zur Salzsäule.

Molly nicht. Sie und der Riesenköter beschnuppern sich interessiert und wedeln dabei mit dem Schwanz. Na, wenn das mal kein gutes Zeichen ist. Ich jedenfalls bewege mich kein bisschen. Es könnte ja schließlich sein, dass er es sich anders überlegt und mal probieren möchte, wie eine Frau mittleren Alters so schmeckt.

»Harro, hierher!«, höre ich da endlich.

Harro, der Riese reagiert prompt, indem er sich nicht stören lässt und weiter mit Molly rummacht. Ich stehe da wie eine Eins und hoffe auf die schnelle Eingreiftruppe. Die rauscht auch schon sehr sportlich heran, und zwar in Form eines großen Mannes mit schnellem Schritt.

»Harro, hierher!«, wiederholt er merklich drohender.

Nun bequemt sich Harro doch einmal nachzusehen, was sein Herrchen von ihm will und trottet ganz gemütlich in die ihm befohlene Richtung.

Aus mir entweicht die Luft wie aus einem Blasebalg und ich sacke förmlich in mich zusammen. Puh, das war knapp. Ich schaue Herrchen zu, der seinen Harro an die Leine legt und dann aus sicherer Entfernung verlegen lächelnd zu mit herübersieht.

›Tut mir sehr leid«, beginnt er und wirkt äußerst zerknirscht.

»Normalerweise treffen wir hier nie jemanden und daher habe ich Harro vorauslaufen lassen.

Er ist zwar groß, tut aber keiner Fliege was zuleide. Ich kann trotzdem gut verstehen, dass Sie sich erschrocken haben. Sorry.«

»Ihr Hund ist wirklich sehr groß und ich war abgelenkt. Mir ist fast das Herz stehen geblieben«, muss ich zugeben.

Der ausgesprochen gut aussehende Mann lächelt mir freundlich zu.

»Ich hoffe, Sie sind mir nicht böse. Und wen haben Sie da? Eine wahre Schönheit.« Er zeigt auf Molly. »Wie heißt sie denn? Es ist doch eine Sie, oder?«

»Das ist Molly und ich habe sie erst seit ungefähr einer Stunde«, erkläre ich ihm.

»Sie haben den Hund erst seit einer Stunde? Wie das denn?«

»Aus dem Tierheim.«

»So ein bildhübsches Tier? Molly heißt sie? Dürfen Harro und ich näher kommen? Ich passe auch gut auf, dass er Abstand zu Ihnen hält.«

Ich nicke erfreut. Ja, sicher darf das gut aussehende Harro-Herrchen näher kommen. Harro nehme ich dafür glatt in Kauf. Er ist ja jetzt an der Leine. Herrchen hat ein ebenmäßiges Gesicht und trägt sein schulterlanges, schwarzes Haar zu einem Pferdeschwanz gebunden. Es steht ihm außerordentlich gut. Er hat große, rehbraune Augen und volle, sinnliche Lippen. Sein markantes Kinn ist glatt rasiert. (Wie schön. Männer mit Bart sind mir seit gestern ein Graus.) Er trägt ein weißes T-Shirt und eine Jeans. Eine sportliche Figur hat er. Da stimmt alles. Kann es so was geben? Wie alt wird er sein?

Nun ist es aber gut, Karin. Gleich fängst du an zu sabbern, ruft Babette mich zur Ordnung.

Schon sind Harro und Herrchen da und die Hunde beschnuppern sich begeistert. Schade, dass Menschen das nicht machen.

Vor meinem geistigen Auge schnuppert Herrchen an meinem linken Ohr.

Und dann am Hintern, was?

Babette kann manchmal wirklich ein Ekel sein.

Herrchen streckt mir die Hand hin. Eine tolle Hand. Braun gebrannt, mit Fingern wie von da Vinci gemalt.

»Johannes Färber. Es tut mir wirklich leid wegen eben. Ist alles wieder in Ordnung?«

»Ja, ist schon gut«, beeile ich mich zu versichern und merke, wie mir das Blut in die Wangen steigt. So was Blödes! Wie alt muss ich denn noch werden, bis das endlich einmal aufhört?

Da musst du jetzt durch! Tu einfach so, als ob nichts wäre!,

»Ich heiße Karin Berger«, fahre ich fort, als ob nichts wäre, und lasse die fantastische Hand los.

»Die beiden scheinen sich zu mögen«, meint nun Herr Färber und nickt in Richtung der Hunde.

Tatsächlich! Molly und Harro hüpfen umeinander herum und beißen sich spielerisch in die Ohren.

Na, das wär doch was! Herr Färber hat schließlich fantastische Ohren.

»Harro ist normalerweise sehr wählerisch, was andere Hunde betrifft.

Er ignoriert die meisten einfach. Es ist wirklich erstaunlich, dass er Ihre Molly gleich ins Herz geschlossen hat«, fährt Harro-Herrchen fort und zeigt ein strahlendes Lächeln, bei dem seine weißen, wohlgeformten Zähne sichtbar werden.

Meine Güte, wie im Groschenroman.

Die Sache hat sicher einen Haken. Kein Mann sieht so toll aus und ist auch noch nett. Bestimmt ist er ein Serienmörder oder Schlimmeres. Du wirst schon sehen, Karin.

Hingerissen erwidere ich sein Lächeln und seine möglichen dunklen Geheimnisse sind mir erst einmal herzlich egal.

Mittlerweile sind die Hunde dazu übergegangen, sich wechselseitig auf den Rücken zu werfen und sich ebenfalls wechselseitig an allen möglichen und unmöglichen Stellen zu untersuchen. Dabei entsteht ein gewaltiges Leinenchaos, dass Herrchen und mich vom Reden ablenkt und zum Handeln zwingt. Wir sprinten um die Hunde herum und versuchen, die Leinen wieder auseinanderzudividieren.

»Geschafft«, grinst Herr Färber und überlegt laut:

»Sie dürfen Molly sicher noch nicht von der Leine lassen, habe ich recht?«

»Ja«, stimme ich ihm zu. »Das traue ich mich nicht. Molly ignoriert mich ja selbst mit der Leine und ohne würde sie bestimmt nicht hören und weglaufen.«

»Schade. Die beiden hätten bestimmt einen riesigen Spaß und wir müssten uns nicht mehr mit so einem Durcheinander abgeben. Aber wenn Sie mögen, können wir ja öfter zusammen spazieren gehen? Irgendwann ist Molly dann sicher so weit und kann ohne Leine mitlaufen«, schlägt Herr Färber vor.

Mir bleibt fast das Herz stehen. Hat er sich tatsächlich mit mir zum Spazierengehen verabredet? Ich kann es nicht fassen. Kaum habe ich einen Hund, habe ich auch schon ein Date und was für eins.

»Das ist eine gute Idee. Es macht die neue Situation sicher für Molly leichter, wenn sie einen Spielgefährten hat«, erwidere ich mit wild pochendem Herzen.

»Fein«, grinst mein fantastisch aussehender neuer Spaziergehpartner. »Abgemacht. Morgen um die gleiche Zeit? Wir könnten uns am Parkplatz treffen.«

Mir ist ganz schwindelig und ich hauche:

»Gut. Sagen wir 13.30?«

»Passt mir prima. So, Harro, dann wollen wir mal nach Hause. Bis Morgen. Tschüss Molly.«

Ich kann mich gerade noch davon abhalten, ihm mit offenem Mund hinterher zu gaffen und gehe weiter. Molly ist damit zuerst gar nicht einverstanden und will ihrem neuen Kumpel nachlaufen. (Ach, wie gut kann ich dich verstehen, mein Hund). Dann aber fügt sie sich in ihr Schicksal und zieht mich wieder hinter sich her. Ich lasse mich jedoch nicht entmutigen, sondern gehe mit neuem Elan an die Aufgabe, meinem Hund das Bei-Fuß-Gehen beizubringen. Doch um ehrlich zu sein, bin ich nicht so ganz bei der Sache, denn ich werde durch unterschiedliche Tagträume abgelenkt.

Johannes und ich in einem flotten Cabrio. Sein Haar weht im Fahrtwind und er lächelt mich verliebt an.

»Bei Fuß! So ist fein.«

Johannes und ich beim Candle Light Dinner und er lächelt mich verliebt über die Kerzenflamme hinweg an.

»Guck doch mal, Molly. Hier bin ich. Fuuuß!«

Johannes selig lächelndes Gesicht auf dem Kissen neben mir und er lächelt mich erschöpft aber glücklich und verliebt an.

So, jetzt reicht´s aber wirklich. Du hast ja wohl nicht alle Tassen im Schrank. Konzentrier dich lieber auf Molly, als auf mögliche Serienmörder.

Ist ja schon gut. Ich versuche also weiter vergeblich, Mollys Interesse auf mich zu lenken. Nach einer Weile gebe ich aber fürs Erste auf, lasse mich noch etwas durch den Wald ziehen und fahre anschließend mit meinem Hund auf dem Beifahrersitz und einem zufriedenen Grinsen im Gesicht wieder nach Hause.

Früh übt sich, was ein Meister werden will.

Zuhause angekommen suche ich gleich nach einer passenden Hundeschule.

Tatsächlich gibt es zwei Stück. Da ist erstens ein Verein für Schutz- und Gebrauchshunde, der auf seiner Seite mit unterschiedlichen Unterordnungskursen wirbt. Alles in einer Hand, denn wir sind vom Fach, steht da. Erziehungsprobleme, Leinenaggression und Ungehorsam werden in den verschiedenen Kursen angegangen. Hunde werden auf die Begleithundeprüfung vorbereitet. Eine Probestunde ist möglich. Gar nicht schlecht.

Ich rufe an und erläutere kurz, was es mit Molly auf sich hat.

»Kommen Sie doch morgen so gegen 16 Uhr einfach vorbei, wenn Sie Zeit haben. Dann können Sie mit unserem ersten Vorsitzenden sprechen. Er übernimmt immer die schwierigen Fälle«, erklärt mir eine freundliche Frauenstimme.

»Ich werde es versuchen«, verspreche ich und lege auf.

Die zweite Adresse ist die Hundeschule Mallmann.

Gar nicht so weit weg von hier, sehe ich erfreut und lese weiter. Auf dem Weg zu einem harmonischen Miteinander. Passgenaues Training für Sie und Ihren Hund. Frank Mallmann ist ausgebildeter Hundetrainer und arbeitet mit Ihnen konkret am Problem. Das Erkennen von Unstimmigkeiten und der Aufbau von Vertrauen sind die Basis für ein fähiges Mensch-Hunde-Team. Hausbesuche und Einzeltraining möglich.

Das hört sich ja richtig gut an. Also greife ich erneut zum Telefon.

Herr Mallmann ist selbst am Apparat. Er hat eine kräftige, sympathische Stimme und fragt, was er für mich tun kann. Ich erzähle ihm alles und er reagiert sehr professionell.

»Ich denke, Sie sollten auf jeden Fall ein Einzeltraining in Betracht ziehen, um dem Hund ohne Stress die Möglichkeit zu geben, sich an Sie und die neue Situation zu gewöhnen. Und Sie sollten nicht zu lange damit warten« gibt er zu bedenken und ich finde, er hat recht.

»Wann hätten Sie denn Zeit für uns?«, frage ich daher und bin erstaunt und erfreut über seine Antwort:

»Mir hat heute ein Kunde abgesagt. Wenn Sie nicht zu weit entfernt wohnen, könnte ich Ihnen schon heute Nachmittag zur Verfügung stehen«.

»Dann machen wir das doch«, sage ich spontan zu und wir verabreden uns um 16.30 bei mir.

Nachdem ich aufgelegt habe, betrachte ich verwundert meinen Hund, der es sich auf der neuen Schlafdecke gemütlich gemacht hat.

»Molly, Molly, du veränderst mein Leben. Jetzt habe ich schon die zweite Verabredung an nur einem Tag. Wow!«

Molly hebt nicht mal den Kopf. Na, dann eben nicht, denke ich und plötzlich macht sich die durchwachte Nacht bemerkbar. Ich bin auf einmal so müde, dass ich im Stehen schlafen könnte, schleppe mich zum Sofa und lasse mich mit einem wohligen Seufzer auf die Kissen sinken. Es ist ja noch genügend Zeit, bis Herr Mallmann kommt. Ich brauche nur ein halbes Stündchen. Auf der Stelle bin ich eingeschlafen.

Als es klingelt, bellt Molly dermaßen laut und hysterisch, dass ich augenblicklich kerzengerade auf dem Sofa sitze und das Gefühl eines nahenden Herzinfarktes habe.

Ich haste zur Tür und Molly hastet mit und bellt, was das Zeug hält. Sie wird doch nicht beißen, wenn ich die Tür jetzt öffne?

Das ist doch genau dass, was du wolltest, frohlockt Babette. Dank Molly kommt hier keiner mehr so einfach rein. Ha!

Einbrecher klingeln in der Regel nicht, murmele ich, hocke mich hin und halte Molly sicherheitshalber am Halsband fest. Dann recke ich mich und öffne vorsichtig die Tür. Der Mann, der draußen steht, hat ein freundliches, jugendliches Gesicht. Die runde Brille, die er trägt, unterstreicht diesen Eindruck. Er tut so, als sei es das Normalste der Welt, von einer Frau, die mit verwuschelten Haaren und glasigen Schlafaugen auf dem Boden hockt, die Tür geöffnet zu bekommen. Er schaut auf mich hinunter und fragt mit einem netten, offenen Lächeln:

»Frau Berger?«

»Ja, bin ich.« Um Mollys Radau zu übertönen, muss ich sehr laut sprechen.

»Frank Mallmann. Wir hatten telefoniert. Und das da ist dann wohl die Molly, hab ich recht?« Auch Herr Mallmann hat die Stimme angehoben, um verstanden zu werden.

»Ja, das ist sie. Hallo Herr Mallmann. Was soll ich denn jetzt machen? Es war noch niemand an der Tür, seit sie hier ist und ich weiß nicht, wie sie reagiert«, schreie ich und blinzle ihn von unten verzweifelt an.

»Lassen Sie sie einfach los!«, fordert er mich auf und ich tu´s.

Molly macht einen Satz nach vorne und ich verliere das Gleichgewicht und lande auf dem Hintern. Da sitze ich nun und sehe, wie Molly bellend auf Herrn Mallmann zuspringt, kurz an ihm schnuppert, sich umdreht und ins Wohnzimmer marschiert.

»Na, war doch gar nicht so dramatisch«, höre ich Herrn Mallmann sagen, und ergreife die Hand, die er mir hinstreckt.

Es ist eine kräftige, feste Männerhand, die mich aus der sitzenden in die stehende Position befördert.

»An dem Bellen können wir auch arbeiten, wenn Sie möchten«, erklärt er mir.

Nix da. Solange sie niemanden auffrisst, ist Mollys Bellen doch goldrichtig. Du wirst heute Nacht schlafen wie ein Baby, meine Liebe.

Da ist allerdings was dran.

Unauffällig schaue ich mir den Hundetrainer etwas genauer an. Er hat freundliche blaugraue Augen. Seine dunkelblonden Haare trägt er recht kurz, was ihm aber sehr gut steht. Er ist nicht besonders groß, normal halt, aber durchtrainiert. Da wabbelt nichts.

Ich bitte ihn herein, gehe voraus ins Wohnzimmer und bleibe ungläubig stehen. Das gibt´s ja wohl nicht!

Molly thront auf meinem cremefarbenen Sofa und schaut gelassen an uns vorbei.

»Runter da, Molly!«, höre ich mich sagen. Ich gehe drohend auf sie zu und sehe plötzlich, wie sie ein ganz klein wenig die Lefzen kräuselt und mir die Spitzen ihrer Zähne zeigt. Ohne mich dabei direkt anzusehen, versteht sich. Ich erstarre, wie vom Donner gerührt und weiß nicht, wie mir geschieht.

»Upps!«, höre ich Herrn Mallmann ausrufen.

»Jetzt müssen wir aber was machen.«

»Ja, was denn?«, frage ich völlig verzweifelt.

Ich war doch so überzeugt davon, dass Molly bei mir ganz lieb sein würde. Ich war mir ganz sicher, dass ich sie niemals zurückbringen würde. Aber jetzt? Ein Hund, der mir droht? Ein gefährlicher Hund? Ich denke an Robin. Ein Hund, der mich, sein Frauchen anfletscht, das geht gar nicht. Oh, mein Gott. Ich werde sie zurückbringen müssen. Ich werde versagen. Kein Spaziergang mit Johannes Fantastic Färber, kein Candle Light Dinner. Ich bin am Boden zerstört und das alles in einem Sekundenbruchteil, denn länger habe ich nicht gebraucht, um mein schönes neues Leben gedanklich in Schutt und Asche zu legen.

Da unterbricht Herr Mallmann meine apokalyptischen Gedanken.

»Scheuchen Sie sie einfach runter.«

»Ich traue mich nicht«, gestehe ich kleinlaut.

»Ich bin doch bei Ihnen. Sie wird nicht beißen, denn sie hat Ihnen nicht in die Augen gesehen. Ein Hund, der es ernst meint, würde Sie direkt anstarren, um seine Drohung zu untermauern. Vertrauen Sie mir.«, beruhigt mich der Trainer und ich nehme meinen ganzen Mut zusammen und gehe wieder auf Molly zu. Die kräuselt schon wieder.

Entmutigt und verängstigt bleibe ich stehen.

»Sie müssen überzeugend sein«, schärft mir Herr Mallmann ein.

»Sie sind der Leithund. Zeigen Sie Molly, dass Sie das Sagen haben. Gehen Sie festen Schrittes auf sie zu, nehmen Sie sie am Halsband und schmeißen Sie sie vom Sofa. Peng!«

Peng! Der hat gut reden.

Aber dann fällt mir wieder Frau Schmökel-Neumann ein und die vielen Therapiesitzungen. Jetzt könnte ich ihr beweisen, dass es doch etwas gebracht hat, mit oder ohne Peng. Ich gehe wieder auf Molly zu, schalte dabei den Angsthasenteil meines Gehirns aus und bete mir vor wie ein Mantra:

Ich bin der Leithund. Ich bin der Leithund. Ich bin der …

Molly kräuselt, aber ich packe sie am Halsband und ziehe sie -hast du nicht gesehen- vom Sofa, ohne dass sie nur einen Mucks machen kann.

»Gut gemacht, Frau Berger!«, höre ich Trainer Mallmann sagen und komme wieder zu mir.

Ich habe es geschafft. Mein Selbstbewusstsein führt einen Freudentanz auf und ich strahle Herrn Mallmann an. Er ist wirklich stolz auf mich und lobt mein beherztes Vorgehen.

Der Mann hat wirklich was drauf. Ein Glücksgriff würde ich sagen.

Molly hat sich beleidigt auf ihre Decke verzogen und mir demonstrativ ihr Hinterteil zugewandt. Egal. Ich wachse gerade um 20 cm, als mich der Hundetrainer wieder zurück in die Realität bringt.

»Das was natürlich erst der Anfang. Sie wird das noch öfter probieren. Und Sie müssen ihr jedes Mal zeigen, wer hier die Hosen anhat. Molly muss wissen, wo sie in der Rangfolge steht. Und das sollte ein gutes Stück unter Ihnen sein. Dann ist der Hund zufrieden.«

»Ich werde mich anstrengen«, verspreche ich.

»Ok! Wir haben noch ein Stück Arbeit vor uns, Frau Berger«, fährt Herr Mallmann freundlich fort.

»Wie wäre es mit ein wenig Leinentraining?«

Kurze Zeit später sieht man uns beide mit Molly auf dem Bürgersteig hin und her laufen. Herr Mallmann erklärt mir freundlich aber bestimmt, dass die Fehler immer nur beim Menschen liegen. Ich werde an der Karin-Molly-Kommunikation arbeiten müssen. Nur wenig später bin ich bereits aus der Puste. Molly zieht, trotz kommunikativem Training, wie eine Hirnlose und hier an der Straße kommt ihre Räderphobie erschwerend hinzu. Es ist total anstrengend und ich erkenne auch nach einer halben Stunde noch keinerlei Fortschritte. Ich bin frustriert.

Doch der Trainer ist ein wahrer Profi. Ruhig und konsequent bespricht er immer wieder die richtige Leinenhaltung mit mir und gibt mir Tipps, wie ich Mollys Aufmerksamkeit auf mich lenken soll. Dabei rutscht ihm wiederholt das Du heraus, was in so einer Arbeitssituation viel einfacher ist und so bitte ich ihn, mich beim Vornamen zu nennen. Tatsächlich wirkt es jetzt irgendwie freundschaftlicher, wenn er mir meine Fehler aufzählt. Nach fast einer Stunde bitte ich um Gnade. Ich bin völlig fertig. Wir sind schon auf dem Weg ins Haus, als Molly schnell noch einen vorbeikommenden Motorradfahrer aus dem Sattel holen will. Dies bringt mir sogleich einen rügenden Blick des Trainers ein. Schließlich habe ich nicht genügend aufgepasst.

Zurück in der räderfreien, sicheren Atmosphäre meines Hauses lasse ich mich in der Küche auf einen Stuhl plumpsen. »Meine Güte. So ähnlich muss man sich fühlen, wenn man einen Marathon gelaufen ist. Ich brauche dringend einen Kaffee und etwas Süßes«, ächze ich.

Frank lässt sich zu einer Tasse einladen und so sitzen wir beide kurze Zeit später vor Kaffee und Schokolade und besprechen das weitere Vorgehen. Ihm ist natürlich gleich aufgefallen, dass Molly mich ignoriert und er macht den Vorschlag, mindestens einmal pro Woche zu trainieren. In der nächsten Stunde werden wir erst einmal daran arbeiten, dass mein Hund mich wahrnimmt. Nur wenn das klappt, kann auch der Rest funktionieren, meint er. Ich stimme selbstverständlich zu und wir halten einen Termin fest.

Dann erzähle ich Frank von dem Einbruch, von Mollys Schicksal und davon, dass sie einfach ausgesetzt wurde.

»Eigentlich ist es ja gar nicht schlecht, dass Molly so laut bellt, wenn jemand an der Tür ist«, finde ich. »Aber das mit den Rädern ist schon wirklich sehr nervig und auch gefährlich.«

Auf meine Frage, wie hoch er meine Erfolgsaussichten in Sachen Hundeerziehung einschätzt, wird sein Blick ernst. Mir rutscht das Herz in die Hose.

»Ich will ehrlich sein, Karin«, beginnt er und mein Herz rutscht gleich noch eine Etage tiefer.

»Traumatische Erlebnisse prägen einen Hund sein ganzes Leben lang. Wir können durch ein intensives Training sicherlich eine Verbesserung des Verhaltens erzielen. Es wäre sogar möglich, dass Molly irgendwann ganz normal wird.«

»Jetzt kommt bestimmt das Aber,« werfe ich ein.

»Aber ... es könnte sein, das Molly nie wie ein ganz normaler Hund sein wird. Es könnte sein, dass du mit ihr immer wieder in Situationen kommst, die dich überfordern. Und das, solange sie lebt«, gibt er zu.

Ich schlucke. Obwohl ich ja damit hatte rechnen müssen, ist die Wahrheit, wenn sie so deutlich ausgesprochen wird, ziemlich brutal.

»Ich habe mir vorgenommen, alles zu versuchen, um ihr zu helfen und mir geschworen, Molly niemals wieder ins Tierheim zurückzubringen«, erkläre ich Frank.

Dann fahre ich fort: »Ich habe mir Molly ausgesucht und jetzt muss ich halt da durch. So einfach ist das.«

Frank grinst anerkennend und meint:

»Deine Einstellung gefällt mir. Ich wünschte, alle Hundehalter würden so denken. Wir werden Molly helfen und dir auch.«

Ich lächle ihm dankbar zu und finde ihn großartig.

Nun erzählt Frank mir von seinem Beruf. Für mich ist das alles höchst interessant und ich klebe an seinen Lippen.

»Ich habe eigentlich etwas ganz anderes gelernt, nämlich Maler und Lackierer. War auch ganz in Ordnung. Dann habe ich meinen ersten Hund aus dem Tierheim geholt. Es war ein vierjähriger Settermischling Namens Joe.«

»Der war sicher nicht so schwierig wie Molly?«, vermute ich.

Frank schmunzelt.

»Ganz im Gegenteil. Joe ist mir von Anfang an auf der Nase herumgetanzt. Er pinkelte überall hin, ließ mich nicht mehr aufs Sofa, war futterneidisch und benahm sich an der Leine wie der Leibhaftige.«

Ich mache große Augen. Dieser fantastische Hundetrainer hatte selbst Erziehungsprobleme?

»Nach kurzer Zeit war ich ein nervliches Wrack. Entweder musste ich Joe zurück ins Tierheim bringen, oder mir Hilfe suchen«, erzählt er.

»Das ist für Männer ja bekanntlich nicht ganz so leicht. Ich meine, um ...«

»Hilfe zu bitten«, ergänze ich.

»Mag sein. Jedenfalls lernte ich Peter Grünberg kennen. Sagt dir der Name etwas?«

Ich schüttle den Kopf. »Ich kenne nur diesen Hundeflüsterer aus dem Fernsehen. Frank lacht:

«Ja, der hat seine Sache wirklich gut gemacht. Grünberg kennt man nicht aus den Medien, doch er ist mittlerweile eine Koryphäe in der gewaltlosen Hundeerziehung. Damals war er allerdings noch nicht so bekannt. Er ist einer der größten Hundekenner, die es gibt.

Ich war sofort von seiner Methode, Problemhunde ohne Gewalt und Zwang wieder ins Lot zu bekommen, überzeugt.«

»Ich nehme an, du hast nach dieser Methode mit Joe gearbeitet.« Frank nickt.

»Die Erfolge waren phänomenal. Nach wenigen Wochen hatte ich einen anderen Hund. Ich war glücklich und Joe auch. Es war unglaublich und ich war so begeistert von der Arbeit, dass ich mich damals entschieden habe, selbst Hundetrainer zu werden.«

»Wie macht man das denn?«, will ich wissen.

»Ich musste vier Mal für jeweils zwei Wochen nach Berlin reisen, wo sich Grünbergs Ausbildungsschule befindet. Dort habe ich die praktischen Teile der Ausbildung durchgeführt. Den Rest absolvierte ich per Fernschulung.«

»Das war bestimmt ganz schön hart. So parallel zum Beruf, oder?«

»Nicht nur das. Es war auch ganz schön teuer. Nach einem Jahr hatte ich dann aber mein Diplom zum Hundetrainer nach der Grünbergmethode in der Tasche und habe mich kurz darauf selbstständig gemacht«.

»Du bist ganz schön risikobereit«, staune ich. »Ich hätte dafür nicht den Mumm besessen.«

»Manchmal hab ich nicht gewusst, wie ich die Miete bezahlen soll«, räumt Frank ein.

»Aber mit der Zeit hat die Mund-zu-Mund-Propaganda mir immer mehr Kunden gebracht. Ich habe den Schritt in die Selbstständigkeit bisher nicht bereut!«, sagt er lächelnd.

Schade eigentlich, dass er so gar nicht dein Typ ist, bedauert Babette. *Du stehst halt auf die dunkelhaarigen, braunäugigen, großen Männer, stimmt´s?*

Ja, stimmt. Aber selbst wenn es nicht so wäre. Erstens ist er zu jung und zweitens bestimmt verheiratet.

Das ist doch rauszukriegen, meint Babette, und schon höre ich mich sagen:

»Deine Frau ist bestimmt stolz auf dich.«

»Ich bin geschieden«, antwortet er mit einem verschmitzten Lächeln, das ihn wie einen frechen Jungen aussehen lässt.

»Sie fand es gar nicht so toll, wie du meinst. Ihr war das alles viel zu unsicher und so hat sie sich einen anderen Mann mit regelmäßigem Einkommen gesucht. Einen Steuerprüfer.«

Bei dem Wort schneidet er eine Grimasse und ich muss kichern.

»Dabei würde sie jetzt ganz schön staunen, wenn sie wüsste, wie gut man von einer Hundeschule leben kann, wenn man wirklich dahinter steht, und bereit ist, hart und viel zu arbeiten«, meint er nicht ohne Stolz.

»Habt ihr Kinder«?

Du bist ja gar nicht neugierig.

»Nein, ist im Nachhinein wohl auch besser so«, antwortet er nicht ohne eine Spur Wehmut in der Stimme.

»Und du, hast du Kinder?«, gibt er die Frage zurück.

Ich bejahe und erzähle ihm von Alex.

»Dein Sohn ist schon 26?«, fragt er offensichtlich ehrlich erstaunt und hat gerade hundert Sympathiepunkte gewonnen.

»Wie alt bist du denn, wenn ich fragen darf?«

»Ich werde diesen Herbst fünfzig, und um ehrlich zu sein, habe ich mich mit dieser Tatsache noch nicht so wirklich anfreunden können«, muss ich zugeben. Meine Frage nach seinem Alter beantwortet er mit einundvierzig.

Ein richtiger Jungspund gegen dich.

Babette kann einem wirklich den Tag versüßen. Doch ich fühle mich eindeutig jünger als fünfzig und manch einer sagt, ich sähe auch jünger aus. Meine Figur kann sich ebenfalls noch sehen lassen. Ok, fünf Kilo weniger wären vielleicht nicht schlecht, aber immerhin habe ich kaum Falten. Ich treibe Sport, bin gesellig und täglich mit jungen Menschen zusammen. Also kann Babette ruhig lästern, solange sie will.

»So, ich muss jetzt aber los«, unterbricht Frank meine Gedanken.

An der Tür gibt er mir noch einen Tipp:

»Ignoriere deinen Hund. Du solltest ihr die Möglichkeit geben, von sich aus auf dich zuzugehen, wenn sie Vertrauen gefasst hat«

Ich verspreche, mein Bestes zu versuchen, doch ein wenig skeptisch bin ich schon. Nachdem er gegangen ist, bin ich wieder allein mit einer schlafenden Molly. Wenn wir uns gegenseitig ignorieren, wie sollen wir dann eine Beziehung zueinander aufbauen, frage ich mich.

Das klappt doch bei den meisten Ehen perfekt, antwortet Babette und ich nicke ergeben. Wir werden sehen.

Gerade will ich mich mit einem guten Buch auf die Terrasse zurückziehen, als das Telefon klingelt. Es ist Sonja.

»Na, wie geht es dir heute, Süße? Ich habe die ganze Zeit an dich denken müssen. War es schlimm letzte Nacht?«

Ich berichte ihr alles. Haarklein und ich lasse nichts aus. Außer Johannes Färber. Das muss ich mir nun wirklich nicht antun. Sonja würde mir nämlich das Gleiche erzählen, wie meine liebe Babette. »Also Mädel«, würde sie sagen. »Das ist einfach nicht deine Liga. Der spielt in einer ganz anderen Klasse, glaub mir das!«

Das Schlimme daran ist, dass sie natürlich recht hat. Aber ein bisschen träumen schadet doch nicht, oder? Ich erzähle ihr von Frank Mallmann und Sonja wird sofort hellhörig.

»Ist er dein Typ?«

»Nein, eigentlich nicht«, gebe ich zu, »außerdem ist er neun Jahre jünger als ich. Aber er ist sehr nett und scheint wirklich kompetent zu sein.«

»Habt ihr denn schon was erreicht mit dem Training heute?«, fragt sie.

»Noch nicht wirklich«, muss ich gestehen, »aber Frank sagt, dass man viel Geduld braucht. So etwas geht nicht in ein paar Tagen. Besonders weil Molly ja schon zwei Jahre alt ist und sich ihr Verhalten mittlerweile manifestiert hat.«

»Na, dann sei froh, dass ich schon so viele Jahre lang Geduld mit dir und deinen Macken habe. Die hatten ja noch viel länger Zeit sich zu manifestieren«, lässt Sonja sich fröhlich vernehmen.

Ich verzichte darauf, sie daran zu erinnern, dass sie mir in puncto Macken in keiner Weise nachsteht.

»Weißt du was?«, plappert Sonja munter weiter, »wir kommen morgen Abend mal vorbei. Wir wollen natürlich deine Molly kennenlernen. Das gilt übrigens auch für den Rosé, den du letztens bei diesem Winzer nach der Weinprobe gekauft hast. Wie hieß der noch?«

»Reuter«, antworte ich und fahre dann mit einer gewissen Genugtuung fort:

»Dass du dich daran überhaupt noch erinnern kannst.«

Sonja war an diesem besagten Weinprobenabend nämlich so betrunken, dass sie allen Anwesenden laut krakeelend mitteilte, dass ihr geliebter Konrad sich ruhig mehr als Liebhaber hervortun könne, schließlich sei sie doch noch richtig knackig. Das wollte sie dann auch gleich unter Beweis stellen, kletterte auf den Tisch und machte sich daran, ihre Bluse aufzuknöpfen.

Der ebenfalls angesäuselte und stocksaure Konrad und ich mussten sie mit sanfter Gewalt dazu bringen vom Tisch herunterzusteigen und ihre Bluse wieder zu verschließen. Beim Verlassen des Weinkellers sang Sonja dann laut und falsch: Neue Männer braucht das Land und übergab sich, sobald wir den Keller verlassen hatten, auf Konrads Schuhwerk.

Danach war sie zwei Tage krank und schwor sich, und selbst Konrad und mir, niemals wieder Alkohol zu trinken.

Den besagten Rosé hatte sie an diesem Abend natürlich auch verkostet, aber ich kann mir nicht vorstellen, dass sie das noch weiß.

»Ja, streu ruhig Salz in meine Wunden und weide dich an meiner Schmach. Wir kommen trotzdem. Ist acht Uhr okay?«, fragt Sonja und ich sage zu.

Sonja und Konrad sind schon seit einer Ewigkeit verheiratet und manchmal beneide ich sie, trotz all ihrer Streitigkeiten und Probleme, darum. Manchmal fühle ich mich einsam ...

Dann denke ich wieder an mein morgiges Treffen mit Johannes Färber.

Also Karin, sage ich mir, bleib ganz ruhig, spinn nicht rum und freu dich einfach, dass du einen Spaziergehpartner hast. Egal wie er aussieht, Hauptsache, er ist nett.

Gelogen! Gelogen!, ruft Babette.

»Ach, halt die Klappe!«, weise ich sie zurecht.

Ich lasse den Tag noch einmal an mir vorüberziehen. Nach meiner Begegnung mit dem Einbrecher hatte ich, dank Molly, überhaupt keine Zeit mehr, auch nur einen Gedanken an den Einbruch zu verschwenden. Fantastisch. Ich fühle mich angenehm schläfrig und horche in mich hinein. Die Angst ist verschwunden. Es macht also gar nichts, dass ich nicht zur Apotheke fahren konnte, um das Beruhigungsmittel zu kaufen. Frau Schmökel-Neumann hatte wieder einmal recht. Ich brauche so etwas nicht. Molly ist ab jetzt mein Beruhigungsmittel.

Als es Zeit ist, ins Bett zu gehen, rufe ich nach ihr, damit sie noch einmal ihr Geschäft im Garten erledigen kann, aber sie schenkt mir keine Beachtung und bleibt einfach liegen.

Na, dann eben nicht.

High Noon

Als ich am nächsten Morgen durch lautes Gebell geweckt werde, bin ich erst einmal völlig desorientiert. Wo bin ich? Was ist das für ein Hund? Dann fällt mir alles wieder ein und ich springe aus dem Bett. Molly muss bestimmt Pipi. Als ich mit Schwung auf den Flur trete, trete ich mit Schwung in etwas Nasses und schlittere eine kurze Strecke Richtung Badezimmer.

Oh, nein! Dieser Köter!

Auf einem Bein hüpfe ich ins Bad und säubere meine Füße. Dann inspiziere ich den Zustand des Flurbodens. Molly macht keine halben Sachen. Es war offensichtlich dringend. Kein Wunder. Doch da muss ich nun durch, als frisch gebackene Hundebesitzerin. Also flott ans Werk. Erst einmal lasse ich jedoch die Übeltäterin in den Garten. Heute Morgen ist dies Madame Molly anscheinend auch genehm. Dann mache ich mich an die Säuberung des Bodens. Welch ein Glück, dass ich immer Gummihandschuhe im Haus habe. Und so wirklich schlimm ist es eigentlich auch gar nicht. Ich kann mich an viel üblere Aktionen erinnern, als Alex noch ein Baby war.

Während ich also meinen Flur mit viel Seifenlauge reinige, wird mir bewusst, dass ich in der letzten Nacht super geschlafen habe. So richtig durchgeschlafen. Unfassbar. Ich musste noch nicht einmal aufs Klo, und das ist seit ewigen Zeiten nicht mehr passiert. Früher- ich meine viel früher-, konnte ich fast immer durchschlafen. Doch irgendwann klappte das nicht mehr. Mittlerweile kann ich kaum eine Nacht überstehen, ohne nicht mindestens ein Mal zur Toilette gepilgert zu sein.

Das ist die Vorstufe der senilen Bettflucht, meine Liebe. Gewöhn dich langsam an den Gedanken.

Ich wische Babettes Einwand zur Seite und denke stattdessen: Molly, Molly, du tust mir gut.

Wusst ich's doch, frohlockt Babette.

Ich grinse und wringe den Putzlappen zum letzten Mal aus. Den Morgen verbringe ich mit einem gemütlichen Frühstück und einigen Übungen mit Molly, die mir Frank gestern gezeigt hat.

Sie sollen den Hund dazu bringen, mich als Person und natürlich als Leittier wahrzunehmen und mich direkt anzublicken. Alles mit Leckerchen.

Nach kurzer Zeit sind unzählige Futterbröckchen in Molly verschwunden, ohne dass sie sich auch nur ein einziges Mal dazu herabgelassen hätte, mich wahrzunehmen. Ich denke an Herrn Gröbner. Wie hat er zum Abschied gesagt? »Lassen Sie sich nicht entmutigen, wenn es mal nicht so klappt. Zähne zusammenbeißen und durch.« Trotzdem höre ich jetzt lieber mit dem Training auf, bevor der Hund an Herzverfettung stirbt.

Die Zeit vergeht viel zu langsam, doch irgendwann ist es endlich 13 Uhr und ich packe meinen Hund ins Auto. Natürlich gebe ich nicht auf und versuche es mit dem Kofferraum, aber Molly lässt sich nicht erweichen und so fahren wir beide in alt bekannter Manier zum Treffpunkt Waldparkplatz. Schon während der Fahrt klopft mein Herz wie verrückt.

Jetzt hör aber auf!, maßregelt mich Babette. *Du bist fast fünfzig und benimmst dich wie eine junge Göre. Es reicht!*

Ich biege auf den Parkplatz ein, kann aber keinen Herrn Färber entdecken. Ich beuge mich zu Molly hinüber und streichle sie am Kopf.

»Er wird doch wohl kommen, oder was meinst du?«

Da klopft jemand gegen die Fensterscheibe und der Schreck fährt mir in alle Glieder. Ich schreie auf, doch es ist nur der nach wie vor superaussehende Johannes Färber, der mich verunsichert durch die Fensterscheibe anschaut. Ich öffne die Tür.

»Habe ich Sie erschreckt«, fragt er beunruhigt und ich kann einfach nicht anders und antworte:

»Wie kommen Sie nur darauf? Bei mir klopfen ständig Männer auf einsam gelegenen Parkplätzen ans Autofenster und ich bin jedes Mal begeistert.«

Johannes Färber lacht. Er lacht so herzlich und ansteckend, dass ich meinen Groll vergesse und einfach mitlachen muss.

»Ja, aber wirklich«, kichere ich, »einfach so ans Fenster zu klopfen. Ich hätte einen Herzschlag bekommen können. Dann hätten Sie aber ganz schön blöd ausgesehen.«

»Und ob ich blöd ausgesehen hätte«, Johannes biegt sich vor Lachen.

»Das muss ich unbedingt meiner Mutter erzählen.«

Aha! Babette ist alarmiert. *Ein Muttersöhnchen! Das sind die Allerschlimmsten. Ich wusste doch, dass da was nicht stimmt. Hundertprozentig wohnt er noch zu Hause und lässt sich morgens von Mami die Brote schmieren.*

Schlagartig habe ich mich beruhigt.

»Das war ja eine tolle Begrüßung«, sagt Johannes, immer noch kichernd. »Wollen wir?«

Ich steige aus, und während er zu seinem Auto, einem großen schwarzen Geländewagen geht, um Harro zu holen, lasse ich Molly vom Beifahrersitz hüpfen. Eigentlich bin ich jetzt ganz gelassen, denn was ich wirklich nicht gebrauchen kann, ist ein Mamakind, egal wie gut es auch aussehen mag und so gehen wir vier los. Molly und Harro begrüßen sich stürmisch und scheinen sich hündisch zu freuen. Das ist schön anzusehen und meine Stimmung steigt. Wir gehen den Weg entlang und ich erzähle von dem Einbruch und meinen Bemühungen mit Molly. Johannes erzählt von Harro. Als das Hundethema ausreichend durchgehechelt ist, entsteht dieser peinliche Moment, in dem keiner von uns beiden etwas zu sagen weiß.

Na danke, das hat ja gerade noch gefehlt. Kein Gesprächsthema mehr und das schon nach 5 Minuten. Das wäre nie was geworden, mäkelt Babette.

Ich überlege gerade fieberhaft, was ich denn Intelligentes von mir geben könnte, um das Schweigen zu brechen, als Johannes das Problem löst, indem er laut und vernehmlich einen Pups fliegen lässt.

Ja, ist es denn zu fassen?

Auch ein so knackiger und wohlgeformter Männerhintern kennt Flatulenzen, und während ich vergeblich versuche, nicht laut zu lachen, wird Johannes rot wie eine Tomate, murmelt eine Entschuldigung und die Situation ist gerettet.

Sein entkrampfter Schließmuskel hat die ganze Stimmung entkrampft und ich lache dermaßen, dass ich mich verschlucke und Johannes mir fest auf den Rücken schlagen muss, damit ich nicht ersticke. Er ist immer noch total verlegen, kann aber schon wieder grinsen. Ich finde das Ganze einfach herrlich und fühle mich mit einem Mal nicht mehr zu alt oder nicht schön genug.

»Mann, ist mir das peinlich«, lässt sich Johannes kleinlaut vernehmen, als ich nur noch leise vor mich hin gackere.

»Das war das Beste, was uns passieren konnte«, antworte ich, immer noch Gluckslaute von mir gebend.

»Wie meinst du das?«, fragt er und merkt gar nicht, dass er zum Du übergegangen ist.

»Jetzt können wir ganz unverkrampft miteinander umgehen, denn ein Pups verbindet irgendwie, findest du nicht«, lache ich und Johannes stimmt mir zu. Ab jetzt ist unser Gespräch überhaupt nicht mehr schwierig. Johannes erzählt mir von sich. Er ist 46 Jahre alt und Einzelkind. (Aha!) Er arbeitet als freischaffender Werbetexter und Designer und man glaubt es kaum, modelt ab und zu. Daher kann er auch zu dieser Zeit mit mir im Wald herumlaufen, denn er bestimmt seine Arbeitszeiten selbst.

Johannes erzählt mir von seiner Mutter, die er sehr liebt und die auf Harro aufpasst, wenn er mal für ein paar Tage wegen des Jobs weg muss. Er hat schon seit seinem achtzehnten Lebensjahr eine eigene Wohnung und ist momentan Single. Ich leiste innerlich Abbitte für das Muttersöhnchen und erzähle meinerseits von Beruf, Familie und meiner, dank Zwergen- und Breitenwuchs, geplatzten Modellkarriere und den ständigen Versuchen, nicht aus dem Leim zu gehen.

»Ja, das höre ich von fast allen Frauen, die ich kenne«, antwortet mir Johannes.

»Ihr tut mir richtig leid. Ständig mit diesem Schönheitsideal kämpfen zu müssen. Dabei finde ich die meisten Frauen wirklich schön so, wie sie sind«.

»Du hast gut reden«, grummle ich. »Wenn ich so gut aussehen würde wie du, dann könnten mir die anderen auch leid tun«.

»Gutes Aussehen ist nicht immer nützlich, das kannst du mir glauben«, gibt Johannes zu bedenken und als ich ungläubig die Augenbrauen hochziehe meint er: »Was glaubst du wohl, warum ich keinen Partner habe?«

Und da ist es …

Der Groschen in mir rutscht langsam aber unaufhaltsam. Es passt alles zusammen, und bevor ich den nächsten Gedanken fassen kann, plappere ich schon aus, was ich mir eigentlich erst noch gut überlegen wollte.

»Du bist schwul, oder?«

Johannes schaut mich überrascht an.

»Mensch, Karin, du bist echt flott«, antwortet er dann grinsend.

»Ich bin beeindruckt. Die meisten Leute brauchen viel länger, um drauf zu kommen. Hast du ein Problem damit?«

Um ehrlich zu sein, kann ich die Frage nicht gleich beantworten, denn ich muss die Erkenntnis erst einmal sacken lassen. Einerseits ist es eine bodenlose Gemeinheit. Jetzt lerne ich so einen Hingucker kennen und dann ist er verloren für die weibliche Welt. All die schönen Tagträume sind für die Katz.

Andererseits …

Ich habe mir schon immer einen schwulen Freund gewünscht. Mit dem kann man über alles reden, ohne dass einem der Sexkram in die Quere kommt. Zumindest wird es in Filmen immer so dargestellt.

Trotzdem.

»Was für eine Verschwendung«, entfährt es mir. Johannes grinst geschmeichelt.

»Es ist, wie es ist«, meint er, »Ich hab´s mir auch nicht ausgesucht«.

»Also, um ehrlich zu sein, du bist mein erster schwuler Bekannter«, gebe ich zu.

»Ich fühle mich geehrt«, Johannes verbeugt sich »und bin es gerne, wenn du mich lässt«.

»Und du denkst wirklich, es liegt an deinem Aussehen, dass du keinen Freund findest?«, hake ich nach. Johannes nickt.

»Ich habe viele Bekannte, wenn du verstehst, was ich meine, aber bei Männern sind echte Beziehungen nicht so einfach. Die meisten denken, dass ich nicht treu sein kann, und versuchen es erst gar nicht. Außerdem bin ich auch selbst ein wenig wählerisch«.

»Na, das kannst du dir schließlich auch leisten.«

»Du musst sicher viel trainieren, um so sportlich auszusehen?«, vermute ich.

»Ach, weißt du, ich habe gute Gene. Ich bin zweimal die Woche im Fitnessstudio und esse nur selten Süßigkeiten. Das reicht schon«, erklärt Johannes und ich könnte vor Neid platzen.

Während wir weiter den Waldweg entlang schlendern, wundere ich mich, dass die Wahrheit über Johannes sexuelle Neigungen mich überhaupt nicht stört.

Ich habe doch von Anfang an gewusst, dass er nichts für dich ist, betont Babette.

Auf jeden Fall besser schwul, als ein Serienmörder, gebe ich erheitert zurück. Du hast nicht immer den richtigen Riecher meine Liebe.

Johannes ist nett und es macht Spaß, mit ihm herumzuflachsen, sich zu unterhalten und last, but not least, es ist super, mit einem tollen Mann unterwegs zu sein.

Nachdem wir über eine Stunde im Wald waren, kommen wir wieder am Parkplatz an und verabreden uns für den kommenden Donnerstag.

Johannes hat einen Termin in Basel, von dem er erst Mittwochabend wieder zurück sein wird.

»Nun bin ich gar nicht dazu gekommen, mit Molly zu üben«, stelle ich lächelnd fest.

»Ja, schon blöd.« Johannes tut ganz ernst.

»Aber das Reden mit dir hat mir sehr viel Spaß gemacht und beim nächsten Spaziergang werden wir mit beiden üben. Harro hört schließlich auch nicht so gut, wie er sollte.«

»Okay«, grinse ich und dann umarmen wir uns wie alte Freunde und es fühlt sich richtig gut an.

Auf der Rückfahrt pfeife ich vor mich hin. Zwar habe ich mein Tagtraumobjekt verloren, aber so wie es aussieht einen neuen Freund gewonnen. Johannes hat mir vor Augen geführt, dass selbst das tollste Aussehen nicht unbedingt vor Einsamkeit schützt. Und das beste Mittel gegen Einsamkeit muss nicht zwingend eine Partnerschaft sein. Ich hatte fast vergessen, wie schön es ist, neue Menschen kennenzulernen. Der Einbruch hatte, so wie es aussieht, auch etwas Gutes. Mein Leben war in den letzten beiden Tagen so aufregend, wie schon lange nicht mehr und es gefällt mir.

Ich fahre gut gelaunt nach Hause, setze Molly ab und mache noch schnell einen Abstecher zum Supermarkt, um einige Leckereien für heute Abend einzukaufen. Sonja, Konrad und leider auch ich sind Knabberfreaks. Ich liebe Erdnussflips, Sonja stirbt für Chips und Konrad stopft jede Art Salzgebäck mit Hingabe in sich hinein.

Die Gemeinheit dabei ist, dass Sonja die Chips, die sie verspeist, offensichtlich gleich wieder herausschwitzt, denn sie ist rank und schlank wie ein junges Mädchen. Im Gegensatz dazu lässt mein Körper nicht einen einzigen Erdnussflipp das Karinland wieder verlassen, sondern bereitet ihm ein weiches Polster an sämtlichen zur Verfügung stehenden Stellen. Ich muss immer aufpassen, nicht über die Stränge zu schlagen, denn das rächt sich leider sofort.

Ich nehme mir also fest vor, mir nur zwei oder drei kleine Portiönchen von dem Teufelszeug zu erlauben und dann nicht mehr zuzugreifen. Mit einem solchermaßen beruhigten Gewissen bringe ich daher neben Chips, Taccos und Crackern, gleich zwei Tüten davon mit nach Hause.

Als ich wieder mein Wohnzimmer betrete, liegt Molly -man ahnt es schon-, auf dem Sofa und schaut gelangweilt an mir vorbei. Sie guckt mich zwar nicht an, kräuselt aber auch nicht die Lefzen. Ein Fortschritt?

»Molly, runter!«, fauche ich, und als sie nicht reagiert, sage ich kurz aber inbrünstig mein Mantra auf. Ich werde doch keine Angst vor meinem eigenen Hund haben. Nicht mit mir, Mädel! Molly verlässt, dank meines Leithundegriffes an ihr Halsband und des gekonnten Leittierschubses gegen ihr Hinterteil, in Windeseile das Sofa. Ha!

Stolz und mit hoch erhobenem Kopf (wenn ich einen Schwanz hätte, würde ich auch den ganz hoch tragen) stolziere ich in die Küche.

Zurück im Wohnzimmer erwartet mich Molly gut gelaunt im Sessel.

Na warte, du unverschämtes Hundevieh! Ein Griff vorne, einer hinten und ... Zack, ist sie unten. Ich werde immer besser. Aber Molly hat einen langen Atem und wir spielen das Spielchen in der nächsten Stunde noch ungefähr fünfmal, bis es mir zu bunt wird und ich mich auf das Sofa werfe, um es als mein Territorium zu beanspruchen.

Molly legt sich auf ihre Pfötchendecke und blickt in die andere Richtung. Mein Signal hat sie erkannt und denkt sich jetzt sicher eine neue Strategie aus, um mich zu ärgern. Soll sie doch. Ich habe jedenfalls gewonnen. Ich werde irgendwann doch noch eine Hundeflüstertante. Falsch gedacht, merke ich, nachdem ich offensichtlich kurz eingenickt bin. Denn als ich wieder zur Pfötchendecke blicke, liegt dort keine Molly mehr und ich ahne Schreckliches.

Erst einmal halte ich in Wohnzimmer und Küche nach neuen Pipipfützen Ausschau, doch ich kann nichts entdecken. Dann kommt der Flur dran, aber auch hier hat sie sich nicht aus Trotz verewigt. Also schleiche ich in den ersten Stock und dann weiß ich, wo sie ist.

Die Schlafzimmertür steht einen Spaltbreit offen. Ich stürme hindurch und erstarre.

Molly hat es sich fürstlich bequem gemacht, und zwar, indem sie sich das Kopfkissen auf eine für sie angenehme Größe zurecht gerissen, und das gesamte Zimmer mit Federn verziert hat.

Da liegt sie nun, stolz wie eine Königin, inmitten dieses Infernos auf meinem Federbett. An ihrem Maul hängen, wie zum Beweis, dass sie mir eins ausgewischt hat, noch ein paar Federn und sie schaut mit gekonnt gelangweilter Miene an mir vorbei. Wenn es nicht so schlimm wäre, könnte ich fast darüber lachen.

So aber bin ich richtig sauer.

Sie will Krieg, dann bekommt sie Krieg.

Mit einem lauten: »Molliii!« springe ich aufs Bett, kralle mir ihr Halsband und bugsiere sie nicht gerade sanft von meiner Schlafstatt herunter. Durch meinen Frontalangriff haben sich allerdings die dort gelandeten Federn wieder in Bewegung gesetzt und ich stehe in einem wahren Wirbelsturm aus Gänsefedern und -daunen und könnte heulen. Wie soll ich das denn alles wieder sauber kriegen?

Der Staubsauger muss her!

Also kämpfe ich mich aus dem Federchaos heraus und renne nach unten, um den Staubsauger zu holen. Dabei hinterlasse ich eine Spur aus Federn, die sich in allen Ecken des Hauses verteilen. Super!

Ich kehre wieder zurück und dann heißt es: Sauger marsch!

Es klappt zuerst auch ganz prima. Ich sauge Federn vom Bett, ich sauge Federn vom Boden, ich sauge Federn aus der Luft, ich sauge

Federn vom Schrank und aus den Ritzen der Fußleisten. Mittlerweile bin ich nass geschwitzt und die Federn kleben an meinen nackten Armen und im Gesicht.

Doch ich arbeite verbissen weiter und sauge und sauge, als plötzlich der Staubsauger anfängt, seltsame Geräusche von sich zu geben und bevor ich weiß, wie mir geschieht, ist er verendet. Tot. Nada. Kein Pieps mehr.

Ich hätte ihn zwischendurch vielleicht einmal ausleeren sollen. Auch der Tritt gegen das störrische Gerät bringt keinen Erfolg. So bleibt mir nichts anderes übrig, als zwei Straßen weiter zum Elektriker zu gehen, den Sauger dort in Reparatur zu geben und mir ein Ersatzgerät zu besorgen.

Fluchend schleppe ich den Staubsauger die Treppe hinunter. Molly liegt auf ihrer Kuscheldecke, als sei nichts geschehen, aber ich weiß genau, dass sie sich innerlich die Pfoten reibt und sich köstlich über den gelungenen Streich amüsiert.

»Pass nur auf, du! Wenn ich wieder zurück bin, dann wird geübt, bis du nicht mehr weißt, ob du Männchen oder Weibchen bist«, drohe ich böse. Doch nun geht es erst einmal zu Elektro - Pieper, damit ich mein Haus noch einigermaßen bewohnbar machen kann, bevor Sonja und Konrad herkommen. Um nichts in der Welt möchte ich Sonja eingestehen, dass mein Hund eine hinterhältige Fedenterroristin ist.

Also schnappe ich mir den Sauger, schleppe ihn im Schweiße meines Angesichtes zwei Straßen weiter und wuchte ihn ins Geschäft hinein.

An der Kasse steht eine Blondine um die vierzig, die ich bisher noch nicht kennengelernt habe. Sie ist stark geschminkt und telefoniert gerade.

Das ist immer so. Noch nie und ich betone NOCH NIE, bin ich in diesem Laden sofort bedient worden, sondern musste jedes Mal erst einmal warten, bis die jeweilige Mitarbeiterin ihr wichtiges Telefonat beendet hatte. Doch dieses Mal ist es anders.

Sie schaut mich an, macht große Augen und legt unvermittelt den Hörer aus der Hand.

»Kann man Ihnen helfen?«, haucht sie und starrt in mein Gesicht, als hätte sie eine Erscheinung.

»Hab ich was im Gesicht, oder warum starren Sie so?«, erwidere ich unwirsch und im nächsten Moment wird mir klar, dass dem tatsächlich so sein könnte. Ach, du meine Güte! In meiner Rage habe ich mich nicht ausgehfein gemacht und sehe wahrscheinlich aus, wie geteert und gefedert.

»Ja, Sie haben da wirklich etwas«, bestätigt die Kassiererin meine Vermutung.

»Vielleicht sollten sie mal in den Waschraum gehen«, schlägt sie vorsichtig vor. »Ich halte solange Ihren Staubsauger, okay?«

Die Arme. Sie muss denken, ich sei total von der Rolle, oder hätte beim Schminken plötzlich Wahnvorstellungen entwickelt und hielte mich für ein Huhn. Ich grinse dümmlich, gebe ihr den Sauger und spurte Richtung Toilette. Was mich im Waschraum aus dem Spiegel anstarrt, spottet jeder Beschreibung. Wenn ich mir selbst im Laden begegnet wäre, hätte ich wahrscheinlich sofort den Rettungsdienst alarmiert. Ich schäme mich in Grund und Boden und zupfe hastig Federn von meinem puterroten Kopf. Als ich wieder halbwegs passabel und menschlich aussehe, schleiche ich mich zurück an die Kasse und erkläre kleinlaut mein Anliegen. Die Dame agiert nun sehr professionell. Mit einem kritischen Blick prüft sie meine geistige Gesundheit und ich habe Glück. Sie scheint mich als nicht gefährlich einzustufen, denn sie erwähnt mit keinem Wort mein vorheriges Aussehen, sondern bedient mich, als sei nichts geschehen. Hier ist der Kunde doch noch König

Ich danke ihr geistig auf Knien, ziehe bereits kurze Zeit später mit einem Leihstaubsauger wieder ab und begebe mich so schnell es mit dem schweren Haushaltsgerät möglich ist, nach Hause, um mein Werk zu vollenden.

Guck mal, wer da lallt

Etwa zwei Stunden später habe ich mein Haus wieder in einen passablen Zustand gebracht. Ich selbst sehe dafür umso desolater aus. Unfassbar, wie prima sich Federn überall verteilen lassen.

Nachdem ich mir eine Pause gegönnt habe und wieder einigermaßen vorzeigbar bin, wird es Zeit, Molly und Frauchen mit neuen Übungen an der Straße zu erfreuen.

Kaum sind wir draußen, zeigt sie erneut ihre Teufelsseite, weil ein kleiner Transporter die Frechheit besitzt, durch unsere Straße zu fahren. Ich bin natürlich die Ruhe selbst und bemühe mich, an all das zu denken, was Frank mir bisher beigebracht hat. Doch heute ist der Verkehr besonders stark. Also vergesse ich sofort alles, was mir Frank beigebracht hat, springe hektisch hin und her und versuche, meinen Hund unter Kontrolle zu bringen. Dabei trieft mir das Selbstmitleid aus allen Poren.

In der Zeit, in der ich hier schwitzend und fluchend am Straßenrand von einer Seite zur anderen rase, fahren die anderen Leute bestimmt an den Baggersee oder ins Schwimmbad. Während ich den Autos wehmütig hinterherstarre, will Molly einen jungen Motorrollerfahrer das Fürchten lehren, was ich glücklicherweise gerade noch verhindern kann.

Nach einer halben Stunde beginne ich deutlich zu schwächeln und nach fünfunddreißig Minuten ist die heutige Übungseinheit für mich durch.

Das hier ist Leistungssport, jawohl. Zumindest fühlt es sich so an.

Völlig außer Atem und am Ende meiner Kräfte schleppe ich mich ins Haus zurück. Jetzt brauche ich erst mal wieder eine Stärkung. Das habe ich mir wirklich verdient.

Bei Kaffee und Gebäck mache ich es mir auf der Terrasse gemütlich und entwickle tatsächlich so etwas wie Urlaubsstimmung, bis es Zeit wird, mit Molly Gassi zu gehen. Also ab ins Auto und wieder Richtung Wald.

Allein durch den Wald zu hetzen macht viel weniger Spaß, als mit dem pupsigen Johannes, finde ich, und übe das Bei-Fuß-Gehen.

Ich kann das übrigens sehr gut, doch Mollys Lerneifer hält sich spürbar in Grenzen und so schleift mich mein Hund hinter sich her. Ich bin froh, dass mich niemand sehen, oder Molly hören kann. Die Töne, die sie beim Ziehen produziert, ähneln stark denen, die Schauspieler von sich geben, wenn sie im Krimi erdrosselt werden.

Ich versuche, dieses Geschnaufe mit einem kleinen Pfeifkonzert zu übertönen, darf aber schon nach kurzer Zeit erkennen, dass Molly über den stärkeren Klangkörper verfügt. Gegen sie habe ich keine Chance. Also gebe ich mich geschlagen und ertrage diese grausigen Würge und Gurgellaute, bis unser »Spazier-zerr-und zieh-gang« beendet ist und wir den Heimweg antreten. Tatsächlich klingelt es, kurz, nachdem ich zurück bin, auch schon an der Tür. Molly vergisst sich, in bekannter Manier und bellt wie eine Irrsinnige. Ich versuche, Sonja und Konrad hereinzulassen, doch die beiden weigern sich mit schreckensstarrem Blick. Nachdem Molly an beiden gerochen hat, beruhigt sie sich augenblicklich, legt sich auf ihre Decke und wir sind Luft für sie.

»Jetzt wisst ihr, warum ich letzte Nacht so gut schlafen konnte«, strahle ich.

»Ok, verstehe. Dürfen wir uns jetzt wieder bewegen?«, flüstert Sonja.

»Klar. Mollys Begrüßung ist zwar noch etwas gewöhnungsbedürftig. Danach ist sie aber ganz brav«, töne ich großspurig.

»Das wird schon noch, Karin«, meint nun Konrad.

»Wer weiß, was dieses arme Tier alles erleben musste. Ist doch kein Wunder, wenn sie erst einmal skeptisch ist und nicht jeden an sich ranlässt.«

»Ach, halt doch die Klappe, du Besserwisser«, zischt Sonja.

»Als hättest du eine Ahnung davon, wie Hunde ticken. Du solltest dir lieber mal Gedanken darum machen, was ich für schreckliche Dinge mit dir erleben musste, die mich zu dem gemacht haben, was ich heute bin. Los Karin, wo ist der Rosé?«, wendet sie sich übergangslos an mich und ich weiß jetzt schon, wie der Abend enden wird. Etwa zweieinhalb Stunden und zwei Flaschen Wein später, habe ich alles erzählt, was mir in den letzten beiden Tagen passiert ist, inklusive Johannes Färber. Sonja ist wie erwartet begeistert. Ein schwuler Bekannter. Das ist doch mal was, findet sie und will ihn so schnell wie möglich kennenlernen.

Ich schaffe es gerade noch, ihr diese Idee fürs erste auszureden. Ich möchte selbst Zeit mit ihm verbringen, bevor ich ihn Sonja vorstelle. *Jetzt sind zuerst mal wir dran!* Babette macht keine Kompromisse. Mittlerweile tut der Alkohol seine Wirkung und Sonjas Zunge will ihr nicht mehr so recht gehorchen. Konrads Einwand, zwischendurch vielleicht mal ein Wasser zu trinken, schiebt sie mit einer großen Armbewegung zur Seite.

»Ischbin nich so algeworden, damidu mir immenoch sags, wasisch machen soll, weisdu das?«, nuschelt sie und schaut ihren Mann mit leicht geröteten und drohend aufgerissenen Augen an.

»Ach, Karin«, fährt Sonja dann fort, »duhaseinglück. Du kanns machen wasduwills.«

»Aber du hast einen Mann, der für dich da ist«, erwidere ich.

»Ja, unwasfüreinen«, lacht Sonja. »Weisduwas, Karin? Dieser Mannda will, daswirunsein Familliengrab kaufen, stelldirdasmalvor!«

»Aber, das ist doch gut«, verteidigt sich Konrad.

»Es ist billiger und wir könnten zusammenbleiben, auch im Tod.«

»Wierromandisch! DAS fehldenoch, was?«, kreischt Sonja.

»Ohnemisch, mein Lieber. Isch willindenWald, jawohlll!«

Dazu muss gesagt werden, dass wir uns schon häufiger darüber unterhalten haben, wohin es uns nach unserem Ableben verschlagen soll. Bei uns in der Nähe gibt es einen Ruheforst, und ich persönlich favorisiere diese Art der Bestattung. Sonja und Konrad konnten sich bisher noch nicht wirklich einigen.

»Fängst du jetzt schon wieder mit diesem Baumgedönse an«, unterbricht Konrad sie unwirsch. »Wir gehen auf den Friedhof, wie sich das gehört! Und eine Familie gehört halt auch in ein Familiengrab. Basta!«

»Aberes gibt.....auuuuch Familienbäume, meinGuder unsowaswillich«, insistiert Sonja und verschränkt trotzig die Arme.

Da Konrad genau weiß, dass mit seiner Gattin nicht zu spaßen ist, erst recht nicht, wenn sie zu viel getrunken hat, lenkt er ein.

»Was soll das denn, bitte schön, für ein Baum sein?«, fragt er, sicher nicht zum ersten Mal.

»Eine Birge, diewillich, Birgen sinsoschön undiehabenKätzchen uuuunnnd diehabenschöneBlätter«, bestimmt Sonja, worauf Konrad genervt die Augen verdreht, dann aber mit einer Engelsgeduld antwortet:

»Birken gehen gar nicht. Dagegen bin ich voll allergisch, das weißt du doch.«

»Nehmt doch eine Buche«, versuche ich zu schlichten. »Buchen sind im Frühling wundervoll hellgrün, im Sommer spenden sie herrlichen Schatten und im Winter, naja, sind sie halt wunderschön nackig.«

Sonja lacht sich weg.

»Genau. Nackisch. Dasmussdirdochgefallen mein Schatz, gell?«

Konrad erreicht gerade Stufe eins der Mit-Weibern-kann-man-nicht- reden-Phase und grollt:

»Jetzt ist es aber genug, Sonja. Stell mich nicht immer als sexistischen Arsch hin!«

»Bissdunich?«, antwortet Sonja zuckersüß und greift nach der dritten Flasche.

Langsam wird mir mulmig. Das ist eindeutig zu viel. Wenn ich nicht aufpasse, ist mir morgen kotzübel. Also stelle ich ihr beherzt die Wasserflasche vor die Nase und sage:

»Komm, Sonja. Mach mal ein Päuschen. Sonst bist du morgen krank und ich auch.«

»Nur noch einen Absack...Absacker, okay«, nuschelt meine Freundin und greift um die Wasserflasche herum den Wein.

»Na, dann nehme ich auch noch ein Bierchen«, meint Konrad »aber anschließend gehen wir nach Hause, Sonja. Gell?«

Dann erzählt er von seinem Sportwagenplan.

»Also, ich will den unbedingt. Da fühlt man sich doch gleich wieder jung«, erklärt er gerade.

»Aber Konrad. Meinst du wirklich, dass so ein Wagen zu unserer Altersgruppe, und besonders zu dir passt?«, wende ich ein.

»Was soll das denn heißen?« Konrad ist eingeschnappt.

»Ich meine, dass ich mir dich eher in einem Jaguar vorstellen könnte, als in so einer kleinen Nussschale. Und was ist, wenn ich auch mal mitfahren will?«

»Genausoisses«, lässt sich Sonja vernehmen.

»Wir müüüssen auch an Karindengen.«

Konrad macht einen Schmollmund. »Vielleicht denke ich noch einmal darüber nach.« Und als er Sonjas triumphierenden Blick sieht, fügt er hinzu: »Aber ich verspreche nichts.«

Nachdem Sonja und ich die dritte Flasche Rosè geleert haben, macht mein Sprachzentrum auch schlapp und wir lallen uns gegenseitig die tollsten Ideen zur Einäscherung und Beisetzung unserer hoffentlich dann steinalten Körper vor. Sonja und Konrad haben sich auf einen Baum namens Buhorn geeinigt und wollen in kürzester Zeit mit der Zucht desselben beginnen. Wir lachen uns über die blödesten Sprüche halb tot und erzählen uns, wie sehr wir uns lieben.

Dann fällt mir plötzlich ein, dass ich seit Neuestem einen Hund besitze, der jetzt sicher dringend mal raus muss.

Also stehe ich wankend auf und steuere zielstrebig die Terrassentür an.

»Kommmolly!«, locke ich Molly. »Pipi, Pipi!«

»PipiPipi!«, kreischt Sonja lachend und steht ebenfalls bedrohlich schwankend auf.

»Der Hundmuss mussja bekloppt werdn, wennsduso mitihnredest.«

»Machsdudochbesser!«, lässt Konrad sich vernehmen und Sonja versucht sich hinzuhocken, um mit Molly auf einer Ebene sprechen zu können. Natürlich verliert sie das Gleichgewicht und plumpst nicht gerade elegant auf den Hintern.

»So. Mollyher, kommmalhierundmachmalwas!«, brabbelt Sonja und …

Molly erhebt sich, geht zu Sonja und bleibt vor ihr stehen.

Ich bin mit einem Schlag fast nüchtern. Das kann doch wohl nicht wahr sein! Sonja jedenfalls streichelt den Hund und meint: »So, unjetzgesturaus unmachsmalschön!«

Und Molly geht raus in den Garten und macht wohl mal schön. Ich kann es nicht fassen. Jetzt weiß ich endlich, warum der Hund nicht auf mich hört.

Molly kann kein Deutsch!

Bestimmt hat Sonjas Gefasel sie an ihre Muttersprache, wie auch immer die heißen mag, erinnert und deshalb hat sie prompt reagiert.

Muss ich jetzt eine andere Sprache lernen oder permanent besoffen durch die Gegend rennen?

Ich werde aus meinen Gedanken gerissen, als Sonja plötzlich verkündet:

»Mirisschlech. Ichglaubichmuss...kotzen.«

Als eingespieltes Team haben Konrad und ich die Situation schnell unter Kontrolle. Jeder schnappt sich einen von Sonjas Armen, wir wuchten sie hoch und ab geht's in die Gästetoilette, wo ich dann Konrad mit seiner Frau allein lasse. Ein bisschen Privatsphäre sei ihnen gegönnt.

Mittlerweile ist Molly aus dem Garten zurückgekehrt und geht an mir vorbei, ohne mich eines Blickes zu würdigen.

Ich muss es einfach testen. Ich werde ihr jetzt etwas vorfaseln (richtig groß anstrengen muss ich mich ja nicht) und sie wird mich hoffentlich verstehen und ... sie lebten glücklich und zufrieden.

»Mollyguckmichmalan!«, beginne ich.

Keine Reaktion.

»Ichbins ...Frauschen, Frauschen. GUCKKDOCHMAL!«

Nichts.

»Hastdumalschöngemacht?«

Molly straft mein Genuschel mit Nichtachtung. Also noch ein Versuch.

»Wennsdunnichgucks, dannhauichdichplatt«, drohe ich ihr.

»Na, das is jawohlnich der richtige Weg, dem Hundseinvertrauen sugewinnen«, meint Konrad von der Klotür aus.

»War auchnu ... reinVersuch«, verteidige ich mich.

»WiegehtesdieSonja?«

»Putzmunter, wie immer«, grinst Konrad bierseelig.

Das ist bei ihr immer so. Erst muss sie kübeln, dann ist sie wieder fit und am nächsten Tag ist sie schwer krank.

»Wir ... gehejetzt heim«, stellt Konrad daher auch fest. »Für heute reicht´s.«

»Wenreichs?«, lässt sich nun Sonja vernehmen, die frisch gewaschen aus dem Bade tritt. Als sie dann ohne Umschweife ›JetzgehtdiePardyrichtischlos!‹, anstimmt, bleibt keine Zeit zu verlieren. Sonja muss ins Bett.

Ich helfe Konrad, seine Frau aus dem Haus zu schleifen und höre noch eine ganze Weile, wie sie auf der Straße unterschiedliche Ballermannhits und Fetenkracher zum Besten gibt, bis endlich Ruhe einkehrt. Ich hoffe inständig, dass das Gefühl, wieder einigermaßen nüchtern zu sein, mich nicht trügt. Schließlich habe ich zwischendurch doch ein wenig Wasser getrunken. Molly hat sich schon nach oben in ihr Schlafkörbchen verzogen und ich schicke ein kurzes Stoßgebet zum Gott der Hundeschließmuskeln hinauf, dass er ihr morgen früh bis mindestens 9.30 beistehen möge und falle in die Kissen.

Blut ist dicker als Wasser

Am nächsten Morgen werde ich wach und fühle mich beschissen. Mir ist natürlich doch übel, ich habe Kopfschmerzen und im Mund ein Gefühl wie tote Kröte.

Ich schaue auf den Wecker und erstarre. Es ist schon 10 Uhr und Molly hat nicht gebellt. Da stimmt etwas nicht! Ich ahne Schreckliches. So gut ich es vermag, schäle ich mich aus dem Bett und stemme mich in die Senkrechte.

Oh, Mann, ist mir schlecht.

Das ist alles ganz alleine Sonjas Schuld. Ich bin nicht mehr ihre Freundin. So! Welcher verlogene Dichter hat den Wein eigentlich dermaßen über den grünen Klee gelobt? Dieser Mistkerl! Bestimmt ist er schon tot. An Leberzirrhose gestorben. Ein Glück für ihn, sonst würde *ich* das für seine Leber übernehmen.

Vorsichtig öffne ich die Schlafzimmertür und blinzle in den Flur. Molly liegt natürlich nicht in ihrem Körbchen. Ich kann aber auch keine Hundehinterlassenschaften entdecken. Urplötzlich stellt sich der Brechreiz ein und ich düse los. Würgend schwöre ich mir, nie, aber auch so was von niemals mehr so viel zu trinken. Ich werde ein anderer Mensch, wenn ich das hier überlebe. Ich schwöre es. Stöhnend werfe ich mir kaltes Wasser ins Gesicht und trete den schweren Gang nach unten an. Ich taste mich die Treppe hinunter und schleppe mich Richtung Wohnzimmer. Was hat das Teufelsweib wohl diesmal angestellt? Die Wohnzimmertür ist halb geöffnet. Ich stoße sie ganz auf und starre mit glasigen Augen in den Raum.

Ja, ist es denn zu fassen?

Molly liegt auf ihrer Decke und mein Wohnzimmer sieht aus wie immer.

Unglaublich! Wenn mir nicht so schlecht wäre, würde ich jetzt einen 1a Freudentanz aufführen. Mit Bauchtanzeinlage. Doch in meinem jetzigen Zustand schaffe ich es gerade mal:

»Brave Molly«, zu nuscheln und die Terrassentür zu öffnen.

»Geh, mach mal schön«, stöhne ich und dann muss ich schon wieder losrennen, um diesmal die Gästetoilette aufzusuchen. Die

Terrassentür lasse ich einfach offen, denn eventuelle Einbrecher sind mir momentan so etwas von egal.

Ich ziehe mich am Treppengeländer wieder in die erste Etage, stelle mich unter die Dusche und lasse eiskaltes Wasser über mich laufen.

Das hilft zwar auch nicht wirklich, aber der Schock verscheucht vorübergehend den Brechreiz. Pitschnass tapse ich zurück ins Schlafzimmer, lege mich aufs Bett und schnattere so lange vor Kälte, bis ich darüber einschlafe. Das ist das Beste, was mir passieren kann, denn wenn ich es schaffe, noch 2 Stunden zu schlafen, wird es mir erheblich besser gehen.

Dieses Mal habe ich Glück. Als ich wieder auf die Uhr schaue, ist es 12.34 Uhr und ich bin in der Lage mein Lager zu verlassen. Mir steht zwar der Sinn noch nicht nach fester Nahrung, aber ich kann wieder halbwegs gerade denken. Also anziehen und nach Molly gucken.

Gut für Molly, dass sie dir nicht ins Gesicht schaut, sonst wäre sie nach dem heutigen Morgen wirklich reif für den Hundepsychologen, stöhnt Babette und ich verfluche meine labile Säuferseele.

Als ich ins Wohnzimmer trete, liegt mein Hund entspannt auf dem Sofa. Mit entspannt meine ich, sie liegt auf dem Rücken und hat ihre Beine in die Luft gestreckt. In ihrem Maul befindet sich eins meiner teuren, handgeklöppelten Sofakissen und macht ebenfalls einen sehr entspannten Eindruck.

Dies rührt daher, dass Molly das Innenleben des Kissens geschickt entfernt hat und nur noch die schlappe Außenhülle mit einer zackigen Kopfbewegung mal nach links und mal nach rechts schleudert, wohl um auch ihr endgültig den Rest zu geben. Totschütteln nennt man das in Fachkreisen.

Dem besagten Innenleben, bestehend aus einer zauberwatteähnlichen weißen Substanz, hat sie längst den Garaus gemacht. Sie wurde von Molly fachkundig seziert, und als kleine, vollgesabberte Klümpchen überall im Zimmer verteilt. Da kommt jede Hilfe zu spät.

Auf einmal ist das alles zu viel für mich.

Ich lasse mich auf den Teppich sinken und fange an zu heulen. Was habe ich mir da nur angetan? Ich kann doch nicht jeden Tag das ganze Haus putzen und ständig neue Kissen und Staubsauger kaufen. Mir ist immer noch flau im Magen und ich habe einfach nicht die Kraft, das Leittier zu sein.

Ich bin eine arme Socke!

Ich werde aufs Grausamste vom Leben und diesem Hund gebeutelt. Plötzlich zerfließe ich fast vor Selbstmitleid und breche in Tränen aus. »Was habe ich denn Böhöhses getahahan?«, schluchze ich. »Das hab´ ich nicht verdiiient! Du gemeines Viiieh!«.

So heule ich, laut lamentierend etwa fünf Minuten vor mich hin, während mein Hund seelenruhig an meinem Kissen kaut und gar nicht daran denkt, das Sofa zu verlassen.

Dann beruhige ich mich langsam wieder, denn Babette erinnert mich daran, dass Molly sich nicht mich ausgesucht hat, sondern dass es genau anders herum war.

Außerdem war es auch nicht Molly, die dir den Wein eingeflößt hat. Der arme Hund musste jetzt die ganze Zeit alleine bleiben und fand das bestimmt tierisch langweilig.

Molly ist unschuldig und ich bin das gemeine Vieh.

»Übernehmen Sie Verantwortung, Frau Berger!«, höre ich Frau Schmökel-Neumanns Stimme.

Also stehe ich auf, ziehe noch mal die Nase hoch, reibe mir über die Augen und sage mein Mantra auf. Doch bevor ich Molly am Halsband packen kann, springt sie schon vom Sofa und trottet in den Garten.

Dieser Hund ist schlauer, als sie tut, meint Babette. Die verarscht dich.

Sie kann es ja mal versuchen. Sie wird schon sehen, was sie davon hat.

Urplötzlich hat sich meine kämpferische Seite wieder eingefunden und tritt der weinerlichen, selbstmitleidigen Heulsuse in den Hintern. Mit mir nicht Molly. Mit mir nicht.

Ich habe sie ausgesucht und ich kriege das hin. Koste es, was es wolle. Also greife ich mir ein Sonnenkäppi, meine größte Sonnenbrille, und rufe Molly, die natürlich nicht kommt. Dann muss ich sie eben holen. Wie ein zu klein geratener Sumoringer stürme ich in den Garten, schnappe mir meinen Hund und knurre:

»So, Molly, zieh dich warm an! Jetzt werden hier andere Seiten aufgezogen.«

Ich öffne den Kofferraum und sage: »Hopp!«

Molly reagiert nicht, sondern wendet sich im Gegenteil gleich Richtung Beifahrertür. Ab jetzt aber nicht mehr mit mir. Ich habe mich so in Rage gebracht, dass mein Adrenalinspiegel bestimmt für zwei ausreichen würde. Ich sage mein Mantra und schon habe ich Molly um die Vorder- und Hinterbeine gepackt und wuchte sie in den Kofferraum.

»Da staunst du, was?«

Mit dem Gefühl, unbesiegbar zu sein, schließe ich den Kofferraum und fahre los. Doch nach einem zweistündigen Waldspa-zieh-gang hat sich mein Gefühl der Unbesiegbarkeit weitestgehend verflüchtigt.

Molly zerrt an der Leine wie eh und je und ich bin mittlerweile hungrig und habe einen tierischen Durst. Aber die frische Luft hat mir gut getan und ich bin fast schon wieder die Alte.

Am Auto angekommen, wird Molly nach ihrer erneuten standhaften Weigerung in den Kofferraum zu springen, einfach wieder von mir gepackt und geliftet. Das klappt schon ganz prima. Frank wird staunen.

Als ich die Haustür aufschließe, klingelt das Telefon.

»Berger«, melde ich mich und höre Sonjas weinerliche Stimme.

»Karin, ich bin nicht mehr deine Freundin, damit du es weißt.«

Ich muss grinsen.

»Auch dir einen schönen Tag, liebe Sonja. Wenn hier jemand dem anderen die Freundschaft aufkündigen kann, dann bin das ja wohl ich«, entgegne ich amüsiert.

Sonja ist entrüstet:

»Wieso denn das? Mir war heute so schlecht, wie noch nie im Leben. Ich habe gedacht, ich müsste sterben und käme in das blöde Familiengrab. Das war doch kein Rosé, den du uns da eingeschenkt hast. Das muss Haarwasser oder Kühlmittel gewesen sein.«

»Tu nicht so, als wärst du die Einzige gewesen, die das Zeug getrunken hat. Mir war es auch hundeelend. Aber du hast recht. Das war ein Teufelszeug. Das trinken wir nicht mehr, stimmt´s?«

»Aber so was von nie wieder«, pflichtet mir Sonja bei.

»Mensch, Karin, war das ein Abend. Ich habe auf dem ganzen Nachhauseweg gegrölt. Konrad hat versprochen, sich scheiden zu lassen, wenn ich nur noch ein einziges Mal: »Hossa, Hossa« anstimme.«

»Na, ist doch prima. Wenn er dir irgendwann mal so richtig auf den Geist geht, dann weißt du ja, was zu tun ist«, kichere ich.

»Was macht die schöne Molly?«, will Sonja nun wissen und ich beschreibe den Zustand meines Sofakissens und meinen Durchbruch als Hundeheberin. Sonja lacht und meint dann etwas ernster: »Weißt du was, Karin? Ich bin mir sicher, dass Molly der richtige Hund für dich ist. Erstens ist sie eine tolle Einbrecherabschreckung und zweitens hast du wieder etwas Sinnvolles zu tun. Seit Alex ausgezogen ist, wusstest du doch nicht wirklich etwas mit dir anzufangen. Jetzt kannst du dich um Molly kümmern und hast ein Ziel. Du wirst das schon schaffen, das weiß ich ganz genau. Und mit Molly kommt bestimmt keine Langeweile mehr auf.«

Ich staune über Sonjas Beobachtungsgabe.

Sie sagt selten etwas über meine Lebenssituation und hatte doch wohl schon lange vor mir gemerkt, dass mir etwas fehlte. Ich selbst wollte es wohl nicht wahrhaben.

»Ja, gut möglich«, stimme ich ihr daher zu.

Dann meldet sich mein Magen sehr deutlich und ich verabschiede mich von Sonja.

Heute koche ich mir etwas ganz Leckeres, entscheide ich.

Jetzt, wo ich wieder in der Lage dazu bin, will ich es auch genießen. Also lasse ich das Wohnzimmer, Wohnzimmer sein und bediene erst einmal meine primären Bedürfnisse. Mit einem Mal habe ich wieder richtig gute Laune und tänzele mit gekonntem Bauch- und Hüftschwung Richtung Küche. Schnell habe ich mich für etwas aus dem Wok entschieden, greife mir Möhren, Paprika, und Hähnchenbrust und beginne mein Werk.

Als ich gerade das Fleisch anbrate, klingelt es.

Nanu, wer kommt mich denn heute besuchen? Verwundert stelle ich den Wok zur Seite und gehe zur Tür. Natürlich ist Molly vor mir da und gibt sehr glaubwürdig und authentisch den wahnsinnigen Köter.

Als ich öffne, steht meine Schwester Petra vor mir. Sie starrt entsetzt auf Molly, die die Haare hochgestellt hat und sie verbellt, wie der Höllenhund persönlich.

»Bleib einfach ruhig!«, übertöne ich den Lärm und Petra macht keinen Mucks.

Molly schnuppert an ihr, ist offensichtlich zufrieden mit dem, was sie riecht und verschwindet ins Wohnzimmer. Petra lässt die Luft entweichen wie ein Wal und reißt die Augen auf:

»Dieses Ungetüm soll ich in Pflege nehmen? Bist du wahnsinnig?«

»Jetzt komm doch erst mal rein. Wo ist Robin?«, versuche ich sie abzulenken. Petra kommt mit in die Küche und setzt sich hin. Ich stelle den Wok wieder auf die Platte und frage, ob sie etwas mitessen möchte.

Meine kleine Schwester nickt und erklärt mir, dass sich Robin auf der Geburtstagsparty seines Freundes Justin befindet, sie sich gelangweilt hat und daher mal nach mir und Molly schauen wollte.

»Wo ist denn Kurt?«, frage ich nicht wirklich interessiert.

»Geplatzt und ausgelaufen«, antwortet Petra mürrisch.

Als sie meinen fragenden Blick sieht, fährt sie nicht weniger mürrisch fort:

»Ach, der hat in letzter Zeit ständig irgendwelche Exkursionen. Heute Morgen ist er schon wieder losgefahren. Das ist schon die dritte Veranstaltung diesen Monat. Er ist dann jedes Mal ein paar Tage weg.«

»Und was machen die da so«, frage ich pflichtschuldig.

Petra rollt die Augen. »Weiß ich auch nicht genau. Wahrscheinlich buddeln sie überall Löcher, klopfen auf alten Steinen rum und schaben Dreckschichten ab. Und abends besaufen sie sich.«

Kurt studiert Geologie und das schon seit etlichen Jahren. Ein Studienfach der Extraklasse, wie er mir bei unserem ersten Treffen versicherte. Mit den besten Karriere- und Verdienstaussichten. Ich bin mir, was die Karriereaussichten betrifft, bei dem Ehrgeiz, den Kurt an den Tag legt, allerdings nicht so sicher. Aber auf mich hört ja keiner.

»Jedenfalls ist er in letzter Zeit ziemlich genervt, wenn er dann mal zu Hause ist. Für Robin hat er überhaupt keine Zeit und er erzählt ständig von der wichtigen Hausarbeit, an der er gerade sitzt. Ich habe ihn ehrlich gesagt in den letzten vier Wochen nicht besonders häufig zu Gesicht bekommen«, fährt sie fort und ich finde das eigentlich ganz prima, halte aber natürlich lieber meinen Mund. »Das wird bestimmt wieder besser, wenn er diese Hausarbeit erst einmal fertig hat. Du wirst schon sehen«, versuche ich sie aufzumuntern und füge nun das klein geschnittene Gemüse und den Knoblauch zum Fleisch. Es riecht himmlisch, und mir läuft das Wasser im Mund zusammen. Das Reiswasser kocht ebenfalls und ich werkele vor mich hin, als Petra wieder mit Molly anfängt. So ein Mist!

»Ich hatte mir das nicht wirklich so schlimm mit Molly vorgestellt, als du mir davon erzählt hast. Die benimmt sich ja wie eine Irrsinnige. Also Robin werde ich bestimmt nicht so bald herbringen«, meint sie mit Nachdruck.

»Das macht sie nur, wenn es klingelt, weil sie den Angreifer verscheuchen will, sagt Frank«, erkläre ich ihr.

»Wer ist Frank?«, will Petra wissen.

»Er ist mein Hundetrainer und ein ganz netter«, schwärme ich.

Petra winkt gelangweilt ab:

»Ja, ja, ich weiß. Du findest eh jeden Mann besser als Kurt, aber ich bin mit ihm ganz zufrieden. Es gibt halt auch mal nicht so gute Phasen in einer Beziehung. Da muss man eben durch.«

Aber nicht schon nach vier Monaten. Da müsste man doch eigentlich noch auf der rosaroten Wolke schweben. Dieser Kurt ist ein Depp, stellt Babette fest.

Ich wende mich wieder an Petra.

»Ich wollte da nichts angedeutet haben. Du kennst mich doch. Komm mal mit ins Wohnzimmer, damit du Molly richtig kennenlernst«, schlage ich vor, und erst als wir uns schon in Bewegung gesetzt haben, fällt mir der momentane Zustand des Zimmers wieder ein.

Schrott! Mistschrott! Megaschrott!

Doch jetzt ist es zu spät. Petra betrachtet das Werk der Zerstörung mit ungläubig aufgerissenen Augen und meint:

»Ach, so ist Molly also wirklich?«

Ich nehme meinen Hund natürlich in Schutz und gebe mir und meiner Säuferseele die Schuld an dieser hündischen Entgleisung. Petra ist nicht überzeugt.

»Dann streichle sie doch mal«, versuche ich die Situation zu retten, »sie ist wirklich ganz lieb«.

Petra ist nach wie vor skeptisch, lässt sich aber überreden. Sie hockt sich neben meinen Hund und streckt die Hand aus. Und Molly?

Sie dreht sich auf den Rücken und lässt sich von meiner Schwester verwöhnen, wie ich es nicht für möglich gehalten hätte. Dieses Luder! Als ob sie genau wüsste, um was es geht. Und sie hat damit Erfolg.

Meine Schwester versinkt in den braunen Augen, die leider auch sie nicht direkt ansehen, und beschmust und streichelt Molly, als gäb´s kein Morgen mehr. Ich wage nicht, die Idylle zu stören und als mich Petra nach fünf Minuten mit verhangenem Blick anschaut und haucht:

»Sie ist fantastisch«, weiß ich, dass wir gewonnen haben.

Als wir uns zum Essen an den Tisch setzen, passiert etwas noch Unglaublicheres. Molly trottet in die Küche und legt ihren Kopf auf Petras Oberschenkel. Die ist völlig hingerissen und ich werde allmählich eifersüchtig. Das ist das erste Mal, dass Molly von sich aus auf jemanden zugeht und dieser Mensch bin nicht ich. Ich merke, wie sich ein Kloß in meinem Hals bildet. Warum hat meine kleine Schwester immer so viel Glück? Ich hasse sie.

Aber wenn ich sie für immer hasse, wer soll dann Molly in Pflege nehmen? Ich muss mir schnell einen negativen Aspekt ihres Lebens einfallen lassen und habe auch gleich eine Eingebung.

Sie schläft mit Luschen wie Kurt. Igittigitt!

Sofort bin ich wieder versöhnt.

Ich sollte es als positives Zeichen sehen, dass mein Hund Vertrauen zu seiner Umwelt fasst. Auch wenn diese Umwelt im Moment Petra und nicht Karin heißt. Sei`s drum. Also schlucke ich meine Enttäuschung hinunter und mache gute Miene zum bösen Spiel.

Petra jedenfalls krault und streichelt Molly hingebungsvoll und Molly scheint es zu genießen, auch wenn sie Petra dabei nicht beachtet.

»Sie scheint mich zu mögen«, muss Petra jetzt natürlich noch anmerken und damit Salz in meine Wunde streuen, doch ich lächle schicksalsergeben. Wann wird mein Hund endlich mich mögen?

Unglaublicherweise kommt die Antwort auf dem Fuße. Als hätte sie meine Gedanken gelesen, hebt Molly ihren Kopf von Petras Bein herunter, kommt zu mir herüber und lässt nun endlich auch mich in den Genuss ihrer Gunst kommen. Das Gefühl, das sich nun in mir ausbreitet, ist kaum zu beschreiben. Ich bin glücklich, stolz und zufrieden. Es ist ein erster Schritt in die richtige Richtung und ich bin mir ganz sicher, dass Molly irgendwann ein völlig normaler Hund werden wird. Ich genieße dieses wunderbare Gefühl und freue mich auf Franks Gesicht, wenn ich ihm von diesem enormen Durchbruch erzähle. Kurze Zeit später hat Molly dann genug und trollt sich wieder. Doch das Hochgefühl dauert noch eine ganze Weile an, und das Essen schmeckt gleich doppelt so gut.

Eigener Herd ist Goldes wert

Nach einer weiteren erstaunlich gut durchschlafenen Nacht beginnt mein Montag mit Putzen. Es macht mir überhaupt nichts mehr aus, weil ich fest an Mollys Fortschritte glaube. Es ist nur eine Frage der Zeit, bis sie sauber ist.

Ich habe gute Laune und pfeife vor mich hin, während ich mir ein köstliches Frühstück zubereite. Heute gönne ich mir ein Frühstücksei und auch Molly bekommt eins, das ich ihr aufs Futter drapiere. Sie nimmt die Nahrungsergänzung gnädig zur Kenntnis und lässt es sich, genau wie ich, schmecken.

Es gibt doch nichts Schöneres, als ein ausgedehntes Frühstück auf der beschatteten Terrasse, dabei die Zeitung zu lesen und den lieben Gott einen guten Mann sein zu lassen. Das ist Luxus pur.

Doch während ich mit den nackten Zehen wippe und mir ein Stückchen Ei in den Mund schiebe, höre ich aus dem Wohnzimmer einen wohlbekannten Laut. Molly ist wieder auf das Sofa gesprungen.

Mist! Jetzt muss ich doch tatsächlich aufstehen und den Leithund geben, wo es doch gerade hier draußen so gemütlich ist.

Du hast sie gewollt, also sei ein Leithund, erinnert mich Babette und schon bin ich unterwegs.

Es ist auch nicht wirklich schwierig, denn als Molly sieht, wie ich heranstürme, verlässt sie flugs und freiwillig das Sofa und verschwindet nach draußen. Als ich es ihr gleichtun will, klingelt das Telefon.

Nanu, wer ruft denn so früh schon an?

»Berger«.

»Frank Mallmann«, meldet sich mein sympathischer Hundetrainer.

»Oh, hallo Frank. Ist etwas passiert?«

»Schon, aber nichts wirklich Schlimmes«, antwortet er.

Dann erklärt er mir, dass er den Termin um elf Uhr nicht einhalten kann, weil sein Hund Socke sich gerade eben eine Scherbe in den Fuß getreten hat und Frank jetzt mit ihm zum Tierarzt fahren muss.

»Der arme Kerl. Ist es sehr schlimm?«, erkundige ich mich besorgt, doch Frank beruhigt mich und fragt, ob wir den Termin auf den späten Nachmittag verschieben können.

»Kein Problem«, erwidere ich. »Du weißt ja, dass ich Ferien habe, also kann ich mir meine Zeit frei einteilen.«

Und es ist herrlich, fügt Babette hinzu.

»Wie wäre es denn, wenn du zu mir raus kämst? Wir könnten hier mit Molly auch ein bisschen Schleppleinentraining machen. Außerdem wollten wir doch an ihrer Aufmerksamkeit arbeiten, oder?«

»Ja, genau. Ich wünschte sie wäre schon wie jeder andere Hund«, seufze ich.

Du bist einfach viel zu ungeduldig, rügt Babette.

»Also abgemacht. Um siebzehn Uhr bei mir«, sagt Frank und beschreibt mir den Weg.

Anschließend wende ich mich wieder meinem Frühstück zu.

Guter Dinge trete ich auf die Terrasse und finde eine ebenfalls gut gelaunte Molly vor, die sich gerade die Reste meines Frühstücks schmecken lässt. Sie hat sich das mit Liebe geschmierte Brötchen vom Teller stibitzt und offensichtlich sofort verspeist, denn davon ist nichts mehr zu sehen. Außerdem hat sie den leckeren gekochte Schinken samt Papier vom Tisch gezogen, das Paket zerrupft und den Inhalt verschlungen. Gerade jetzt leckt sie noch die letzten Schinkengeschmacksspuren von der Verpackung.

Ja, hört das denn niemals auf? Ich werde noch wahnsinnig.

Um dies zu verdeutlichen, springe ich wie ein wild gewordener Handfeger auf Molly zu, fuchtele mit den Armen herum und schimpfe wie ein Rohrspatz. Wer mich so sehen könnte, wie ich im Schlafanzug, ungewaschen und mit nach allen Seiten abstehenden Haaren herumhopse, der würde mir den Wahnsinn sofort abkaufen und mich unverzüglich einweisen lassen.

Molly indessen bleibt gelassen. Sie kennt ihr neues Frauchen ja nicht anders und hält meinen Auftritt wohl für das Normalste der Welt. Ich entwinde ihr das Papier und zeige entschlossen Richtung Wohnzimmer und Hundedecke.

»Rein mit dir, du Monster!«, knurre ich und Molly? Sie geht tatsächlich rein.

Ich bin perplex. Sie hat nicht mal annähernd in meine Richtung geguckt.

Wie konnte sie also meinen ausgestreckten Arm sehen? Schielt sie mich etwa aus den Augenwinkeln an, ohne dass ich, begriffsstutziger Zweibeiner, es merke? Oder hat sie tatsächlich die Worte verstanden und zum ersten Mal auf eine mündliche Anweisung reagiert?

Bei dem einen oder anderen Schüler wäre dieses Können eine hundertprozentige Steigerung seiner Kompetenzen, lästert Babette.

Sei´s drum. Molly verschwindet ins Wohnzimmer. Ich räume den angeschlabberten Teller und mein Besteck in die Küche und bringe mir auf dem Rückweg Marmelade mit. Schinken fällt wegen Nichtvorhandenseins aus. Mein Frühstück werde ich aber auf jeden Fall in Ruhe zu Ende genießen. Also setze ich mich hin, greife nach einem neuen Brötchen, schmiere es vielleicht nicht mehr ganz so hingebungsvoll wie eben, und öffne erneut die Zeitung. Ich überfliege die Überschriften und wende mich dann erst einmal dem Lokalteil zu. Als ich das Bild auf der ersten Seite genauer betrachte, höre ich vor Überraschung auf zu kauen.

Dort schauen mich deutlich erkennbar Herr Gröbner und Karnikelhannes an. Sie stehen vor dem Hundezwinger des Tierheims und deuten auf die Verschläge. Dabei machen beide ein sehr bedenkliches Gesicht.

Die Überschrift des halbseitigen Artikels lautet:

Tierheim am Ende?

Fehlende Spenden könnten das Aus für über 50 Tiere bedeuten.

Na, was soll das denn? Interessiert lese ich weiter.

Es stellt sich heraus, dass das Tierheim bisher über Spenden und einen festgelegten Betrag der Stadt finanziert wurde. Da die Stadt hohe Schulden hat, wurden Sparmaßnahmen eingeleitet, die auch das Tierheim unvorbereitet trafen. Außerdem fließen die Spenden momentan nur tröpfchenweise, denn viele Leute wurden von der Finanzkrise gebeutelt. Mittlerweile ist das Tierheim völlig überschuldet und die Mitarbeiter wissen nicht, wie es weitergehen soll.

Dann folgt ein längeres Interview mit Herrn Gröbner, der als leitender Tierpfleger vorgestellt wird. Herr Gröbner erzählt, dass die Tierpfleger im letzten Monat bereits auf einen Teil ihres Lohnes verzichtet haben. Er betont, dass dies allerdings nicht ausreicht, um das Tierheim zu retten, denn die Tierpfleger brauchen ihr Geld, die Futterlieferanten wollen ihr Geld und die Tiere brauchen Futter. Es scheint eine ausweglose Situation zu sein. Am Ende des Artikels bittet Herr Gröbner, alle Freunde und Helfer des Tierheims zu einer Krisensitzung zu erscheinen. Man plant, einen Förderverein zu gründen, um die Zukunft des Tierheims sichern zu können. Außerdem erhoffen sie sich weitere Ideen, um Geld für die Tiere zu organisieren. Das Treffen soll am kommenden Samstag um 16 Uhr stattfinden.

Da gehe ich natürlich hin. Da muss doch etwas zu machen sein. Molly müsste ich dann aber auf jeden Fall zu Hause lassen. Nicht auszudenken, wenn unter den Förderern des Tierheims Rollstuhlfahrer wären. Auf der Stelle plagen mich jedoch auch Visionen meiner völlig zerstörten Inneneinrichtung.

Bis Samstag ist doch fast noch eine Woche Zeit. Sicher ist Molly bis dahin noch viel ruhiger geworden, beruhigt mich Babette.

Falls ich sie nicht mitnehmen kann, muss ich halt alle Türen ordentlich verschließen und sie im Flur lassen. Allzu viel wird sie da wohl nicht anstellen können, stoße ich ins gleiche Horn.

Einigermaßen beruhigt beende ich mein Frühstück und überlege mir Strategien, um an Geld für das Tierheim zu kommen. Vielleicht könnte man einen Basar oder Flohmarkt organisieren und den Erlös dem Tierheim spenden?

Erst einmal mache ich mich ausgehfertig und schnappe mir anschließend Molly zur Übungs- und Gassi-geh-Runde. Als ich, wie immer ziemlich erschöpft, (es waren eine Menge Autos unterwegs) und reichlich frustriert (bei Fuß und zieh nicht, geht nicht), aber auch ein bisschen stolz (Molly ist von alleine in den Kofferraum gehopst) zurück komme, blinkt mein Anrufbeantworter. Auf den ersten Blick ist mir die Nummer nicht bekannt, doch als ich die eingegangene Nachricht abhöre, entpuppt sich die Anruferin als meine Kollegin Elvira.

Elvira ist eigentlichen ganz in Ordnung. Wir haben ein gutes, kollegial -freundschaftliches Verhältnis, unternehmen allerdings privat nichts miteinander. Deshalb wundert es mich schon ein wenig, dass sie so kurz nach Ferienbeginn bei mir anruft und um Rückruf bittet. Elvira meldet sich schon nach dem ersten Klingeln. Sie muss neben dem Telefon gestanden, oder wie Boris Becker in seinen besten Zeiten herbei gehechtet sein. Ich stelle mir gerade die übergewichtige Elvira bei einem gekonnten Hechtsprung vor und kann mir ein Grinsen nicht verkneifen, als sie schon aufgeregt loslegt.

»Karin! Gut, dass du zurückrufst. Hast du das mit Nixius schon gehört?«

Bernd Nixius ist unser, nicht unbedingt beliebter, Schulleiter und würde besser Bernd Nixnutzius heißen. Er ist einer von der Sorte, die morgens zuletzt kommen, dafür aber mittags zuerst gehen und hält sich für enorm wichtig und unersetzlich. Ich denke, es würde ihm sehr gefallen, wenn man im Kollegium als Begrüßungsgeste das Füßeküssen und Arschkriechen einführen würde, wobei ich zugeben muss, dass einige Kollegen Letzteres bereits perfekt beherrschen.

Er sagt immer: »So!«, und zwar nicht mit einem schönen, runden, langsamen «O«, sondern mit einem offenen, scharfen, kurzen Laut, der einem im Vorbeigehen etwa sagen soll:

»Es hat bereits vor zehn Sekunden geklingelt, und Sie sind noch auf dem Flur?« Oder:

»Ich habe genau gesehen, dass Sie sich in der letzten Pause mit Ihrem Kollegen unterhalten haben, statt ordentlich Aufsicht zu führen. *Das* wird in der nächsten Konferenz zur Sprache kommen.«

Oder:

»Denken Sie daran, dass Ihre letzte Englischarbeit nur knapp über dem Mindestdurchschnitt lag. Beim nächsten Mal werde ich als Schulleiter ein Machtwort sprechen müssen!«

Kurz gesagt, er ist ein unsympathischer Fiesling und hat keine Ahnung von Mitarbeiterführung, geschweige denn von Kindern und Jugendlichen.

Das einzig Positive an ihm ist die Tatsache, dass er kaum noch unterrichtet. Schließlich hat er ja so furchtbar viel zu tun, dass er meistens schon gegen zwölf Uhr die Schule verlassen kann. Man erzählt sich, er sei ein passionierter Segler. Sein Boot liegt im Hafen und wird fast täglich bewegt.

»Nein«, antworte ich nun wahrheitsgemäß. »Was ist denn mit ihm?«

»Du weißt doch, dass er schon öfter mal für längere Zeit krank war und auch kurz vor den Ferien ein paar Tage gefehlt hat?«, plappert Elvira aufgeregt.

Ja, klar erinnere ich mich. Waren entspannte Tage.

»Und«, frage ich.

»Und jetzt ist er tot«, lässt Elvira die Bombe platzen.

Ich bin geschockt. Ich mochte ihn nun wirklich nicht. Nicht als Menschen und auch nicht als Chef. Aber tot? Das wünscht man doch keinem.

»Was ist denn passiert?«, frage ich ehrlich erschrocken.

Jetzt ist Elvira in ihrem Element.

»Wie sich herausgestellt hat, war er vor zwei Wochen nicht in der Schule, weil er was mit dem Herzen hatte. Das wusste er wohl schon länger und er war auch in Behandlung. Wie ich gehört habe, wollte er sogar im nächsten Februar in den vorzeitigen Ruhestand gehen. Naja, vom Alter her, hätte es ja auch gepasst. Jedenfalls hatte er akute Probleme und der Arzt hat ihm geraten, mal ein paar Tage auszuspannen. Er sollte dann in den Ferien operiert werden. Bypass, oder so. Er geht also ins Krankenhaus und, du glaubst es nicht, stirbt in der Nacht vor der OP. Und jetzt kommt der Hammer ...«

Elvira macht eine dramatische Pause.

»Ob du's nun glaubst, oder nicht. Keiner hat's gemerkt.«

Das ist nun wirklich unglaublich.

»Wie denn das? Im Krankenhaus?« Ich bin entsetzt.

»Ja, nicht? Das fragt sich jetzt jeder.

In das Krankenhaus kriegt mich jedenfalls keiner rein! Es war wohl so, dass er ein Einzelzimmer hatte und nicht an irgendwelche Überwachungsgeräte angeschlossen war. die gepiept hätten. Also kommt die Schwester am nächsten Morgen rein, um ihn für die OP vorzubereiten und da ist er schon steif.«

»Elvira, bitte!«, protestiere ich gegen ihre Wortwahl, aber die sieht das nicht so eng.

»Was denn? So war es doch. Jedenfalls ist nächsten Donnerstag die Beerdigung um 15 Uhr. Du kommst doch, oder?«

Ich denke an meine Verabredung mit Johannes Färber. Muss man auch Leuten, die man nicht leiden konnte, die letzte Ehre erweisen und sich dort überladenes und unwahres Geschwafel von anderen Leuten, die man ebenfalls nicht leiden kann, anhören? Darüber muss ich erst einmal in Ruhe nachdenken.

»Ehrlich gesagt weiß ich noch nicht, ob ich kommen kann. Ich hab einen wichtigen Termin an dem Tag und es kann sein, dass ich den nicht so einfach verlegen kann. Ich muss das erst mal abklären«, flunkere ich.

»Du bist doch wohl nicht krank?«, fragt Elvira besorgt.

»Nein, es ist was Rechtliches«, improvisiere ich weiter.

»Na, dann sieh mal, ob es klappt. Falls du kommst, ruf mich doch bitte vorher an, dann können wir gemeinsam zur Beerdigung gehen, ok?«

Ich bejahe und wir verabschieden uns.

Dann schaue ich auf die Uhr. Ich habe noch jede Menge Zeit, bis ich zu Frank fahren muss, also mache ich mir einen leckeren Quark und setze mich auf die Terrasse. Meine Gedanken schweifen wieder zu meinem nun nicht mehr existenten Chef ab. Er war wirklich kein Netter. Besonders nicht zu den Kollegen, die sich nicht alles gefallen lassen wollten. Ich selbst bin auch mehrmals ordentlich mit ihm aneinandergeraten, weil er mir zu viele Vertretungsstunden aufhalsen wollte. Er war reichlich pampig und ein wirklich überheblicher Typ. Wenn ich ehrlich bin, fühle ich mich nicht wirklich betroffen und meine Trauer hält sich in Grenzen.

Du bist kalt wie ein Fisch, empört sich Babette.

»Bin ich nicht«, antworte ich trotzig.

Wie oft habe ich in meinem Leben schon Dinge getan, weil man es halt so macht und nicht, weil ich es wollte?

»Immer diese blöden Zwänge«, maule ich.

»Nixius ist es in seiner derzeitigen Situation doch nun wirklich herzlich egal, wer zur Beerdigung kommt und wer nicht. Es geht doch nur darum, von anderen gesehen zu werden. Die Schulrätin wird da sein, der Bürgermeister und so weiter und so weiter.«

Also?, will Babette wissen.

»Ich werde nicht hingehen, und damit basta!«, sage ich laut und bestimmt. Es ist schließlich mein Leben. Und ich möchte in diesem Leben lieber am Donnerstag mit Johannes durch den Wald flanieren, als auf einem viel zu heißen Friedhof zu stehen.

Und du wirst kein schlechtes Gewissen haben?, Babette lässt nicht locker.

Vielleicht schon, überlege ich, aber das vergeht bestimmt bald wieder. Ich hatte mit diesem Menschen im Leben nichts gemein, und sollte deshalb auch nicht so tun, als sei es nach seinem Ableben anders.

Mein Entschluss steht fest.

Ich fühle mich erleichtert und lasse mir den Quark schmecken. Anschließend lese ich ein bisschen und schaue Molly beim Schlafen zu. Sie sieht so friedlich aus. Als könnte sie kein Wässerchen trüben.

Kurz darauf muss ich selbst eingeschlafen sein, denn ich schrecke durch ein heiseres, hustendes Bellen auf. Ich brauche eine Sekunde um mich zu orientieren und schon geht es wieder los.

Aufgeschreckt schaue ich zu Molly hinüber, die noch immer auf ihrer Pfötchendecke liegt. Sie wird doch wohl nicht krank werden, denke ich panisch. Lungenentzündung oder Bronchitis? Doch dann erkenne ich den Grund für die ungewohnten Geräusche.

Molly träumt.

Sie liegt auf der Seite. Ihre Augen sind fest geschlossen, doch ihre Beine arbeiten wie wild. Ab und zu gibt sie dieses keuchende Bellen von sich. Wahrscheinlich jagt sie im Traum ein Häschen, eine Katze oder einen Rollerfahrer. Beruhigt mache ich es mir wieder in meinem Liegestuhl bequem. Das Licht tropft durch die Zweige des Zwergkirschbaumes, den ich vor neun Jahren in meinen Garten gepflanzt habe, und zaubert kleine Lichtflecke auf den Terrassenrand. Ich bin wunderbar faul und träge und es ist herrlich warm. Ja, so muss Sommer sein, denke ich und trödle noch eine ganze Weile herum.

Irgendwann stellt sich die Lust auf eine Tasse Kaffee ein und ich schaue auf die Uhr. Mein innerer Kompass hat sich nicht geirrt. Es ist kurz nach drei. Also trinke ich ein Tässchen und mache mich dann gegen halb fünf auf den Weg zu Frank. Es ist wirklich nicht weit und nach ungefähr zwanzig Minuten sehe ich das Schild, auf das ich nach Franks Erklärung achten sollte.

Zum Hubertshof steht darauf und ich biege in den kleinen Feldweg ein.

Er schlängelt sich idyllisch an einem schmalen Bach und einigen Wiesen entlang und endet kurz darauf am angekündigten Hofkomplex.

Ich mache große Augen. Es ist wunderschön hier.

Das Wohngebäude liegt rechts von mir. Es ist mir roten Ziegeln gedeckt, weiß verputzt und macht einen urgemütlichen und heimeligen Eindruck auf mich. In den für ein altes Bauernhaus typischen, kleinen Fenstern hängen Scheibengardinchen und die aus massivem, geschnitztem Holz bestehende Eingangstür schmückt ein großer Kranz aus Getreide.

Vor dem Haus stehen eine gemütliche Holzbank, davor ein kleiner Tisch und zwei Holzstühle. Auf dem Tisch entdecke ich eine Vase mit Wiesenblumen. Hat Frank doch eine Freundin, oder kommt er selbst auf solche Ideen?

Neben dem Wohnhaus erkenne ich zwei Nebengebäude, die wohl einmal als Stallungen dienten und einen großen Schuppen mit einem Traktor darin. Ob Frank sich auch als Hobbybauer versucht?

Überall blühen Sommerblumen in den verschiedensten Behältnissen.

Es herrscht eine geordnete Unordnung, und ich bin völlig hingerissen.

Dieser Mann wird mir immer sympathischer.

Als hätte er meine Gedanken gelesen, kommt Frank eben um die Ecke des Schuppens. Er trägt eine blaue Arbeitshose und ein weißes T-Shirt.

Als er mich sieht, schenkt er mir ein strahlendes Lächeln.

Sein Haar glänzt in der Sonne und seine Zähne blitzen. Er sieht toll aus.

Fröhlich grinsend winkt er mich hinüber zum Schuppen, wo ich das Auto abstellen kann. Mit einer gekonnten Verbeugung öffnet er

die Fahrertür und lässt ein Gestelztes:
»Willkommen in meiner bescheidenen Behausung«, hören.
Ich steige aus und entgegne entrüstet:
»Das nennst du bescheiden? Das ist fantastisch hier. Ich bin hin und weg.« Frank ist sichtlich geschmeichelt.
»Ja, hier lässt es sich leben. Schön, dass es dir auch gefällt.« Wir holen Molly aus dem Kofferraum, was Frank mit einem erstaunten: »Na, so was!« kommentiert.

Ich erzähle ihm daher auf der Stelle, wie ich es geschafft habe, Molly in ihre Schranken, heißt Kofferraum zu weisen und lasse ihn auch gleich wissen, dass Molly uns einen ersten Vertrauensbeweis geschenkt hat.

Frank begrüßt Molly und lobt meine Fortschritte. Ich strahle wie ein Honigkuchenpferd, lasse dann meinen Blick über den Hof schweifen und hole tief Luft. Es ist herrlich!

»Und du wohnst hier zur Miete?«, frage ich.

»Mittlerweile nicht mehr«, verrät mir Frank.

»Ich habe den Hof letztes Jahr gekauft und bin jetzt sogar stolzer Besitzer eines Traktors.«

Ich bin tief beeindruckt.

»Kannst du denn damit fahren?«

»Klar«, grinst Frank. »Möchtest du dich vor dem Training erst ein bisschen umsehen?«

Natürlich will ich und so zeigt mir Frank den Hubertshof.

»Du kannst Molly ruhig ableinen«, fordert er mich auf. »Ich schließe das Tor. « Also mache ich Molly los, nachdem Frank das große gerundete Holztor verriegelt hat.

Sie lässt sich nicht lange bitten, saust um die Ecke des Schuppens und ist nicht mehr zu sehen. Ich starre ihr ängstlich hinterher. »Auch der Rest hier ist hundesicher«, beruhigt mich Frank. »Komm mit!«

Die Nebengebäude waren, wie ich vermutet hatte, tatsächlich einmal Ställe. Im dämmrigen Halbdunkel erkenne ich auf der linken Seite eine Reihe Pferdeboxen.

»Der Vor-Vorbesitzer wollte hier Pferde züchten. Das hat aber nicht so geklappt und er hat den Hof an einen Holländer verkauft, der hier eigentlich seinen Altersruhesitz einrichten wollte. Der Gute ist aber gestorben, bevor er mit dem Umbau beginnen konnte und seine Tochter hat mir den Hof vermietet.

Als klar war, dass niemand aus ihrer Familie den Hof übernehmen wollte, hat sie ihn mir endlich letztes Jahr verkaufen können. Tja, und jetzt gehört er mir«, erklärt mir Frank und sieht dabei so stolz aus wie ein kleiner Junge, der endlich den großen Raumgleiter von Lego zu Weihnachten bekommen, und ihn dann ohne Hilfe alleine aufgebaut hat. Frank hat aber auch allen Grund, stolz auf sich zu sein, denke ich, doch er erzählt schon weiter.

»Wenn alles so läuft, wie ich mir das vorstelle, möchte ich in ein bis zwei Jahren hier eine Hundepension eröffnen. Die Ställe müssten gar nicht so sehr umgebaut werden, um sie auch für Hunde gemütlich zu machen und Platz habe ich ja schließlich genug«.

Ich komme aus dem Staunen nicht mehr heraus und folge Frank, der sich wieder Richtung Stalltür wendet. Wir schauen auch in das zweite Nebengebäude, das als Scheune und Lager diente. Frank erklärt mir, dass er diesen Teil als Indoor-Trainingsplatz für den Hundesport und die Erziehungsübungen nutzen möchte.

»So kann ich auch im Winter die Hundeschule ohne große Probleme weiterführen und Kurse geben«, erklärt er mir.

»Komm, ich zeig dir das Außengelände«, fährt er fort.

Wir nehmen den gleichen Weg wie Molly und gehen am Schuppen vorbei.

An die Gebäude grenzt ein großes, eingezäuntes, sauber gemähtes Wiesenstück. Am rechten Rand fließt der Bach, den ich bei meiner Herfahrt gesehen habe. Einige große Bäume spenden Schatten, und die linke Begrenzung bildet eine hohe Buchsbaumhecke, hinter der zusätzlich ein Zaun angebracht wurde. Im hinteren Teil der Wiese ist ein ungefähr zwanzig mal zwanzig Meter großes Areal durch einen Zaun abgetrennt.

Dort sind Plastikflaschen in einer Reihe nebeneinander aufgehängt, ebenso wie ein Vorhang aus rot-weißem Absperrband. Ich erkenne außerdem einen Plastiksandkasten, der allerdings mit bunten, kleinen Bällen gefüllt ist. Einige niedrige Hürden stehen herum und ein Hundetunnel liegt an der Seite.

»Das ist die Welpenschule«, erklärt mir Frank, der meinem Blick gefolgt ist. Da vorne durch das Törchen kommen die kleinen Racker rein und die großen können sie nicht stören.«

»Wofür sind denn die Flaschen und das Absperrband«, will ich wissen und Frank erklärt mir, dass es den Babys die Angst vor lauten Geräuschen und ungewohnten Bewegungen nehmen soll. Ein Abhärtungstraining sozusagen.

Auf dem vorderen Teil der Wiese sind verschiedene Hindernisse und unterschiedlich hohe Hürden aufgebaut. Auch einen großen Hundetunnel und eine Art Wippe mache ich aus. Links steht eine zirka zwei Meter hohe Wand aus Holz, die ebenso wie die Wippe rot und blau angestrichen ist. Das kenne ich aus dem Fernsehen.

Solche Dinge braucht man für Agility, einen sehr schnellen Hundesport, bei dem auch der Mensch seine Kondition und sein Reaktionsvermögen unter Beweis stellen muss.

»Du gibst also auch Kurse in Agility?«, frage ich daher und Frank nickt.

»Dienstags und samstags. Ich hatte um drei einen Kurs für Fortgeschrittene. Macht sehr viel Spaß. Das wäre vielleicht auch was für Molly?«

Apropos. Wo ist mein Hund?

Ich schaue mich überall auf der Wiese um, doch ich kann sie nirgends entdecken. Unmerklich beschleunigt sich mein Herzschlag und mit jeder Sekunde, die vergeht, ohne dass ich sie ausmachen kann, wird er schneller.

»Ich kann Molly nicht sehen«, sage ich so ruhig ich kann.

»Keine Sorge«, meint Frank. »Sie kann nicht weit sein. Ich habe den Zaun erst letzte Woche überprüft. Vielleicht liegt sie im Schatten«

Also rufe ich sie.

Ich rufe einmal, zweimal und auch noch ein drittes Mal.

Ich rufe leise und dann laut, ich rufe ganz lieb, ich rufe ganz böse. Molly lässt sich nicht blicken.

Entweder hört sie nichts, weil sie nicht mehr da ist, oder sie hört nichts, weil sie zwar irgendwo ist, aber nicht hören will. Mein Herz rast mittlerweile wie wild.

Was, wenn mein Hund verschwunden ist? Einfach weg und ich sehe sie nie wieder? Ich schaue Frank an und muss mich sehr zusammenreißen, damit er nicht merkt, dass ich schon die Panikattacke im Gepäck habe.

Doch er grinst nur. He! Ich bin hier kurz vor dem Verzweiflungsausbruch und der Kerl grinst?

»Ich glaube, ich weiß, wo Molly ist. Pass mal auf!«, meint Frank noch immer grinsend und pfeift dann kurz und laut.

Im nächsten Augenblick saust ein hellbrauner Blitz hinter der Holzwand hervor und fliegt auf uns zu. Ihm folgt ein weiterer braunweißer Blitz, den ich eindeutig als Molly identifiziere.

Blitz Nummer eins ist inzwischen bei uns angekommen und entpuppt sich bei näherem Hinsehen als ein quietschvergnügter, noch junger Mischling, der mit einem hinreißenden Lächeln auf dem Hundegesicht vor Frank die Bremse zieht und sich auf die Hinterbacken setzt.

Molly hat von so einem guten Benehmen natürlich keine Ahnung, zieht die Bremse zu spät und rasselt volle Lotte in den gut gelaunten Jungspund hinein. Dann hüpft sie sofort wieder auf ihn drauf, zieht ihn am Ohr und beißt ihn in den Hals. Doch nun zeigt Frank seine ganze Professionalität.

»Socke. Sitz!«, sagt er in einem Ton, der keine Widerrede zulässt und Socke macht Sitz wie eine Eins.

Molly lässt sich davon erst einmal nicht beeindrucken und holt Anlauf, um dem neuen Spielkameraden einen weiteren ordentlichen Stoß zu verpassen. Doch da ist Frank zur Stelle. In der nächsten Sekunde hat er Molly am Halsband gepackt und sagt im gleichen Tonfall wie eben einfach nur:

»Nein!«

Molly ist verwirrt. Das kann ich ihr richtig ansehen. Sie verharrt einen Moment und will wieder losstürmen, doch Frank wiederholt das Prozedere und nach zwei weiteren Versuchen gibt Molly auf und bleibt ruhig stehen.

Nun bringt Frank sie in eine sitzende Position, sagt: »Bleib!« und Molly bleibt.

Frank stellt sich vor Socke, der die ganze Zeit sitzen geblieben ist, schaut ihm tief in die Augen und lobt ihn. Dann lobt er Molly, die sich dabei allerdings nicht tief in die Augen blicken lässt, und

schickt dann beide mit dem Kommando »Los« wieder zum Spielen. Die beiden flitzen über die Wiese davon und mir geht das Herz auf, als ich Molly so fröhlich und ausgelassen toben sehe.
»Wow, das war ja unglaublich. Molly hat ganz schön blöd geguckt«.
Frank lächelt mir zu und meint:
»Deine Molly ist wirklich eine Schlaue, aber auch ein kleines Biest, und ich denke, wir sollten jetzt mit dem Training anfangen.«
»Ok«, stimme ich zu. »Und das da ist also Socke?« Er scheint ja wieder ganz in Ordnung zu sein«.
»Es war lange nicht so schlimm, wie es zuerst aussah«, antwortet Frank. »Viel Blut, aber es war nur ein kleiner, nicht sehr tiefer Schnitt.«
Dann pfeift er wieder und Socke kommt angerannt. Molly hat etwas Interessantes entdeckt und schnuppert begeistert an der Wippe herum.
Frank gibt mir die erste Anweisung:
»Ich bringe Socke ins Haus und du kannst ja mal versuchen, deinen Hund herzurufen. Leckerchen hast du doch dabei, oder?«
»Aber selbstverständlich, Herr Mallmann.
Das hat mir ein sehr guter Hundetrainer nahegelegt«, grinse ich und Frank verschwindet, ebenfalls lächelnd in Richtung Wohnhaus.
Dann konzentriere ich mich auf Molly und versuche, sie auf mich aufmerksam zu machen.
Ich pfeife, ich rufe, ich winke, ich hüpfe, ich trällere, ich schreie und ich fluche, doch ich könnte genauso gut einer Ziege das Stricken beibringen wollen. Ich bin ein Loser, muss ich mir eingestehen und gebe auf.
Als Frank kurze Zeit später zurückkommt, stehe ich wie ein begossener Pudel da und mein Hund flitzt noch immer glücklich und mit hoch erhobenem Schwanz um die Geräte herum.
»Hat nicht geklappt, was?«, meint er im Vorbeigehen und fordert mich auf, ihm zu folgen. Er hat ein langes Seil mitgebracht. Das ist wohl die Schleppleine. Wir gehen auf Molly zu, die uns weiterhin ignoriert, und bleiben etwa fünf Meter vor ihr stehen.
»So«, sagt Frank, »jetzt probier es noch einmal.«
Also beginnt das Spielchen von vorne.

Ich rufe, ich pfeife, ich winke, doch Molly regiert überhaupt nicht.

»Ok«, meint Frank und erklärt mir dann, dass ich Molly nur einmal rufen soll, aber in einer Stimmlage, die dem Hund ganz klar vermittelt, dass es nichts zu diskutieren gibt.

Ich versuche es.

»Molly hier!«, töne ich und tatsächlich unterbricht Molly für einen Sekundenbruchteil ihr Schnuppern, bevor sie lustig weiterstöbert.

Ich bin sehr stolz auf meinen Erfolg. Frank offensichtlich aber nicht.

Mit einem nicht unfreundlichen, aber sehr bestimmten:

»Molly, hier!« bringt er sie tatsächlich dazu, ihren Kopf leicht in unsere Richtung zu drehen und diesem dann sogar den Körper folgen zu lassen.

Frank macht kein großes Federlesen, sondern schnappt sie sich, wie eben am Halsband und leint sie an. Dann lobt er sie, gibt ihr ein Leckerchen und schickt sie wieder voraus. Ich staune. Das will ich auch können.

Auf der Stelle fange ich an, mit Molly zu üben. Falls sie nicht kommt, wenn ich rufe, hole ich sie wie einen Fisch mit der Schleppleine ein.

Nach ungefähr einer Stunde, habe ich die zwei neuen Kommandos verinnerlicht und auch Molly scheint begriffen zu haben, dass sie an der Schleppleine keine Chance hat, auszubüxen.

Ich bin von diesen Fortschritten begeistert und auch Frank nickt zufrieden. Dann kommt der Härtetest in Form von Socke. Frank holt ihn zurück auf die Wiese und die beiden toben los.

Nach einer Weile soll ich Molly abrufen, wie es heißt. Ich gebe mein Bestes, und tatsächlich. Nach einem leichten Ruck an der Schleppleine unterbricht sie ihr Spiel und kommt zu mir.

Welch ein Durchbruch!

Ich lobe sie wie nicht gescheit und stopfe ihr gleich drei Leckerchen ins Maul. Frank macht mir ein Zeichen, Molly von der Leine zu lassen und zum Spielen zu schicken. Sie und Socke zischen über die Wiese davon und ich atme erleichtert auf.

»Das war doch schon richtig gut, oder?«, möchte ich von Frank wissen und freue mich, als er nickt.

»Das musst du jetzt jeden Tag mit ihr üben. Ich werde dir eine

Schleppleine für deine Waldspaziergänge mitgeben. In den nächsten Tagen musst du ihr aber auch im Haus immer mal wieder die Schleppleine anlegen und das Abrufen trainieren. Molly soll ja schließlich überall zu dir kommen, wenn du sie rufst und nicht nur auf der Wiese. Hättest du Lust heute Abend mit mir zu essen?«, fährt er übergangslos fort, und ich schaue ihn verdutzt an.

Ich habe tatsächlich Hunger, merke ich und sein Angebot klingt verlockend. Es ist warm, die Hunde vertragen sich prima und zu Hause wartet bekannterweise niemand auf mich. Warum also nicht?

»Gern«, antworte ich. »Aber nur, wenn ich dir beim Kochen helfen darf«.

Also ist es abgemacht und wir schlendern zum Haus zurück. Frank öffnet mir galant die Tür und lässt mir den Vortritt. Auch das Innere des Hauses gefällt mir außerordentlich gut.

Die Zimmer sind zwar nicht besonders groß, aber sehr gemütlich und geschmackvoll eingerichtet. Im Erdgeschoss gibt es eine schöne Wohnküche mit einer Küchenzeile aus hellem Holz, einem massiven rechteckigen Holztisch mit vier Stühlen und einem alten Holzherd. Urig!

Frank führt mich ins Wohnzimmer, das mit fantastisch restaurierten Holzmöbeln und einem gemütlichen Ecksofa eingerichtet ist. Ein kleines Bad und ein Wirtschaftsraum sind ebenfalls vorhanden.

Im ersten Stock gibt es neben einem weiteren, größeren Bad sogar vier Zimmer. So groß sieht das Haus von außen gar nicht aus.

Frank hat sich ein Arbeitszimmer, ein Gästezimmer und ein Schlafzimmer zurechtgemacht. Das vierte Zimmer ist seine Rumpelkammer, wie er sagt. Auch hier oben hat er auf zum Ambiente passende Möbel und Accessoires geachtet. Frank hat wirklich einen guten Geschmack. Ich bin begeistert und lasse ihn das auch wissen.

Frank strahlt vor Freude über mein Kompliment. Er scheint sein Leben, so wie er es sich ausgesucht hat, wirklich zu genießen.

Es gibt immer einen Haken, meldet sich da Babette. Denk an Johannes!

So ein Quatsch! Ich bin über meine eigenen Ideen empört.

Frank ist doch nicht schwul. Schließlich war er schon mal verheiratet.

Beleidigt hält Babette die Klappe, und Frank und ich gehen in die Küche zurück und widmen uns dem Kochen.

Es ist schön, nach so langer Zeit wieder einmal an der Seite eines sympathischen Mannes in einer Küche zu stehen und sich die Arbeit zu teilen. Und wie sich herausstellt, sind wir beide ein tolles Team. Frank gibt mir Anweisungen und ich schäle die Möhren, schneide Tomaten und Zucchini und schaue Frank dabei zu, wie er Kartoffeln schält und klein schneidet, wie er Champignons wäscht und viertelt, das Fleisch vorbereitet und dann alle Zutaten auf ein Blech gibt und kräftig würzt. Wir quatschen über Gott und die Welt und nippen zwischendurch an unseren Gläsern, in denen der Rotwein schaukelt, den Frank gleich zu Beginn für uns eingegossen hat.

Während das Essen im Backofen gart, gehen wir vor das Haus und setzen uns auf die Holzbank. Den Wein haben wir mitgenommen und ich fühle mich schon reichlich beschwingt. Schließlich habe ich nicht viel im Magen. Wir sitzen nebeneinander, erzählen uns witzige Begebenheiten aus unserem Leben und kringeln uns vor Lachen. Zwischendurch lassen sich die Hunde kurz blicken. Molly schnuppert überall herum, aber Socke kommt zu uns und lässt sich von mir streicheln und mit Leckerchen füttern.

»Du bist aber ein ganz Netter! Ein ganz Süßer bist du und so freundlich«, rede ich auf Socke ein, als Frank mich in die Seite pikst und meint:

»Freut mich, dass du uns so toll findest.«

»He!«, rufe ich gespielt empört. »Bilde dir bloß nichts ein! Ich habe nur mit deinem Hund gesprochen, nicht mit dir.«

Dann muss ich schon wieder loskichern und Frank lacht mit.

Wir haben sicherlich schon einen in der Birne.

Ab jetzt trinke ich nur noch Wasser, nehme ich mir vor.

Kurz darauf ist das Essen fertig und es schmeckt einfach himmlisch.

»Ein tolles Rezept«, lobe ich Frank.

»Ein Überbleibsel aus meiner Ehe«, grinst er.

Da fallen mir wieder die Blumen ein und ich frage ihn gerade heraus, ob er wieder eine feste Beziehung hat.

»Wenn du dich zur Verfügung stellen willst, hätte ich nichts dagegen, es zu versuchen«, erwidert er scherzhaft, doch mir bleibt die Möhre, an der ich gerade kaue, fast im Hals stecken.

Ob da ein Stückchen Wahrheit in der lustigen Antwort steckt? Was, wenn er meint, ich sei an ihm interessiert? Was, wenn er ernste Absichten hegt? Ich finde ihn ja super, aber er ist halt nicht mein Typ und viel zu jung. Ich muss ihm reinen Wein einschenken.

Ach, Karin, meldet sich Babette.

Denkst du wirklich, er steht auf ältere Pädagoginnen?

Da ist sicher was dran, aber es gibt immer wieder junge Männer, die sich für viel ältere Frauen interessieren, überlege ich. Mit einem Mal fühle ich mich ein wenig gehemmt. Ich überspiele dieses ungute Gefühl, indem ich im gleichen scherzhaften Ton antworte:

»Leider bin ich aus dem Alter für solche Abenteuer raus. Du siehst, ich stehe also nicht zur Verfügung und du musst dir was Jüngeres suchen.«

Täusche ich mich, oder schaut Frank tatsächlich ein wenig enttäuscht?

Das ist nur Wunschdenken, stellt Babette fest.

Doch da grinst Frank auch schon wieder und meint mit theatralischem Augenaufschlag:

»Schade, schade. Mir bricht das Herz. Aber so wie es ist, ist es eigentlich genau richtig, findest du nicht auch?«

Ich nicke und das unsichere Gefühl von eben ist wieder verschwunden. Wir trinken auf unsere gute Zusammenarbeit und die Sympathie und ich fühle mich leicht und gut aufgehoben.

Als ich Frank von Nixius und meinem Entschluss, nicht zur Beerdigung zu gehen erzähle, räumt er ein, dass er selbst wohl hingehen würde, meine Entscheidung aber verstehen könne. Damit kann ich gut leben.

Wir räumen noch gemeinsam die Küche auf und kurze Zeit später mache ich mich wieder auf den Weg nach Hause.

Ich habe Frank gebeten, jetzt in der Ferienzeit zweimal pro Woche mit mir und Molly zu arbeiten, denn danach muss sie zumindest so weit sein, dass ich sie morgens alleine lassen kann, ohne dass sie mir das Haus abreißt. Frank ist einverstanden und wir verabreden uns für Samstag bei mir. Straßentraining ist angesagt.

Wir verabschieden uns mit einem festen Drücker und einem Kuss auf die Wange und ich fahre gut gelaunt nach Hause.

Auch Molly ist guter Dinge und ohne Murren in den Kofferraum gehüpft. Wir beiden Mädels haben heute, wie es scheint, richtig nette Freunde gefunden.

Trau dich was, dann biste wer

Am nächsten Morgen denke ich beim Duschen über den gestrigen Abend nach. Es war sehr schön bei Frank. Er ist ein wirklich netter Mensch. Und er mag mich. Es ist wirklich erstaunlich, wie viel in den letzten Tagen passiert ist. Ich hatte überhaupt keine Zeit, mir leidzutun und ständig über den Einbruch oder andere unschöne Dinge nachzudenken. Grinsend trockne ich mich ab.

Als ich meine Jeans überstreife, merke ich, dass sie nicht mehr ganz so stramm sitzt, wie letzte Woche noch. Habe ich etwa abgenommen? Naja, schließlich hatte ich viel Bewegung und nicht weniger Aufregung. Das wäre ja der Knaller. Ein super Nebeneffekt.

Freu dich nicht zu früh, Babette kann einem jeden Spaß verderben. *Die Hose hat sich bestimmt einfach nur ein bisschen geweitet, das ist alles.*

Könnte natürlich auch stimmen, muss ich zugeben. Doch eigentlich ist es mir im Moment völlig egal. Ich fühle mich gut und das zählt. Gerade föhne ich meine Haare, als ich plötzlich eine Eingebung habe. Gleich, nachdem ich mit der Morgentoilette durch bin, greife ich mir das Telefon und rufe Svenja an. Sie hat einen Friseursalon in der Nähe und kümmert sich schon seit Jahren um mich.

»Bei Svenja, was kann ich für Sie tun?«, meldet sie sich dann auch schon nach dem zweiten Klingeln.

»Hallo Svenja. Hier ist Karin Berger. Kann ich heute noch reinkommen?«

»Hi, Karin. Na, ist das wieder eine deiner Spontanentscheidungen?«, lacht Svenja. Sie kennt mich, wie gesagt, schon seit Jahren.

»Lass mal sehen«, fährt sie fort und ich höre sie in ihrem riesigen Terminplaner blättern.

»Du hast Glück. Um 14.30 hat eine Kundin abgesagt. Es kommt allerdings darauf an, was du haben willst. Eine Dauerwelle ist nicht drin«.

»Ha, ha. Sehr lustig. Dann könntest du mir ja gleich eine Sprengladung auf dem Kopf installieren. Das Ergebnis sähe wohl ähnlich aus«, antworte ich bierernst. Svenja lacht.

»Nun mal Scherz beiseite«, meint sie. »Was hast du dir denn vorgestellt?«

»Mal was ganz anderes«, erwidere ich prompt.

»Na prima!«, stöhnt Svenja, »Geht´s auch etwas genauer?«

»Auf jeden Fall kürzer und vielleicht eine andere Farbe?«, denke ich laut.

»Also Farbe. Ok! Schneiden und färben. Das klappt. Komm doch schon etwas früher, dann kannst du dir noch Frisuren anschauen, damit ich wenigstens einen Anhaltspunkt für das ganz Andere habe.«

»Ist gut«, stimme ich zu. »Ich komme so gegen 14 Uhr. In Ordnung?«

»Passt perfekt.«, sagt Svenja und wir verabschieden uns.

Der Morgen vergeht wie im Flug.

Nach dem Frühstück muss ich mit Molly üben, einige nötige Handgriffe im Haus verrichteten, draußen Blumen gießen, und dann ist es auch schon Zeit für die große Gassi-Runde im Wald. Das volle Programm mit Zieh und Zupf und anschließend mache ich mir noch eine Kleinigkeit zu Mittag. Plötzlich fällt mir siedend heiß ein, dass ich Molly ja nicht mitnehmen kann, sondern alleine im Haus lassen muss.

Oh, Herr, gib Hirn!

Ich hatte Molly für den Moment einfach ausgeblendet und meinen Termin so gelegt, als gäbe es sie nicht. Wie eine graue Wolke des Grauens legt sich der Gedanke an das, was passieren könnte, über mein Gemüt.

Zu Hilfe!

Sie wird mein Sofa auffressen und den Teppich in Konfetti verwandeln.

Sie wird alles vollsch… und ich werde mein Haus nicht wiedererkennen, geschweige denn jemals wieder sauber kriegen.

Muss ich den Termin also gleich wieder absagen?

Mir bricht der kalte Schweiß aus und ich starre Molly an, die gemütlich auf ihrer Pfötchendecke liegt und an ihrem Gummihuhn von Happy Pet knabbert, als sei sie ein Alien.

Bist du noch ganz dicht?, meldet sich da Babette. *Schau sie dir doch an! Sie hatte Bewegung, sie hat sich leer gemacht und gleich wird sie einschlafen, und zwar, bis du wieder da bist. Irgendwann musst du ja mal anfangen. Schließlich bist du doch nur eine Stunde weg. Also mach dir nicht ins Höschen! Fahr schon!*

Ja, Babette hat recht. Ich muss es einfach versuchen. Und jetzt ist auf jeden Fall ein guter Zeitpunkt.

Schließlich hat sie mich gerade erst eine Stunde lang durch die Gegend gezerrt und ist bestimmt dementsprechend ausgepowert. Ich werde es riskieren, beschließe ich und schnappe mir meine Tasche und die Autoschlüssel. Das macht Molly nun doch hellhörig. Sie lässt ihr Huhn fahren, springt auf und rennt zur Haustür.

Was soll ich jetzt tun?

Nun geh doch einfach, schimpft Babette und ich sage zu Molly:

»Du bleibst hier. Geh auf deinen Platz!«

Ich warte nicht darauf, ob sie meiner Aufforderung nachkommt, sondern öffne die Tür und schon bin ich draußen. Hier bleibe ich noch einige Sekunden mit angehaltenem Atem stehen, doch ich höre nichts. Richtig beruhigt bin ich allerdings noch nicht.

Ich muss einfach sicher sein, dass mein Hund die Situation nicht ausnutzt und sich bereits die Armlehne des Sofas zur Brust nimmt, während ich das Haus noch nicht richtig verlassen habe.

»Vertrauen ist gut, Kontrolle ist besser«, murmele ich und mache mich auf den Weg hinter mein Haus.

Zwischen dem Grundstück meiner Nachbarn und meinem eigenen verläuft ein kleiner Fußweg hinüber zur Parallelstraße. Dorthin zieht es mich, denn von da aus kann ich vielleicht die Hecke ein wenig zur Seite drücken und durch die Terrassentür ins Wohnzimmer sehen. Also gehe ich in die Hocke und stecke beide Hände nacheinander durch die Maschen des Zaunes. So weit, so gut. Dann schiebe ich die Zweige des Kirschlorbeers nach rechts und links auseinander und bringe mein Gesicht möglichst nah an den Zaun heran. Tatsächlich erkenne ich meine Terrasse und die Tür. Zuerst kann ich keine Bewegung im Wohnzimmer ausmachen, aber dann …

Aufgeregt drücke ich mein Gesicht gegen den Zaun, um möglichst viel mitzubekommen. Molly erscheint an der Tür und schaut in den Garten.

Sie hat, so weit ich das erkennen kann, nichts im Maul. Mir fällt ein Stein vom Herzen. Der gute Hund. Schaut sich nur ein bisschen den Garten an. Vielleicht vermisst sie mich schon?

Nach kurzer Zeit lässt sich Molly vor der Tür nieder und legt den Kopf auf die Pfoten. Ich bin gerührt. Mein treuer Vierbeiner wartet auf sein Frauchen. Hach, wer hätte das gedacht? Ich schaue ihr noch ein Weilchen beim Daliegen zu und mache mich schließlich beruhigt auf den Weg zum Frisör.

Wegen der Observierung meines Hundes bin ich zwar etwas spät dran, habe aber trotzdem noch genügend Zeit, mir einige Fotos von angesagten Frisuren anzuschauen.

Gut gelaunt betrete ich Svenjas Salon. Svenja schneidet gerade einem älteren Herrn um die siebzig den verbliebenen weißen Haarkranz in Form.

»Hallo Karin«, begrüßt sie mich ohne aufzuschauen, und arbeitet konzentriert weiter. »Ich hab dir da zwei Magazine mit Kurzhaarfrisuren hingelegt. Schau sie doch schon mal durch.«

»Gern«, antworte ich, mache es mir in einem der geflochtenen Sessel bequem und fange an zu blättern.

Schon kurze Zeit später sehe ich eine Frisur, die mir gefallen könnte. Gestufter Pagenschnitt steht darunter. Der Nacken ist kurz und das Haar wird zum Kinn hin etwas länger. Ja, sieht gut aus. Ob es allerdings auch mit meinen Haaren gut aussehen könnte, das wird mir Svenja sagen.

Ich finde noch eine Alternativfrisur. Ziemlich kurz und asymmetrisch. Gefällt mir.

Mittlerweile ist Svenja mit ihrer Arbeit am Kunden fertig. Der Herr zahlt, und starrt mich beim Hinausgehen unhöflich lange an. Was hat der bloß?

»Hast du etwas finden können«, fragt mich Svenja und will sich neben mich setzen.

Als ich sie lächelnd anblicke und mit einer Kopfbewegung auf die erste Frisur zeige, bleibt sie abrupt stehen und starrt mich ebenso an, wie der alte Kerl vorhin.

»Soll die neue Frisur farblich zu deinem Gesichtsmuster passen?«, fragt sie amüsiert.

Jetzt bin ich verunsichert.

»Was meinst du?«

»Schau doch mal in den Spiegel«, fordert sie mich auf und ich tue wie mir geheißen.

Upps! Da war ich eben wohl etwas zu nah am Zaun. Ich habe ein gleichmäßiges, rotes Maschenrostmuster im Gesicht.

»Sehr kleidsam, findest du nicht?«, frage ich lachend und schnappe mir das Handtuch, das mir Svenja wortlos hinhält.

Ich säubere mein Gesicht und dann geht es los. Wir schauen uns gemeinsam die Bilder an und einigen uns auf den Pagenschnitt.

»Du musst dir darüber im Klaren sein, dass die Frisur bei deinem Haar nicht so dicht und voll ausfallen wird, wie auf dem Bild, aber ich denke, es könnte was werden«, sagt Svenja.

Zuerst aber muss ich mir eine neue Haarfarbe aussuchen.

Nach einigem Hin und Her entscheide ich mich mit Svenjas Hilfe für Strähnen in einem nicht zu dunklen Braunton und einem hellen Blond.

Svenja arbeitet konzentriert und sehr professionell, bleibt dabei aber immer fröhlich und freundlich. Bewundernswert, wie sie das macht.

Nach knapp eineinhalb Stunden ist die Farbe drin, die Haare sind gewaschen, geschnitten und es geht ans Föhnen und knapp zehn Minuten später bestaune ich meine neue Frisur. Sie gefällt mir unglaublich gut.

Warum bin ich nicht schon viel früher auf die Idee gekommen, mein Aussehen ein wenig zu verändern? Der Pagenschnitt steht mir wirklich prima und auch die dunklen Strähnen sind perfekt. Svenja hat mir den Pony kurz und fransig geschnitten, links seitlich etwas hoch geföhnt und mit Gel festbetoniert. Das sieht richtig fesch aus und lässt mich ein gutes Stück jünger aussehen.

Auch Svenja ist zufrieden und zeigt mir mein neues Profil von allen Seiten im Spiegel. Nachdem ich den Laden verlassen habe, komme ich mir vor, wie ein neuer Mensch. Meine Hose kneift nicht mehr und ich habe kein Muster im Gesicht, sondern stattdessen eine neue Frisur, dir mir ausnehmend gut gefällt. Da hätte ich doch auch gleich Lust, mir ein neues, passendes Outfit zuzulegen.

Meine Füße bewegen sich schon in Richtung Altstadt, wo es diese nette, nicht zu teure, kleine Boutique gibt, als ich plötzlich aus dem Augenwinkel etwas sehe, was mich in höchste Alarmbereitschaft versetzt. Dieses Fahrrad kenne ich.

Ich kann mir nicht vorstellen, dass es in der gesamten Stadt noch ein zweites, dermaßen geblümtes Rad gibt. Es lehnt auf der gegenüberliegenden Straßenseite an einer Hauswand. Vom Fahrer kann ich weit und breit nichts entdecken. Ob er hier wohnt?

Babette ist ganz aufgeregt:

Das ist die Gelegenheit! Schreib dir schon mal die Namen auf den Namensschildern auf. Wer weiß, wofür es gut ist.

Ich krame hektisch in meiner Handtasche herum und finde glücklicherweise einen Stift. Papier? Habe ich keins bei mir. Mist!

Doch halt. Ich werde auf die Rückseite der Frisörrechnung schreiben.

So ausgerüstet schlendere ich möglichst unauffällig hinüber und nehme die zwei Stufen zur Haustüre.

Es ist ein Mehrfamilienhaus. Ich kann fünf Namensschilder ausmachen und fange sofort an zu schreiben.

Ein oder eine P. Vollmann, S. Hofhalter & R. Reiher, K. van der Kauten, T. Tatterich (Ne, oder?) und A. Pieps-Vogelklang (das wird ja immer besser) wohnen dort.

Schnell notiere ich die Namen auf meinem Zettel und will mich gerade auf den Rückweg machen, als ich nahende Schritte im Treppenhaus hinter der Türe höre.

Nichts wie weg!

Ich springe die zwei Stufen hinunter, wende mich nach rechts und laufe einige Schritte. Dann drehe ich mich wieder um und gehe langsam zurück. Ich will unbedingt sehen, wer da aus dem Haus kommt.

Es ist der Einbrecher! Ich erkenne ihn sofort wieder. Und jetzt weiß ich auch, wo er wohnt. Ich kann mein Glück kaum fassen.

Natürlich muss ich so schnell wie möglich die Polizei darüber in Kenntnis setzen.

Der Einbrecher zieht gerade den Helm an, als ich auf seiner Höhe bin. Was jetzt? Er schaut kurz zu mir herüber und wirkt einen Moment irritiert. Ich lächle ihm zu und er lächelt zurück, doch er zeigt keinerlei Anzeichen des Erkennens. Soll ich ihn ansprechen? Doch da setzt er sich schon auf sein Rad und weg ist er. Ich starre ihm hinterher. Hat er mich wirklich nicht erkannt?

Denk an die neue Frisur!

Stimmt. Das hatte ich in der Aufregung ganz vergessen. Macht aber nichts.

»Einbrecher, deine Stunden sind gezählt. Ich weiß jetzt, wo du wohnst«, zische ich und mache mich auf den Heimweg.

Als ich kurze Zeit später die Haustüre aufschließe, erwartet mich lautes Gebell. Molly stürmt aus dem Wohnzimmer auf mich zu und kläfft, was das Zeug hält.

»Ich bin´s nur!«, rufe ich ihr zu. »Bin wieder zurück!«

Doch sie bellt wie verrückt und schaut mir dabei direkt in die Augen.

Ich kann es kaum glauben.

Was um alles in der Welt hat sie dazu gebracht, mich anzustarren? Ich bin völlig aus dem Häuschen. Habe ich es bereits geschafft? Ist Molly schon so weit? Doch dann weiß ich plötzlich, was los ist. Nicht meine unglaublichen Fähigkeiten als Frauchen haben Mollys Verhalten hervorgerufen, sondern der neue Haarschnitt.

Molly verbellt meine Frisur.

Gerade erst hatte sie sich an mich gewöhnt und plötzlich sehe ich schon wieder anders aus. Das bedeutet im Klartext, dass dieser Hund mich beobachtet, ohne dass ich es merke. Sie führt mich also ständig hinters Licht.

Dieser Satansbraten!

Ich halte ihr meine Hand hin und sie schnuppert. Endlich hat sie mich erkannt. Sie gibt einen beleidigten Schnaufer von sich, würdigt mich keines Blickes mehr und verschwindet ins Wohnzimmer.

Natürlich bleibe ich ihr auf den Fersen, um zu überprüfen, ob mein Haus noch wie eines aussieht. Unglaublich. Alles steht noch auf seinem Platz. Es liegen keine totgekauten Kissen herum, mein Sofa hat noch seine Lehnen und auch die Tischbeine sind noch da, wo sie sein sollten.

Ich bin überwältigt und hole ihr einen leckeren Kauknochen aus der Küche, mit dem sie sich auf ihre Decke verzieht. Dann schnappe ich mir das Telefon und die Karte von Herrn Gerber, dem Polizisten.

»Ich weiß, wo der Einbrecher wohnt«, melde ich mich aufgeregt, doch Oberkommissar Gerber ist die Ruhe selbst.

»Ach Sie sind es, Frau Berger. Bitte eins nach dem anderen. Sie haben den Einbrecher identifiziert?«

»Naja, ich denke, dass er es ist. Äh, ja ich meine ... Er sieht jedenfalls so aus. Also, ich bin mir so ziemlich sicher«, stottere ich.

»Frau Berger. Ihnen ist doch sicher klar, wie weittragend eine solche Anschuldigung ist.

Sie müssen sich absolut sicher sein, dass Sie den gleichen Mann gesehen haben. Gibt es irgendwelche handfesten Beweise?«

Ich fühle mich von seinen Fragen in die Enge getrieben.

»Wenn Sie wissen wollen, ob er die gestohlene Brosche anhatte, oder ihm Geldbündel aus den Taschen gequollen sind.

Da muss ich leider passen«, antworte ich spitz.

Herr Gerber lenkt ein.

»Verstehen Sie mich nicht falsch, Frau Berger. Ich glaube Ihnen, dass dieser Mann so aussieht, wie der Einbrecher. Er müsste sich aber durch etwas verdächtig machen, damit wir aktiv werden können. Nur auf Ihre Vermutung hin, können wir nichts unternehmen, sondern müssen abwarten, was die Auswertung der Spuren erbringt.«

»Na, super. Und was soll ich so lange machen?«

»Sie machen bitteschön überhaupt nichts. Geben Sie mir die vermeintliche Adresse durch. Ich werde sie den Unterlagen hinzufügen. Falls die Spuren am Tatort auf eine der dort lebenden Personen verweisen, werden wir natürlich sofort Ermittlungen aufnehmen.

Bis dahin möchte ich Sie dringend bitten, sich zurückzuhalten und uns unsere Arbeit machen zu lassen, Frau Berger.«

Das war deutlich. Ich gebe ihm also die Adresse und lege enttäuscht auf.

Der hat ja gut reden. Ich weiß genau, wo der Kerl wohnt und soll einfach die Füße stillhalten?

Es kann doch sicher nicht schaden, wenn du das Haus ein wenig beobachtest, sagt Babette.

Bestimmt nicht. Schließlich muss ich ja auch mal einkaufen gehen und in der Nähe der Wohnung gibt es doch einige schöne Läden.

Herr Gerber kann mir auf keinen Fall einen Vorwurf machen, wenn ich beim Bummeln ganz zufällig etwas Verdächtiges mitbekomme, oder?

Sag niemals nie

Donnerstagmorgen wache ich etwas später auf als üblich. Ich bekomme einen riesigen Schreck und dann ein schlechtes Gewissen, weil ich Molly noch nicht rausgelassen habe. Ich springe aus dem Bett, öffne dann vorsichtig die Schlafzimmertür und linse auf den Flur hinaus. Nichts zu sehen. Der Hund wird doch etwa nicht eingehalten haben? Ich betrete den Flur (wohlweißlich in Hausschuhen) und schaue mich überall um. Nichts.

Eilig gehe ich nach unten und sehe Molly entspannt auf ihrer Decke liegen. Als ich das Wohnzimmer betrete, wedelt sie tatsächlich zweimal mit dem Schwanz.

Welch ein Empfang. Ich fühle mich wie Queen-Mum.

Schnell öffne ich die Terrassentür und mein Hund erhebt sich gnädig und trottet nach draußen. Das Wetter ist prima und es ist bereits herrlich warm.

Ja, wirklich ein toller Tag, um unter die Erde gebracht zu werden, meldet sich Babette.

Oh nein! Das hatte ich erfolgreich verdrängt. Heute ist ja die Beerdigung. Aber ich werde nicht hingehen, schwöre ich mir. Schließlich habe ich keine Telefonnummer von Johannes und könnte ihm daher nicht einmal absagen. Selbst wenn ich es wollte. Was würde er wohl denken, wenn ich ihn einfach versetze? Nein, so etwas mache ich nicht.

Hallo! Es gibt heutzutage Bücher, in denen man Telefonnummern nachschlagen kann.

»Ja, ich weiß«, grummle ich, »und das Internet. So was Blödes.«

Jetzt hat mich mein schlechtes Gewissen doch wieder am Wickel und meine katholische Erziehung gewinnt die Oberhand.

Schon, als ich auf die Terrasse hinaustrete, habe ich Telefonbuch und Telefon dabei, und noch bevor ich den ersten Schluck Kaffee getrunken habe, schaue ich unter F nach.

Fä

Färber

Da haben wir dich ja. Ich fahre die Namen mit dem Zeigefinger nach.

Färber Aron

Färber Dieter und Edeltraud

Färber Friedrich

Da, das muss er sein.

Der Eintrag lautet:

Färber Johannes

Werbung und Design

Unterm Keltenberg 2

Ich seufze tief und tippe die Nummer ein.

»Färber«, meldet sich mein Held des Waldspaziergangs und ich lausche kurz dem Klang dieser tollen Stimme hinterher, bevor ich mich melde.

»Oh, hallo Karin.«

Er hat mich sofort erkannt und klingt aufrichtig erfreut.

»Für jemanden der Ferien hat, bist du aber früh dran. Ist etwas passiert?«

»Hallo Johannes«, antworte ich. »Ja, eigentlich ist schon etwas passiert, aber nicht mir.«

Dann erzähle ich ihm von Nixnutzius und der heutigen Beerdigung. Für Johannes ist das alles kein Problem.

»Dann verschieben wir unseren Spaziergang eben auf heute Abend, oder hast du keine Zeit?«, fragt er.

»Doch, das kriege ich hin«, freue ich mich, »sagen wir um halb sieben?«

»Das passt mir super.« Johannes lächelt durchs Telefon.

»Und hinterher gehen wir beiden noch in die Eisdiele, was hältst du davon?«

»Prima Idee!« Ich bin begeistert. »Bis heute Abend dann!«

In bester Laune belege ich mir ein Brot, als Molly herantapst und mir den Kopf auf den Oberschenkel legt. Ich halte die Luft an. Was wird das jetzt?

»Du wirst doch nicht etwa betteln?«, frage ich sie.

Molly gibt keine Antwort, aber ihr Schwanz bewegt sich sacht hin und her.

»Also, wenn du etwas von mir willst, dann schau mir in die Augen, Kleines.«

Molly reagiert nicht.

Ich schneide ein Stück von meinem Brot ab, halte es über die Tischkante und sage im freundlichsten Hundeflüsterton:

»Oh, was für ein leckeres, leckeres Stückchen Brot. Wer das haben will, muss sein Frauchen anschauen. Schau her, Molly! Hier ist das Brot.«

Molly kämpft mit sich. Sie möchte das Stück wirklich gerne haben, andererseits will sie ihre Deckung nicht verlassen.

Gestern Abend war es nur ein Ausrutscher, jetzt aber wäre es eine bewusste Handlung, wenn sie mich anschaut und wir hätten einen riesigen Schritt in die richtige Richtung geschafft. Mein Herz klopft und mein Mund ist ganz trocken. Jetzt nur keine falsche Bewegung. Gleich, gleich wird ihr Appetit siegen.

Ich habe recht.

Molly hebt den Kopf, schaut mich an und nimmt vorsichtig das Brotstück aus meiner Hand. Wir spielen das Spielchen einige Male durch und ich lobe sie über den grünen Klee. Ich bin fast so stolz wie damals, als Alex seine ersten wackeligen Schritte geschafft hatte, und gebe Molly ein letztes Stück.

»So, meine Süße, jetzt reicht es für´s Erste. Sonst bist du bald reif für eine Diät.«

Stunden später mache ich mich auf den Weg zu Elvira. Molly ist auch dieses Mal leer, bewegt und hoffentlich müde genug, um die zwei Stunden zu überstehen.

Elvira wartet schon an der Haustür auf mich, winkt mir kurz zu, als sie mich erkennt, und kommt eilig zum Auto getrippelt. Nachdem sie eingestiegen ist und wir uns begrüßt haben, schaut sie mich mit großen Augen an und stellt fest: »Du warst beim Frisör!«

»Ja, in Svenjas Salon. Da gehe ich schon seit Jahren hin.«

»Die Frisur steht dir prima. Du hättest längst mal was mit deinen Haaren machen sollen. In unserem Alter muss man was tun, sonst ist man schnell nur noch Kompost.«

Ich muss grinsen. Elviras Wortwahl ist manchmal wirklich ein wenig gewöhnungsbedürftig. Sie zeigt auf zwei weiße Rosen, die sie in der Hand hält und meint:

»Die habe ich für uns besorgt. Wir geben ihm ein paar Blümchen mit auf den Weg, habe ich mir gedacht. Du machst doch mit, oder?«

»Von Beileidsbezeugungen am Grab bitten wir abzusehen, stand unter der Todesanzeige«, antworte ich, grantiger als beabsichtigt.

»War doch nur nett gemeint«, entgegnet Elvira und wir fahren eine Zeit lang schweigend weiter Richtung Hauptfriedhof. Diese Beerdigung liegt mir im Magen. Schließlich wollte ich überhaupt nicht hin und nur meine katholische Kinderstube und das damit verbundene Pflichtbewusstsein zwingen mich dazu. Und überhaupt.

Beerdigungen sind für mich nur schwer zu ertragen, seit mein Vater gestorben ist. Ich fühle mich total unwohl, so allein am Grab zu stehen.

Ich werde deshalb auch heute nicht hingehen, oder Nixius Blumen hinterherwerfen. Aber Elvira hat es ja nun wirklich nur gut gemeint.

»Tut mir leid, dass ich unfreundlich geklungen habe«, wende ich mich deshalb an sie.

»Ich habe es nicht so mit Beerdigungen. Ich möchte auch gar nicht ans Grab. Ist das für dich in Ordnung?«

»Schon gut«, lenkt Elvira ein. Schon ist sie wieder bester Laune und plappert los:

»Ich habe gehört, dass der Männerchor ein Ständchen bringen wird und der Mandolinenklub hat wohl auch ein ganz trauriges Stück einstudiert«.

Ich verdrehe die Augen. Das hat mir gerade noch gefehlt.

Der Gottesdienst findet in der Kirche beim Friedhof statt, und als wir eintreten, ist sie schon gut gefüllt. Elvira will sich nach vorne durchkämpfen, um auf keinen Fall etwas zu verpassen, aber ich ziehe es vor, mich in einer der hinteren Bänke zu verkriechen und möglichst klein zu machen.

Nachdem ich mich gesetzt habe, schaue ich mich ein wenig um. Von den Leuten, die rechts und links neben mir sitzen, kenne ich niemanden. Ich lasse meinen Blick weiter wandern und bemerke zwei Reihen vor mir ein Profil, das mir bekannt vorkommt. Als ich erneut hinüber spähe, bekomme ich auf der Stelle einen Schluckauf und starre schnell auf meine Knie.

Oh, mein Gott!

Was um alles in der Welt hatte Nixnutzius mit den kriminellen Elementen dieser Stadt zu tun? Vorsichtig hebe ich den Kopf und bemühe mich, den Schluckauf unter Kontrolle zu bringen. Der Einbrecher hat breite Schultern. Er trägt ein leger geschnittenes schwarzes Sakko. Vielleicht einen Anzug? Sein volles Haar ist ordentlich gekämmt und man könnte tatsächlich glauben, einen seriösen Menschen vor sich zu haben. Doch ich weiß es besser.

Böse starre ich auf seinen Hinterkopf und überlege, was an dieser Situation verdächtig genug sein könnte, um es Herrn Gerber zu berichten, als er sich plötzlich umdreht und meinen Blick bemerkt. Ich grinse ihn etwas dümmlich an. Er nickt mir kurz zu und schaut dann wieder nach vorne. Dieses Mal hat er mich erkannt, stelle ich mit klopfendem Herzen fest.

Was treibt einen Verbrecher zur Beerdigung eines Schulleiters?

Die Messe beginnt und wie ich schon angenommen hatte, wird in der Ansprache des Pfarrers aus dem Nixius, wie ich ihn kannte, nun plötzlich ein völlig anderes Wesen. Selbstlos, kinderlieb, ein Menschenfreund und dabei unermüdlich im Einsatz für Gerechtigkeit und pädagogische Neuerungen, fantastischer Schulleiter, immer offenen Ohres für Schüler, Eltern und Kollegen.

Ich höre nicht mehr zu, sondern hänge meinen eigenen Gedanken nach.

Ich werde diesen Einbrecher zur Strecke bringen! Vielleicht nicht heute, aber ich werde dran bleiben. Soll doch der Herr Polizist sagen, was er will. Ich jedenfalls werde diesen Verbrecher nicht ungestraft davon kommen lassen.

Ich habe mich so richtig in Fahrt gebracht und merke erst jetzt, wie fest ich die Zähne aufeinanderbeiße, und dass ich die Augen zu kleinen Schlitzen zusammengekniffen und das Kinn vorgeschoben habe. Das ist mein -Karin gegen den Rest der Welt - Gesicht.

Für andere mag es allerdings wohl eher so aussehen, als sei ich kurz davor, eine Klappmachete aus der Handtasche zu ziehen und ein grausames Gemetzel anzurichten.

Bei den Schülern wirkt dieser Ausdruck in der Regel ganz gut. Gerade, als ich versuche, meine Gesichtsmuskulatur wieder zu lockern, dreht sich der Einbrecher erneut zu mir um und schnell wieder weg. Jetzt habe ich ihm Angst gemacht. Gut so!

Eine Ewigkeit später, nachdem der angekündigte Mandolinenklub sein Talent bewiesen und auch der Männergesangsverein seinen Beitrag geleistet hat, beeile ich mich, nach draußen zu kommen. Elvira gesellt sich schon kurz darauf wieder zu mir und weiß einige Neuigkeiten zu berichten, während wir langsam mit den anderen Trauergästen Richtung Friedhof gehen.

»Stell dir vor, der Nixius stand kurz vor der Scheidung«, raunt sie mir begeistert zu. »Wäre er erst nächsten Monat gestorben, hätten nur die beiden Kinder geerbt und seine Frau hätte dumm da gestanden. Mensch hat die ein Schwein gehabt.«

»Woher weißt du das denn jetzt schon wieder«, flüstere ich zurück.

Sie grinst mich verschwörerisch an und erzählt weiter im Flüsterton:

»Ich habe in der Kirche neben Vera Kornblum gesessen.

Eine Freundin von ihr hat eine Bekannte, die eine Freundin von Frau Nixius gut kennt. Tja.«

Gleich darauf sind wir schon am Grab angekommen.

Der Priester spricht noch einige salbungsvolle Worte und dann wird der Sarg in die Erde gelassen. Nun beschleicht mich doch ein komisches Gefühl. Sterben ist schon blöd, denke ich, als Elvira meine Gedanken unterbricht.

»Furniereiche!«

Verwirrt schaue ich sie an.

»Was meinst du?«

»Na, Furniereiche. Der Sarg. Das Teuerste vom Teuersten. Da hat sich seine Frau nicht lumpen lassen«, erklärt mir Elvira mit Kennerblick.

»Aha«, antworte ich, doch dann sehe ich den Einbrecher und mein Herz setzt einen Schlag aus. Er steht etwa zehn Meter rechts von uns. Neben ihm stehen der Bürgermeister, der Landrat und die Schulrätin. Zufall? Oder hängen etwa die Stadtoberen mit in der Sache drin?

Das ist eine Hehlerbande. Das organisierte Verbrechen, raunt Babette.

Ich bin erschüttert.

»Weißt du, wer er ist?«, frage ich Elvira und deute mit dem Kopf in seine Richtung.

»Das sind Bürgermeister Wallenrot, Landrat Pückel und unsere Schulrätin, die wirst du doch wohl kennen«, tadelt mich Elvira.

»Ja, klar«, antworte ich, »ich meinte den mit dem Bart.«

Elvira schaut noch einmal auffällig unauffällig hinüber. Gerade in diesem Augenblick sieht der Einbrecher in unsere Richtung. Schnell senke ich den Blick. Er hat sicher bemerkt, dass wir über ihn gesprochen haben. Das könnte sein Misstrauen erregen und ihn vielleicht verscheuchen. Elvira jedenfalls hat davon nichts mitbekommen.

»Den kenne ich nicht. Ist aber rauszukriegen. Warte bis nachher!«, sagt sie und macht sie sich mit den anderen auf den Weg zum Grab, um ihre Blumen loszuwerden.

In diesem Moment stimmt der Männergesangverein erneut ein Lied an und lässt mich erschrocken zusammenfahren. Nachdem ich mich vom ersten Schreck erholt habe, betrachte ich die Trauergemeinde, die sich langsam zum Grab, und wieder davon fortbewegt. Den Einbrecher habe ich aus den Augen verloren.

Elvira gesellt sich zu einigen Kollegen, die seitlich Aufstellung genommen haben. Sie steckt den Kopf erst mit Margit Klein, einer netten Erd- und Sozialkundelehrerin und anschließend mit Maria Dumka, unserer Schulsekretärin für ein recht langes Gespräch zusammen.

Dann kommt sie wieder zu mir herüber. Ich nicke den anderen zu und Margit winkt kurz zurück.

»Auftrag erfolgreich erledigt«, erklärt Elvira mir voller Stolz.

»Ja, und?«, will ich wissen.

»Margit wusste auch nicht, wer er ist, hatte ihn aber ebenfalls mit der Prominenz gesehen und findet ihn übrigens sehr attraktiv. Maria war dagegen schon etwas besser informiert«, beginnt Elvira, hakt sich bei mir unter und dirigiert mich Richtung Ausgang.

»Und weiter?« Jetzt bin ich wirklich aufgeregt.

»Wir wussten ja, dass Nixius was hatte. Also, ich meine krankheitsbedingt. Die Schulleiterstelle war wohl auch bereits im Amtsblatt ausgeschrieben. Aber da gucke ich ja nur selten rein. Du etwa?«

Ich winke ab.

»Deshalb wussten wir natürlich nichts davon. Jedenfalls gab es nur einen Bewerber. Na, klingelt´s bei dir?«

»Der Bärtige?«, frage ich ungläubig.

»Ja«, strahlt Elvira.

»Du bist gerade unserem neuen Chef begegnet. Hoffentlich hast du einen guten Eindruck gemacht?«

Mit einem Mal ist mir schwindelig. Der Einbrecher ist unser neuer Schulleiter? Wie passt das zusammen? Vielleicht habe ich mich in ihm geirrt? Oh, nein! Entsetzt erinnere ich mich an das Machetengesicht, mit dem ich ihn eben angestarrt habe und mir entgleiten erneut die Gesichtszüge. Doch Elvira achtet nicht auf meinen angespannten Ausdruck, sondern fährt eifrig fort:

»Maria weiß noch nicht allzu viel. Nur, dass er Klaus van der Kauten heißt, aber kein Holländer ist, sondern Deutscher. Er ist 51 Jahre alt und war Konrektor an einer großen Gesamtschule in Kiel.«

Mir wird schwarz vor Augen.

Ist doch völlig egal, wer, oder was er ist. Auch die höchsten Tiere sind zu Verbrechen fähig. So was steht doch täglich in der Zeitung. Schauspieler, die klauen, Bankmanager, die in die eigene Tasche wirtschaften, Politiker, die bei anderen abschreiben und lügen, Priester, die …

»Ach halt doch die Klappe«, bringe ich Babette, wohl leider etwas zu laut, zum Schweigen, denn Elvira schaut mich beleidigt an, entwindet mir ihren Arm und meint pikiert:

»Du wolltest doch, dass ich mich erkundige!«

»Ach Elvira«, entgegne ich versöhnlich.

»Du warst doch gar nicht gemeint. Ich habe mit mir selbst gesprochen. Entschuldige bitte.«

Elviras Frohnatur gewinnt schnell wieder die Oberhand.

»Soso, du redest also in diesem Ton mit dir selbst. Da solltest du mal zur Paartherapie gehen«, meint sie und lacht über ihren eigenen Witz. Ich lächle gequält, als sie bereits fortfährt:

»Wir sind übrigens alle zum Kaffee eingeladen. Frau Nixius hat das gesamte Kollegium gebeten teilzunehmen. Du kommst doch mit?«

Das ist nun wirklich das Letzte, was ich im Moment brauchen kann. Am besten noch am gleichen Tisch sitzen, wie der neue Chef? Nein danke!

›Tut mir wirklich leid, Elvira, aber ich muss nach Hause. Mein Hund kann noch nicht so lange allein bleiben, sonst packt ihn die Zerstörungswut.‹

»Du hast einen Hund? Seid wann das denn?« Elvira ist begeistert.

Also erzähle ich in groben Zügen von Mollys Einzug und ihren Macken.

Dafür hat Elvira vollstes Verständnis.

»Bei den vielen Leuten fällt es sicher gar nicht auf, dass du nicht da bist«, meint sie, bittet mich aber, sie noch zum Restaurant zu bringen.

Das ist natürlich kein Problem. Fünfzehn Minuten später lasse ich sie vor dem Restaurant aussteigen und mache mich auf den Nachhauseweg.

Die gesamte Fahrt über stürmen die Gedanken auf mich ein. Habe ich mich wirklich so getäuscht? Ich bin verunsichert. Doch die Ähnlichkeit zwischen Klaus van der Kauten und dem Einbrecher ist nicht von der Hand zu weisen und wirklich verblüffend. Er muss es einfach sein!

Aber er sieht doch so nett aus, flüstert Babette.

Ehrlich gesagt sieht er sogar richtig gut aus, muss ich zugeben. Bis auf den Bart natürlich. Falls er nicht der Einbrecher ist, habe ich es prima hin bekommen, einen wirklich schlechten ersten Eindruck bei ihm zu hinterlassen. So eine Sch ... Aber vielleicht hat er es ja vergessen, bis die Schule wieder anfängt.

Und wenn er doch der Einbrecher ist? Lass dich nicht von Äußerlichkeiten blenden, Karin.

Auch an diesem Argument ist etwas dran. Schließlich bin ich nicht blind und was ich gesehen habe, habe ich gesehen.

Du musst zweigleisig fahren. Verhalte dich ganz normal, beobachte ihn aber, wenn du kannst.

Vielleicht ergibt sich eine Situation, in der er sich verrät und dir einen Beweis für die Polizei liefert. Falls nicht, hast du ihm damit jedenfalls nicht geschadet, schlägt Babette vor.

Ok! So werde ich es machen.

Somit ist der Startschuss für meine neue Karriere als Detektivin gefallen.

Unverhofft kommt oft

Zuhause angekommen überprüfe ich Wohnzimmer und Küche, doch Molly hat auch dieses Mal Ruhe gehalten. Ob sie langsam zu Verstand kommt? Ich traue mich noch nicht wirklich, diesen Gedanken zuzulassen, aber bekanntlich stirbt die Hoffnung ja zuletzt. Also lobe ich meine Molly, streichle sie und stecke ihr ein leckeres Kaustängchen aus gedrehter Rinderhaut zwischen die Lefzen. Sie lässt alles über sich ergehen und verschwindet dann nach draußen, um sich in Ruhe ihrem Leckerbissen zu widmen. Ich selbst widme mich erst einmal der Kaffeemaschine und dann meinem Kleiderschrank. Ich muss aus den schwarzen Klamotten raus und etwas Bequemes anziehen.

Ich schnappe mir meine Lieblingsjeans, die so angenehm wenig spannt, ziehe eine karierte Kurzarmbluse an und gehe zum Kaffeetrinken nach unten.

Im Wohnzimmer erwartet mich mein Hund wie hingegossen auf dem Sofa, Kaustängchen knackend und erkennbar guter Dinge. Das zum Thema: Die Hoffnung stirbt zuletzt.

Als ich auf das Sofa zustürme, macht Molly einen eleganten Hopser und schon ist sie weg. Als Erinnerung hat sie mir aber einen handflächengroßen Fettfleck und eine Schaufel voll Sand und Dreck auf dem Sofa hinterlassen. Es sieht so aus, als hätte sie das schöne Wetter für ein ausgiebiges Sandbad im Rosenbeet genutzt. Also schrubbe ich wieder einmal, muss aber vor dem Fettfleck kapitulieren. Mein schönes Sofa! Für immer verunziert und geschändet. Doch was soll's? Lamentieren hilft da nicht. Also lege ich ein Kissen auf den Fleck und hole mir endlich meine Tasse Kaffee. Dann schleicht sich plötzlich ein bärtiges Gesicht in meine Gedanken und ich schüttle ärgerlich den Kopf.

Er hat wirklich schöne Augen.

Was soll das denn jetzt?

Schnell lenke ich mich ab, indem ich über den heutigen Abend mit Johannes nachdenke. Ich freue mich darauf, ihn wiederzusehen. Er ist einfach ein Hingucker. Und heute Abend werde ich, Karin

Berger, mit ihm in der Eisdiele sitzen. Ich sehe bereits die Gedankenblasen über den Köpfen der anderen Frauen, in denen steht: »DAS IST JA SO UNGERECHT!«
Herrlich! Ich werde es genießen.
Bereits eine halbe Stunde später wird es Zeit zu meiner Abendverabredung aufzubrechen. Auf dem Waldparkplatz warten Herr und Hund schon auf uns. Ob ich es nun will, oder nicht ...
Als ich diesen verdammt gut aussehenden Kerl dort stehen sehe, erhöht sich mein Blutdruck merklich und nimmt meine Laune mit. Johannes begrüßt mich formvollendet, mit einem netten Drücker und einem Kompliment für meine neue Frisur. Molly und Harro begrüßen sich ebenfalls formvollendet mit Hintern beschnuppern, freudigem Erkennen und Losdüsen. Ich habe Molly die Schleppleine angelegt und so kann sie sich richtig mit Harro amüsieren.
Sofort berichte ich Johannes von der Beerdigung und davon, dass ich mich mit der Verdächtigung Herrn van der Kautens wohl geirrt haben muss. Meinen Entschluss, den Verdächtigen auch weiterhin im Auge zu behalten, verschweige ich lieber, denn das ist schließlich allein meine Sache.
Johannes berichtet von seinem Fotoshooting in Basel. Es macht Spaß ihm zuzuhören, denn er kann witzig und interessant erzählen. Mir kommt es vor, als würden wir uns schon ewig kennen, denn mit Johannes fühlt sich alles so selbstverständlich und unkompliziert an. Der Mann ist eine Wucht.
Als wir eine große Wiese erreichen, entscheiden wir, dass nun die Arbeitszeit angebrochen ist, und üben das Abrufen unserer Hunde. Ich finde, wir machen unsere Sache richtig gut, denn wir rufen und unsere Hunde kommen, oder eben nicht. Nach über eineinhalb Stunden trudeln wir gut gelaunt wieder am Parkplatz ein.
»Wollen wir die Hunde mit in die Eisdiele nehmen?«, fragt Johannes.
»Das wäre doch ein gutes Training«.
Einerseits gebe ich ihm da natürlich recht. Andererseits wird die Genugtuung, mit einem tollen Typen in der Eisdiele zu sitzen natürlich arg geschmälert, wenn man gleichzeitig einen wild gewordenen Köter beruhigen muss, weil etwas um die Ecke gerollt kommt.

Du wolltest sie, jetzt hast du sie, und da gibt es nix zu deuteln.
In diesem Punkt ist mit Babette nicht zu verhandeln.

»Ok«, stimme ich zu.

»Was hältst du von dem Eiskaffee Rodolfo in der Güterstraße?«, schlägt Johannes vor und ich bin einverstanden. Zwanzig Minuten später habe ich das Rodolfo erreicht und suche einen freien Tisch. Bei dem schönen Wetter sitzen natürlich alle Leute draußen und es sieht ziemlich bevölkert aus. Von Johannes und Harro ist noch nichts zu sehen, aber ich habe tatsächlich einmal Glück. Gerade erhebt sich eine äußerst umfangreiche ältere Dame und mit ihr ein ebenso beeindruckender Mann von einem Tisch und ich steuere sofort auf sie zu. Zwei Minuten später sitze ich stolz da und warte auf die Männer. Es dauert auch gar nicht lange, bis ich Johannes ausmache, der mit federndem Schritt und Harro im Schlepptau auf der Bildfläche erscheint.

Schon erntet er bewundernde Blicke und ich winke ihm zu. Als er zurückwinkt, meint man, schon das Brechen der ersten Herzen dieses Abends zu vernehmen.

Ich fühle mich einfach großartig. Johannes schlängelt sich geschickt an den anderen Tischen vorbei, nimmt Platz und versucht, Harro in eine für ihn bequeme und andere Menschen nicht beängstigende Position zu bugsieren. Als er soweit ist, lächelt er mich stolz an und meint:

»So, das wäre geschafft. Hast du schon bestellt?«

»Nein, ich habe auf euch gewartet«, entgegne ich wahrheitsgemäß.

»Gut«, bestimmt mein Tischnachbar und ergreift eine der Karten, die auf dem Tisch liegen. Ich schnappe mir die andere.

»Dann wollen wir mal!«

Was das Eis betrifft, haben wir beide einen sehr unterschiedlichen Geschmack. Johannes entscheidet sich für einen Schokoladenbecher und ich nehme drei Kugeln Zitroneneis. Die Bedienung, eine rothaarige, hübsche Person, hat nur Augen für Johannes und behandelt ihn wie einen Prominenten.

»Kann ich noch etwas für Sie tun, haben Sie noch einen Wunsch?«

Als Johannes sie um eine Schüssel Wasser für die Hunde bittet, saust sie davon, und ist nur Sekunden später wieder zurück. Sie stellt die Schüssel auf den Boden und bewundert eingehend unsere Hunde.

»Was ist das denn für eine Rasse«, fragt sie gerade zuckersüß lächelnd und deutet auf Molly, die genüsslich an Harros Ohr kaut.

Als Johannes ihr freundlich lächelnd erklärt:

»Das ist der Hund meiner Freundin, die kann Ihnen darüber besser Auskunft geben als ich«, schaut sie mich an, als sähe sie einen Borstenwurm. Sie murmelt etwas von, andere Gäste bedienen und verschwindet. Ich schaue Johannes mit großen Augen an. Der verbeißt sich ein Lachen und meint:

»Du bist doch meine Freundin, oder etwa nicht?«

»Hast du ihren Blick gesehen? Ich komme mir vor, wie die Frau mit den zwei Köpfen.«

»So eine wollte ich schon immer als Freundin haben«, lacht Johannes und ich muss kichern. Wir lassen uns unser Eis schmecken, die Zeit vergeht wie im Flug und wir bleiben bis zum Einbruch der Dunkelheit. Als wir gerade aufbrechen wollen, stockt Johannes plötzlich mitten im Satz und starrt auf die andere Seite des Platzes. Ich starre auch und erkenne einen blonden, sehr schlanken Kerl, der gemeinsam mit einem anderen, etwas dickeren Typen, auf die Eisdiele zuschlendert. Der Schlanke hat sich bei dem anderen untergehakt und die beiden lachen. Dabei legt sich der Blonde geziert die Hand auf die Brust. Als sie an unserem Tisch vorbeigehen, höre ich den Dickeren sagen:

»Und dann hat er gemeint, das wäre ja wohl das Wenigste, was er erwarten könnte.«

Der Blonde wedelt daraufhin mit der freien Hand vor seinem Gesicht herum und meint näselnd: »Also, das ist mir mal einer. Na, warte, wenn ich den in die Finger kriege. Dieser Schlingel!«

Dann sind die beiden erneut lachend an uns vorbei und ich blicke Johannes fragend an. Der stiert immer noch völlig abwesend hinter den beiden her. Habe ich da etwas verpasst? Johannes sieht meinen Blick und grinst.

»Also ich fand den schon irgendwie süß«, erklärt er mir ein wenig verschämt.

Ach du meine Güte! Er steht auf tuntige Typen, ruft Babette überrascht.

Das hätte ich nun wirklich nicht gedacht. Ich hatte ganz im Gegenteil angenommen, Johannes fände den Baumfäller- und Bauarbeitertypen interessant. Groß, muskulös und vor Testosteron strotzend. So kann man sich täuschen. Woher soll ich denn auch wissen, wie homosexuelle Männer so ticken? Johannes ist schließlich mein erster schwuler Freund.

»Aha«, sage ich daher nur. »Kennst du ihn denn?«

»Nein«, antwortet Johannes.

»Würde ich aber gerne.«

»Na, dann drücke ich dir mal die Daumen«, sage ich und meine es wirklich ernst.

Die Hunde haben sich bisher prima benommen und auch auf dem Weg zum Auto begegnet uns kein fahrendes Volk und Molly bleibt ruhig.

Auf dem Weg nach Hause nehme ich mir vor, morgen ein wenig einkaufen und spionieren zu gehen.

Frisch gewagt ist halb gewonnen

Am nächsten Morgen ist mein Flur so trocken, wie die Wüste Gobi. Fantastisch. Schnell laufe ich nach unten und lasse meinen hoffentlich endlich stubenreinen Hund in den Garten. So gut darf ab jetzt jeder Tag anfangen.

Heute mache ich die Waldtour mit Molly schon etwas früher, damit ich auch wirklich genügend Zeit für die «Operation Einkauf» habe. Als ich wieder zurück bin und die Haustür aufschließe, klingelt das Telefon. Es ist Elvira.

»Ich wollte dir nur schnell von gestern erzählen«, beginnt sie ohne Umschweife.

»Na dann schieß los«, antworte ich interessiert und mache mir es auf dem Hocker im Flur bequem.

»Also, es gab Kaffee, Kuchen und Schnittchen und Frau Nixius hat sich bei jedem persönlich für sein Kommen bedankt.«

»Ja?«

»Jedenfalls war unser neuer Chef, dieser van der Kauten, der war auch da«.

Jetzt spitze ich die Ohren und lausche atemlos.

»Er hat ja wirklich schöne Augen, hast du das bemerkt? Und einen guten Eindruck hat er auch gemacht«, schwärmt Elvira.

»Total offen und dabei ganz natürlich. Er war so herzlich und hat mit jedem Kollegen einige Worte gewechselt. Einfach unglaublich nett, der Mann.«

Dann senkt sie die Stimme und raunt mir verschwörerisch zu:

»Er ist Single. Nicht verheiratet. Keine Kinder«.

»Und du denkst, mit dem ist alles in Ordnung?«, erwidere ich misstrauisch. Elvira ist nun ehrlich entrüstet.

»Ach, Karin, sei doch nicht immer so negativ. Endlich mal ein neuer und dazu gut aussehender Mann im Kollegium und dann ist er auch noch ungebunden. Und noch dazu der neue Chef. Das ist doch prima. Lass mich doch mal ein bisschen träumen!«

Ich muss insgeheim grinsen. Die gute Elvira. Auf ihre ganz eigene Art ist sie wirklich goldig.

»In Ordnung«, lenke ich ein. »Träum du mal schön. Gab es sonst noch etwas Interessantes?«

»Ach ja, bevor ich es vergesse, Schulrätin Meierling hat uns wissen lassen, dass in den Ferien eine außerordentliche Konferenz stattfinden wird, um den neuen Schulleiter vorzustellen. Das Datum steht aber noch nicht fest. Sie will uns per mail informieren. Du solltest also ab und zu deinen Computer anwerfen.«

»Mach ich«, sage ich und wir verabschieden uns.

Ich bleibe noch einen Moment auf dem Hocker sitzen. Ein Mann um die fünfzig, Single, bei dem Aussehen? Das ist doch wirklich ungewöhnlich.

Wenn nicht sogar verdächtig, ergänzt Babette.

»Bestimmt ist sein Lebenslauf gefälscht«, sage ich.

Oder er ist auch schwul, meint Babette.

Das erneute Klingeln des Telefons unterbricht meine Gedanken und ich hebe ab.

»Hola, Karrrina«, meldet sich Sonja mit rollendem R.

»Was haben sie denn mit dir angestellt?«, will ich wissen.

»Ich war gestern Abend im Spanischkurs«, verkündet meine Freundin stolz.

»Donde está la panadería?«, geht es weiter und ich muss mir ein Lachen verbeißen.

»Heißt das etwa: Wo ist die Pfanne?«, will ich wissen.

»Natürlich nicht, du Unwissende«, erwidert Sonja.

»Es bedeutet: Wo bitte ist die nächste Bäckerei?«.

»In der Grabenstraße, von hier aus gesehen«, lasse ich Sonja wissen.

»Ach«, schnaubt sie verächtlich und gibt mir gleich eine weitere Kostprobe ihrer neuen Sprachkenntnisse.

»Hablo alemán y inglés y entiendo un poquito español", lässt sie sich vernehmen.

»Aha, du sprichst also Deutsch und Englisch und was heißt der Rest?«, frage ich nun doch beeindruckt.

»Und ich verstehe ein bisschen Spanisch«, klärt mich Sonja auf.

»Toll, was du nach einem Abend schon kannst. Muss ja ein spitzenmäßiger Lehrer sein, den ihr da habt.«

»Ja, er ist Muttersprachler und heißt Yavier. Das wird übrigens Saviär gesprochen. Dunkler Teint, schwarzes Haar. Ein Sahneschnittchen, sag ich dir. Da macht das Lernen doppelt so viel Spaß.« Sonja ist merklich begeistert.

»Was sagt denn Konrad zu dem Sahneschnittchen?«

»Oooch, der muss ja nicht alles wissen, oder?« antwortet Sonja im Plauderton und ich muss lachen.

Sie hat ja recht. Die Männer haben auch so ihre Geheimnisse und hingucken ist ja schließlich erlaubt. Wir schwatzen noch ein bisschen und Sonja erkundigt sich nach Mollys Fortschritten. Ich erzähle ihr stolz vom Schleppleinentraining und Abendessen bei Frank, dem Spaziergang mit Johannes und dem Besuch in der Eisdiele. Sonja hört interessiert zu.

»Mensch, Karin, du hast es richtig gut getroffen. Bei dir passiert auf einmal so viel Neues und du kannst machen, was du willst. Du Glückliche.«

»Manchmal wäre aber jemand zum Schmusen und für eventuelle andere kleine Schweinereien auch mal wieder ganz schön«, gebe ich zu bedenken und kann Sonja am anderen Ende der Leitung nicken sehen.

»Ja, das verstehe ich«, meint sie mitfühlend.

»Aber du wirst sehen. Kommt Zeit, kommt Penis.«

Ich muss laut lachen, als ich mir einen freundlichen Penis vorstelle, der gerade an meiner Haustüre klingelt und um Einlass bittet.

»Danke, Sonja«, kichere ich »Du weißt wirklich, wie du mich aufbauen kannst.«

»Dafür sind Freunde doch da«, entgegnet Sonja und wir verabschieden uns kurz darauf mit einem fröhlichen hasta la vista, Baby.

Ich schaue auf die Uhr und es ist bereits kurz vor zwei.

Also starte ich «Operation Einkauf». Nachdem ich in der Nähe von Svenjas Salon geparkt habe, schlendere ich die Straße entlang. Das bunte Fahrrad lehnt nicht an der Hauswand und ist auch sonst nirgends zu entdecken. So ein Pech! Er ist scheinbar nicht zu Hause.

Hier rumzustehen bringt nichts, also entscheide ich mich erst einmal für den Besuch einer Boutique. Als ich das nächste Mal auf die Uhr schaue, ist fast eine Stunde vergangen und ich habe ein schönes weinrotes Top und eine neue Jeans erstanden, die mir hervorragend steht. Ich schlendere zurück Richtung Auto, als ich meinen neuen Chef um die Ecke kommen sehe. Er geht neben dem schreiend bunten Fahrrad her und hält einen Karton auf dessen Sattel fest. Dieses Rad ist wirklich sehr auffällig.

Deshalb hatte er es auch beim Einbruch nicht dabei. Dank dieses Dings hätte man ihn doch sofort überführen können, mutmaßt Babette.

Stimmt! Ich gehe in einem Hauseingang in Deckung und beobachte, was passiert. Dabei stelle ich mir sämtliche Männer, die ich kenne, auf diesem Fahrrad vor und schüttle den Kopf. Kein geistig gesunder Mann würde sich freiwillig auf so etwas setzen. Nie im Leben! Mit dem Kerl da stimmt etwas ganz und gar nicht!

Das ist als Verdachtsmoment für Herrn Gerber zu wenig, erinnert mich Babette. *Du musst etwas wirklich Verdächtiges finden.*

Ich nicke grimmig.

Mittlerweile ist Einbrecher van der Kauten am Haus angekommen und hebt den Karton vom Fahrrad. Er scheint recht schwer zu sein. Diebesbeute? Er stellt den Karton auf den Boden, lehnt sein Fahrrad an die Hauswand, schließt es ab, hebt den Karton wieder hoch und geht damit ins Haus. Superaufregend ist das ja gerade nicht. Dabei hatte ich gehofft, «Operation Einkauf» würde mir den endgültigen Beweis für seine Schuld liefern.

Ich entscheide mich, noch etwas zu warten und habe tatsächlich Glück.

Schon wenige Minuten später tritt Klaus van der Kauten wieder aus der Haustüre. Er wendet sich nach rechts und geht Richtung Innenstadt. Mit klopfendem Herzen folge ich ihm in sicherem Abstand. Er bleibt einige Male stehen und schaut sich die Auslagen der Schaufenster an. Schließlich betritt er das Pfandleihhaus.

Mein Herzschlag beschleunigt sich. Ob er hier die Brosche loswerden will? Das wäre der sichere Beweis für seine Schuld. Auf der Fensterscheibe steht in großen Buchstaben:

Ohne große Formalitäten – Ausweis genügt.
Sie bleiben Eigentümer Ihrer Wertgegenstände.
Absolute Diskretion, keine Auskünfte an Dritte.

Das ist genau das, was dieser Verbrecher braucht.

Bargeld und Diskretion. Wahrscheinlich ist auch sein Ausweis gefälscht, damit er gefahrlos seine Hehlerware loswerden kann. Wenn das nicht verdächtig ist, dann weiß ich's auch nicht. Doch erst einmal muss ich Geduld aufbringen, denn Klaus van der Kauten lässt sich Zeit. Es vergeht fast eine halbe Stunde, bevor er wieder auf die Straße tritt und weiter in Richtung Fußgängerzone schlendert. Auf der Stelle entscheide ich mich gegen eine weitere Verfolgung. Ich muss in dieses Pfandhaus!

Wenn ich die Brosche dort entdecke, ist er dran!

Als die Luft rein ist, überquere ich die Straße und betrete die Geschäftsräume. Hier sieht es so ähnlich aus, wie bei einem Juwelier, stelle ich fest. In gläsernen Vitrinen glitzert Gold und Silber. Hier ist alles an Schmuck und Geschmeide versammelt, was das Herz begehrt. Viele Leute scheinen Geld zu brauchen.

Und viele Leute haben tollen Schmuck, ergänzt Babette ein wenig neidisch.

»Hatten ihn«, sage ich, als hinter einer Vitrine ein Mann mit Halbglatze und Brille auftaucht. Er sieht älter aus, als er offensichtlich ist. Das kommt durch die fehlenden Haare, mutmaße ich, denn er hat kaum Falten und ein jugendliches Gesicht.

»Kann ich Ihnen helfen?«, begrüßt er mich mit einem freundlichen Lächeln, bei dem er ein fantastisches Gebiss entblößt.

Ich muss zugeben, dass ich schöne Zähne einfach sexy finde. So wie andere Frauen auf die Hände und alle Männer auf die inneren Werte achten, schaue ich mir unbewusst die Zähne meines Gegenübers an. Diese hier sind perfekt. Auf der Stelle ist seine Halbglatze für mich nur noch Nebensache und ich lächle ihn an.

»Ich wollte mich einfach ein wenig umsehen«, erwidere ich.

»Hatten Sie sich etwas Besonderes vorgestellt?«

»Eigentlich nicht. Ich wollte einfach nur mal gucken. Vielleicht nach einem Armband oder einer Brosche.«

»Ich zeige Ihnen gerne einmal, was wir da haben. Einen Moment bitte.«

Mit diesen Worten verschwindet er im Hintergrund und ich schlendere noch ein wenig im Verkaufsraum herum.

Hier ist tatsächlich alles nur Vorstellbare an Schmuck vertreten. Vom Ring für 15 Euro bis hin zu Schmuckstücken und Uhren für mehrere Tausend. Schon ist der Pfandleiher wieder zurück, und präsentiert mir eine kleine Auswahl an Armbändern und Broschen. Meine ist leider nicht dabei. Gerade, als ich mich verabschieden will, habe ich eine meiner etwas abenteuerlichen Spontanideen.

»Kommt der Herr, der vor mir hier war, öfter her?«, frage ich unvermittelt.

»Es tut mir leid, gnädige Frau, aber wir dürfen keinerlei Auskünfte über unsere Kunden geben«, informiert mich der Mann.

Ich nicke verständnisvoll, fahre dann aber mit treuherzigem Augenaufschlag fort.

»Wissen Sie, ich habe ihn eben auf der Straße gesehen und er kam mir irgendwie bekannt vor. Ein wirklich gut aussehender Mann. Ich hatte gehofft zu erfahren, wer er ist.«

Der Pfandleiher scheint ein Romantiker zu sein.

Er druckst ein wenig herum, raunt mir dann aber verschwörerisch zu.

»Wenn das so ist, muss ich ja wohl ein wenig helfen.«

Ich horche auf und lächle ihm aufmunternd zu.

»Der Herr wohnt hier in der Nähe. Mehr darf ich dazu nicht sagen. Aber wenn Sie ihn wiedersehen möchten, würde ich an Ihrer Stelle freitags um die gleiche Zeit hier vorbeischauen. Es kommen jede Woche neue Schmuckstücke herein, wenn Sie verstehen, was ich meine.«

»Das ist wirklich sehr freundlich von Ihnen«, strahle ich und verabschiede mich von dem hilfsbereiten Pfandleiher.

Wieso weiß er, wo Klaus van der Kauten wohnt? Babette ist alarmiert.

»Der Pfandleiher muss seinen Ausweis gesehen haben. Das bedeutet, dass Klaus van der Kauten etwas versetzt hat«, murmele ich halblaut.

Na, wenn das nicht verdächtig ist.

Gemeinsam sind wir stark

Am nächsten Morgen kommt Frank pünktlich um elf Uhr. Ich erzähle ihm gleich von Mollys Fortschritten und er nickt anerkennend. Ich freue mich und strahle übers ganze Gesicht.

Dieses schöne Gefühl ist allerdings nicht von langer Dauer und verflüchtigt sich, sobald wir unser Straßentraining beginnen. Mollys Verhalten gegenüber Rädern und Reifen hat sich leider noch nicht die Bohne gebessert und ich fühle mich wieder wie ganz am Anfang. Hilflos und unfähig. Wie ein Loser, halt.

Doch Frank hat vorgesorgt. Er dirigiert mich zurück ins Haus und zieht ein Geschirr aus der Tasche, dass er Molly auch gleich anlegt. Ich schaue mir das Ganze skeptisch an, doch Frank beruhigt mich.

»Es ist nur für das Straßentraining gedacht. Sobald sich Mollys Verhalten bessert, arbeiten wir wieder ohne das Geschirr.«

Ich vertraue ihm und wir starten einen neuen Versuch. Durch das Geschirr wird Mollys Aufmerksamkeit vom Auto, Rollator oder was auch immer abgelenkt, und sie kann sich nicht weiter in ihre Raserei hineinsteigern. Molly scheint sich nicht wirklich daran zu stören. Schon bei der nächsten Gelegenheit versucht sie, ein vorbeifahrendes Auto mit Körper- und Zahneskraft zu überwältigen.

Doch siehe da …

Nachdem Frank sie zwei Mal mit dem Geschirr abgelenkt hat, werden ihre Ausbrüche bereits schwächer.

»Jetzt du!«, fordert er mich auf, und ich gebe mein Bestes.

Molly auch. Zumindest versucht sie es, als gerade ein Moped des Weges kommt. Doch als ich nur leicht am Geschirr ziehe, lässt sie den Aufstand lieber sein und geht, wenn auch mit hochgestellten Haaren, weiter. Wahnsinn!

Wir üben noch etwa zehn Minuten und dann soll es genug sein, denn Molly hat wirklich Stress. Also rein ins Haus, Geschirr ab, Leine an, rein ins Auto, hin zum Wald. Dort üben wir abrufen und bei Fuß gehen mit ganz vielen Leckerchen und sehr konzentriert. Nach einer Stunde bin ich groggy, Frank ist zufrieden und wir hängen noch eine kurze Gassi- und Schnupperrunde für Molly dran.

Als wir so den Waldweg entlang gehen, erzähle ich Frank von dem heutigen Treffen im Tierheim. Er erklärt sich sofort bereit, dem Förderverein beizutreten, kann aber leider nicht mitkommen, weil er eine Verabredung hat.

Oh, ha, meldet sich Babette. *Da ist wohl jemand auf Brautschau.*

Ich verspreche Frank, ihn über die Entwicklung im Tierheim auf dem Laufenden zu halten. Leider hat er heute auch keine Zeit, noch einen Kaffee mit mir zu trinken, da mehrere Kurse anstehen und er pünktlich zurück sein muss.

Ich überlege kurz, Herrn Gerber, den Polizisten anzurufen und ihn über die neuesten Entwicklungen und meine Nachforschungen im Pfandhaus zu unterrichten, doch dann entscheide ich mich dagegen. Es ist noch zu früh. Sicher reicht ihm dieser Verdachtsmoment ebenfalls noch nicht, um gegen Herrn Einbrecher van der Kauten vorzugehen. Ich muss abwarten, bis der sich wirklich verrät.

Hieb- und stichfest müssen die Beweise sein, bestätigt auch Babette.

Also verbringe ich den Nachmittag damit, Molly zu fotografieren, die Fotos auf dem Computer abzuspeichern und sie meinem Sohn per mail zukommen zu lassen. So ein altmodisches Fotoalbum wäre jetzt auch nicht schlecht, seufze ich und fahre hektisch mit der Maus über die Dateien. Dann schaue ich die eingegangenen mails durch und tatsächlich ist eine von der Schulbehörde dabei. Ich öffne das Schreiben und Frau Meierling, unsere geschätzte Schulrätin, lädt uns für Montag in einer Woche um 10 Uhr zu einer außerordentlichen Konferenz ein. Dort soll der neue Schulleiter vorgestellt und die Planung für das erste Halbjahr besprochen werden. Als ich mein Werk endlich beendet habe, ist es kurz vor halb sechs. Schei … bendreck!

Jetzt muss ich mich aber beeilen.

Also auf zum etwas verkürzten Abendspaziergang, umziehen, Molly füttern und ab zum Tierheim. Als ich dort eintreffe, hat sich schon eine beachtliche Menschenmenge eingefunden. Auf der großen Wiese neben dem Hauptgebäude sind jede Menge Bierzeltgarnituren aufgebaut und auf drei quer dazu platzierten Tischen stehen Mikrofone. Ich will mir gerade einen guten Platz sichern, als ich meinen Namen höre.

»Hallo Frau Berger! Hier herüber!«

Ich schaue in die angegebene Richtung und entdecke Frau Schmö-kel- Neumann. Sie sitzt an einem der Außentische und winkt mir hektisch zu.

Ich mache mich also zu ihr auf und begrüße sie herzlich. Ihren fragenden Blick nach meinem Befinden beantworte ich mit einem fröhlichen Lächeln und einem Nicken. Sie nickt ebenfalls. Sie weiß Bescheid. Nun schaue ich mir ihre Mitstreiter an. Neben ihr sitzt ein Mann um die Siebzig.

Er hat einen beachtlichen Bierbauch und ein gutmütiges, freundli-ches Gesicht. Neben ihm sitzt eine stark geschminkte Dame, deren Alter zwischen 65 und 80 liegen könnte, da man ihr Gesicht wegen der dicken Schicht Make-up nicht so genau erkennen kann. Beide lächeln mir zu.

Neben meiner Therapeutin sitzt eine Frau etwa meines Alters. Sie trägt einen breitkrempigen roten Hut, unter dem braune Haarsträh-nen hervorschauen. Auf ihrem Schoß sitzt ein Yorkshireterrier mit einer roten Schleife auf dem Kopf, der mir gleich die Zähne zeigt und seiner Besitzerin irgendwie ähnlich sieht.

Frau Schmökel-Neumann übernimmt das Vorstellen.

Die beiden älteren Herrschaften sind Herr Regierungsdirektor Hobler nebst Gattin. Die Hoblers und Frau Schmökel-Neumann sind Nachbarn. Die Frau mit dem Yorki heißt Margot Gellenbach-Reiter und ist eine alte Schulfreundin von Frau Schmökel-Neumann. Der Hund heißt Kalypso und wurde von Frau Gellenbach-Reiter in eben-diesem Tierheim adoptiert.

»Wir hatten eine Katze von hier«, vertraut mir Herr Hobler, sofort an, nachdem ich mich gesetzt habe.

»Minka, war eine treue Seele«, fährt er fort und seine Frau ergänzt:

»Leider ist sie im letzten Jahr von uns gegangen und nun wollen wir kein Tier mehr, wegen unseres Alters, Sie verstehen?«

»Aber das Tierheim werden wir natürlich trotzdem unterstützen«, lässt sich Herr Hobler vernehmen.

»Das ist ja ein Skandal, dass die Stadt die Zuschüsse kürzt!«

»Allerdings!«, bringt sich nun auch Frau Gellenbach-Reiter ins Gespräch.

»Ohne das Tierheim und die gute Versorgung wäre Kalypso jetzt wer weiß wo. Vielleicht würde sie schon gar nicht mehr leben.« Herr und Frau Hobler nicken betroffen und Kalypso zeigt uns ihre Beißerchen. Ich schaue den Hund etwas verwirrt an und gebe Frau Gellenbach-Reiter natürlich recht. Dann erzähle ich von Molly und Frau Schmökel-Neumann ist entzückt.

»Das finde ich ganz prima, Frau Berger«, lobt sie mich. »Ich wusste, dass Sie die richtige Entscheidung treffen würden. Ach, bin ich stolz auf Sie. Sie geben einem verängstigten Tier ein neues Zuhause, eine neue Zukunft.«

»Ja«, nickt Frau Hobler. »Nicht jeder würde sich zutrauen, ein traumatisiertes Tier aufzunehmen.«

Automatisch huscht mein Blick hinüber zu Kalypso, die gerade einem vorbeigehenden Mann ihr Gebiss vorführt. Frau Gellenbach-Reiter verzieht keine Miene, sondern schaut interessiert nach vorne.

»Es geht los«, verkündet sie und wir konzentrieren uns auf das Geschehen.

An den drei Tischen haben zwischenzeitlich mehrere Personen Platz genommen. Ich erkenne Herrn Gröbner, Hannes und die Tierpflegerin, die mit uns bei Dändy war. Eine weitere Frau mit halblangem, braunem Haar beugt sich nach vorne und spricht in das Mikrofon, das vor ihr steht. Sie räuspert sich und die Menge verstummt.

»Guten Abend. Mein Name ist Sybille van der Kauten.«

Meine Augen werden groß. Noch jemand mit diesem Namen? Das kann doch kein Zufall sein.

Von wegen, nicht verheiratet, meldet sich Babette. Doch die Frau spricht schon weiter.

»Ich helfe seit etwas einem Jahr hier im Tierheim aus und Herr Gröbner- sie zeigt auf Herrn Gröbner- der leitende Tierpfleger, hat mich gebeten, heute Abend die Moderation zu übernehmen«.

Frau van der Kauten erläutert sehr verständlich die Situation und die Idee eines Fördervereins und erklärt anschließend die dafür notwendige Vorgehensweise. So weit, so gut.

Wahrscheinlich verschweigt er seine Frau, weil sie mit ihm unter einer Decke steckt. Sie ist seine Gangsterbraut. Bonnie & Clyde, sozusagen, raunt Babette.

So ein Blödsinn! Ich muss bei diesen haarsträubenden Theorien das Gesicht verziehen, obwohl es meine eigenen sind. Wahrscheinlich ist alles, was Elvira gehört hat, nur ein Gerücht. Ich will nur meine Brosche wiederhaben. Warum sollte es mich interessieren, ob er verheiratet ist. Das ist mir scheißegal, brumme ich.

»Haben Sie etwas gesagt?«, fragt mich da Frau Schmökel-Neumann und ich schüttle beschämt den Kopf. Diese Selbstgespräche sind einfach nur peinlich. Das muss ich mir unbedingt wieder abgewöhnen, egal was Frau Schmökel-Neumann davon hält. Jetzt ist es genug. Schluss damit.

Doch da entdecke ich ein mir nur zu gut bekanntes, bärtiges Gesicht.

Klaus van der Kauten sitzt einige Tische rechts von uns. Sofort beschleunigt sich mein Herzschlag.

Und ich sage nur: Bonnie & Clyde.

Ich schüttle den Kopf. Clyde würde doch niemals zu so einer Versammlung gehen. Ach, Karin, hör jetzt auf mit dem Blödsinn! Ich stelle mein Grübeln für den Moment ein und bemühe mich, wieder aufmerksamer zuzuhören. Frau van der Kauten übergibt das Wort gerade an eine Frau Hämmerlein, die uns über das Prozedere einer Vereinsgründung im Allgemeinen und dem eines Fördervereins im Besonderen aufklärt. Ein Vorstand ist überraschend leicht gewählt, denn alle sind froh, als sich Herr Gröbner, Frau van der Kauten und auch Frau Hämmerlein für die Wahl aufstellen lassen.

Gesagt, getan, der Verein ist gegründet und Frau Hämmerlein gibt Formulare herum, auf die wir uns als erste «Mitglieder des Fördervereins für das Tierheim e.V.» eintragen können. Der Monatsbeitrag ist moderat und wir werden alle dazu aufgerufen, in unserem Freundes- und Bekanntenkreis neue Mitglieder zu werben, damit genügend Geld zusammenkommt. Eine Petition an den Stadtrat ist auch bereits verfasst und fordert die sofortige Erhöhung der Zuschüsse, um die nötigen Ausgaben des Tierheims bestreiten zu können. Auch sie wird zum Unterschreiben herumgereicht. Damit ist der offizielle Teil der Sitzung beendet, Frau Hämmerlein bedankt sich im Namen aller und dann gehen die Diskussionen an den Tischen los.

»Na, das nenne ich mal die Handschrift fähige Leute«, meint Herr Hobler anerkennend.

»Die machen gleich Nägel mit Köpfen. So etwas lobe ich mir«.

»Ganz meine Meinung«, nickt Frau Gellenbach-Reiter ernst.

»Ich werde mir mindestens zwanzig Anmeldeformulare geben lassen und dann mit Kalypso auf Mitgliederfang gehen«.

In meiner Vorstellung entsteht das Bild eines Mannes, der seine Unterschrift unter die Anmeldung setzt. Dabei schießen ihm die Tränen aus den Augen, denn an seiner rechten Wade hängt Kalypso, die sich laut knurrend darin verbissen hat. Ungerührt steht Frau Gellenbach–Reiter daneben und hält dem Gepiesackten auch noch die Petition zur Unterschrift vor. Als hätte sie meine Gedanken gelesen, lässt Kalypso ein leises Knurren hören und zieht die rechte Lefze so weit nach oben, dass ich deutlich ihren spitzen Eckzahn sehen kann.

»Das machen wir genauso«, unterbricht Frau Hobler meinen Gedankengang und ihr Mann nickt.

»Wir werden uns nach Kräften bemühen, das Tierheim zu unterstützen, nicht wahr Frau Berger?«, wendet sich Frau Schmökel-Neumann an mich.

Bevor ich antworten kann, werden die Anmeldeformulare an unseren Tisch weitergereicht und wir füllen sie eifrig aus. Nachdem ich auch die Eingabe an den Stadtrat unterschrieben habe, wandert mein Blick nach rechts, aber Klaus van der Kauten ist verschwunden. Ich verabschiede mich und mache mich auf den Weg, um meine Anmeldung abzugeben, als ich ihn entdecke. Er geht geradewegs auf Sybille van der Kauten zu.

Als diese ihn sieht, lacht sie ihn an, umarmt ihn und küsst ihn herzhaft auf den Mund. Ich spüre einen kleinen Stich, als ich es sehe. Bin ich jetzt völlig behämmert? Auch Babette ist alarmiert.

Das geht zu weit Karin! Du wirst doch nicht dieses komische Syndrom entwickeln? Wie heißt es denn noch? Du weißt schon. Das ‚bei dem sich die Opfer von Verbrechen in ihre Peiniger verlieben?

»Schluss jetzt. Halt endlich mal die Klappe!«, blaffe ich viel lauter als gedacht. Was für ein Glück, dass sich gerade niemand in der

Nähe aufhält. Ich schäme mich für meine Gefühle. Das kommt bestimmt nur daher, dass ich schon so lange alleine lebe. Der Mann ist verheiratet und außerdem ist er ein Einbrecher. Schon vergessen? Ich atme tief durch und bin wieder Herr meiner Sinne. Ich schaue den beiden noch eine Weile zu. Sie unterhalten sich angeregt und verabschieden sich dann mit einer innigen Umarmung. Diesmal macht es mir gar nichts mehr aus.

Er geht in Richtung Parkplatz und sie wendet sich einer älteren Dame zu, die offensichtlich ihre Anmeldung abgeben will, denn sie fuchtelt mit einem Blatt herum.

Nun, da die Luft rein ist, mache ich mich auf den Weg zum Podium. Als ich dort ankomme, verabschiedet sich Herr Gröbner gerade von einem dicklichen Mann und schaut dann in meine Richtung. Zuerst sieht er mich ein wenig unsicher an. Wahrscheinlich muss er mich erst mal einsortieren. Dann hellt sich sein Gesicht auf und er ruft erfreut:

»Frau Berger. Wie schön, dass Sie herkommen sind.«

Ich lächle ihm zu und reiche ihm mein Formular. Ich mag ihn wirklich gut leiden.

»Hallo Herr Gröbner. Schön Sie zu sehen. Das war ja ein voller Erfolg heute Abend, oder?«

»Das kann man so sagen«, freut sich Herr Gröbner.

»Aber erzählen Sie doch mal. Was macht denn die schöne Molly? Hat sie sich schon bei Ihnen eingewöhnt?«

Ich berichte ihm kurz von unseren Fortschritten und Herr Gröbner wirkt zufrieden.

»Des hört sich ja alles ganz gut an. Da hatten Sie ja wohl doch den richtigen Riecher, Frau Berger. Machen Sie weiter so!«

Ich lächle zustimmend und Herr Gröbner fährt fort:

»Gehen Sie doch bitte demnächst auch mal mit der Molly zum Tierarzt. Ich meine mich zu erinnern, dass sie bald dran ist, mit dem Impfen. Schauen Sie doch im Impfpass nach. Da steht ja alles drin.«

»Mache ich, Herr Gröbner«, verspreche ich.

»Haben Sie die Molly denn schon versichert?«, fragt er.

Als ich verneine, gibt er mir den Rat, dies schnellstens nachzuholen.

Ich bedanke mich für den Tipp, begrüße Hannes, der mich in bekannter Manier angrinst, und nehme fünfundzwanzig Anmeldeformulare mit. Zur Not könnte ich vielleicht ja auch Molly auf die Waden wohlbetuchter Herrschaften hetzen.

Ich erhasche noch einen näheren Blick auf Frau van der Kauten. Sie ist ein gutes Stück jünger als ich. So um die vierzig, schätze ich und sehr schlank. Sie hat ein herzliches Lächeln und ebenmäßige Zähne. Die beiden passen gut zueinander, muss ich zugeben und zwinge mich, an etwas anderes zu denken. Ich verabschiede mich von Herrn Gröbner und gehe zum Auto. Auf der Heimfahrt fällt mir eine Leuchtreklame ins Auge, die ich vorher noch nie gesehen habe.

Mätties Hundesalon-
Komm herein, ich mach dich fein!

Molly müsste wirklich mal gebadet werden denke ich im Weiterfahren.

Sie stinkt zwar nicht, aber die Zeit im Tierheim hat bestimmt Spuren hinterlassen. Die ganze Zeit im Zwinger und so.

Gleich am Montag werde ich anrufen und mir einen Termin in Mätties Hundesalon geben lassen.

Waschen, schneiden, legen, föhnen.

Ich grinse vor mich hin.

Stockholmsyndrom ruft Babette da plötzlich und meine gute Laune ist wie weggeblasen.

Wer will fleißige Waschfrauen sehn?

Am Montagmorgen gleich nach dem Frühstück, suche ich im Branchenbuch vergeblich Mätties Hundesalon. Entweder ist der Laden ganz neu, oder der Inhaber hat sich nicht eintragen lassen. Ich mache den Computer an, suche dort.

Hier werde ich fündig. Mätties Hundesalon steht da. Platanenweg 17. Inhaber: Matthias Knöllenberg.

»So, Herr Knöllenberg, dann wollen wir mal«, murmele ich vor mich hin und wähle.

»Mätties Hundesalon. Was können wir für Sie tun?«, meldet sich eine recht helle Männerstimme, die mir irgendwie bekannt vorkommt. Ich stelle mich vor und erkläre mein Anliegen.

»Wie wäre es denn gleich mit heute?«, fragt mein Gesprächspartner.

»Das Trimmen fällt ja bei Ihrer Süßen weg und wir müssten nur Waschen und Trocknen. Wäre Ihnen 14.30 recht?« Ich stimme erfreut zu, merke aber an:

»Molly ist, wie gesagt, aus dem Tierheim. Ich habe also keine Ahnung, wie sie beim Waschen reagiert. Ich habe ein wenig Angst, dass sie vielleicht schnappen könnte.«

»Ach, keine Sorge, Frau Berger. Ich bin Einiges gewohnt. Das kriegen wir schon hin. Dann bis nachher. Tschaui.«

Beruhigt lege ich auf. Ich bin mir sicher, dass ich die Stimme schon einmal gehört habe ...

Da ich das Telefonbuch schon mal aufgerufen habe, schaue ich gleich auch nach Tierärzten. Es gibt drei davon, aber nur bei einem steht, dass er auch Naturheilverfahren anwendet. Man sollte sich alle Optionen offenhalten, finde ich und wähle die angegebene Nummer.

»Praxis Dr. Kronenbusch«, meldet sich eine sympathische Frauenstimme.

Ich bitte um einen Impftermin für Molly und bekomme schon für den nächsten Abend um 18.30 einen Termin

Na, das klappt ja wie am Schnürchen.

Meine emotionale Entgleisung beim Anblick Klaus van der Kautens habe ich überwunden. Das war sicher nur der Stress.

Jetzt kann ich den Freitag und meinen erneuten Besuch im Pfandhaus kaum abwarten.

Hoffentlich macht der Kerl endlich einen Fehler.

Ich schnappe mir meinen Hund, ziehe ihr das Übungsgeschirr für das Training an der Straße an und wir stellen uns den bösen runden Feinden da draußen. Heute klappt es sogar noch ein bisschen besser als am Samstag und ich bin sehr stolz auf Mollys Fortschritte. Auch der Waldspaziergang mit Abrufen und bei Fuß gehen ist beileibe nicht mehr so anstrengend wie noch vor einer Woche. Nachdem ich kurz verschnauft habe, geht es auch schon los zu Mätties Hundesalon. Als ich die Tür zum Laden öffne, erklingt ein sphärischer Schellenklang, der lange nachhallt. Es ist niemand zu sehen und ich schaue mich um. Der Laden sieht sehr neu und gepflegt aus. Der Boden ist mit auf Hochglanz geschliffenen schwarz-grauen Granitplatte ausgelegt. Die Wände sind weiß gestrichen. Wirkt sehr edel.

Rechts von mir ist eine gemütliche Sitzecke mit einem weinroten Ledersofa, passendem Sessel und kleinem Tisch, auf dem verschiedene Zeitschriften ordentlich aufeinandergestapelt liegen. Dahinter steht ein modernes schwarzes Holzregal, in dem unterschiedliche Pflegeprodukte für den Hund und diverse Halsbänder ausgestellt sind. Daneben ist ein Durchlass, der über zwei Stufen nach unten in einen weiteren Raum führt, in dem ich eine große Badewanne und einen höhenverstellbaren Tisch entdecke. Dort befindet sich anscheinend der Spabereich. An der gegenüberliegenden Wand entdecke ich noch ein Sofa. Es ist ebenfalls weinrot, aber viel kleiner, als das in der Sitzecke. Vielleicht für die Kinder, überlege ich gerade, als sich eine Tür am anderen Ende des Raumes öffnet.

Als ich sehe, wer mir da in enger, schwarzer Lederhose und schwarzem T-Shirt mit der rosa Aufschrift - Zicklein - entgegenkommt, mache ich große Augen, mein Mund öffnet sich quasi von selbst und verharrt anschließend einfach in dieser Position. Das ist doch der Kerl von der Eisdiele! Der, den Johannes so niedlich fand. Der Schlingeltyp! Deshalb kam mir die Stimme also bekannt vor. Er lächelt mich freundlich an und streckt die Hand aus.

»Hallo Frau Berger. Und das da ist also die süße Molly. Nein, wie hübsch du bist«.

Schnell klappe ich den Mund wieder zu und schüttle meinem Gegenüber die Hand. Er hat ein schmales, feines Gesicht, strahlend blaue Augen und einen sinnlichen Mund mit schön geschwungenen Lippen. Seine Nase ist etwas schief geraten und sieht aus, als sei sie einmal gebrochen gewesen. Aber es steht ihm. Er gleicht ein wenig diesem Schauspieler, wie heißt er noch gleich?

Owen Wilson!

Genau! Nur trägt der die Haare länger und etwas lockig, während der Hundemann glatte und recht kurze Haare hat. Herr Mättie ist zwischenzeitlich vor Molly in die Hocke gegangen und hält ihr ein Leckerchen hin, das sie gnädig annimmt. Als er ihr aber die Wange zum Schnuppern (oder Ablecken?) hinhält, dreht Molly den Kopf weg und lässt ihn links liegen.

»Na, du bist aber keine große Küsserin, Mollychen«, meint er beim Aufstehen und strahlt mich an.

»Aber viel Küssen mag halt auch nicht jeder, nicht wahr Frau Berger?«

Ich nicke ein wenig überrumpelt.

»Keine Angst, Ihre Molly ist bei mir in guten Händen. Wir kriegen das schon hin, nicht wahr, Mollylein?«, wendet er sich wieder an meinen Hund, der ihn allerdings auch weiterhin ignoriert. Plötzlich ertönt ein Kratzen an der Tür und Herr Mättie meint erklärend:

»Oh, da will wohl jemand nichts verpassen, nicht wahr?«

Ich zucke die Schultern und harre dem, was da kommen möge. Was dann allerdings in den Laden tritt, als Herr Mättie die Tür öffnet, ist überaus beeindruckend. Es ist ein apricotfarbener Königspudel. Ein Riesenvieh und so aufgetufft, als hätte man ihn mit Zuckerwatte umwickelt. Majestätisch schreitet er in den Laden und ich bin nicht wirklich überrascht, als Herr Mättie sagt:

»Das ist Chanel. Sie ist mein Augenstern und leider eine ganz große Diva.«

Das demonstriert Chanel uns auch sofort, denn als sie Molly gewahr wird, zieht sie augenblicklich die Lefzen hoch und lässt ein bedrohliches Knurren hören. Molly bleibt gelassen, aber ich merke, wie sich meine Schultermuskulatur verkrampft. Auf eine Beißerei kann ich wirklich gut verzichten. Das sieht Herr Mättie glücklicherweise genauso, denn er greift Chanel an ihrem mit Strass besetzen Halsband und meint missbilligend:

»Ja, Pfui Channeli. Jetzt aber Schluss mit Knurren. Hoppi auf Couchi!«

Mit diesen Worten dirigiert er Chanel zu dem kleinen, roten Sofa, das sie mit einem eleganten Hopser erklimmt und sich dann ebenso elegant darauf niederlässt.

Von dieser Farbkombination kann einem schwindlig werden.

Herr Mättie wendet sich wieder Molly und mir zu und erläutert uns die Situation:

»Chanel kann noch nicht so gut mit anderen Hündinnen. Das ist ja alles noch recht neu für sie. Wir beide stehen halt eher auf die knackigen Jungs, nicht wahr Channeli?«

Dann lacht er geziert aber nicht unsympathisch und bietet mir einen Kaffee an. Als ich erfreut annehme, tänzelt er hinter die Theke, die sich neben der Tür am anderen Ende befindet, und fuhrwerkt an einer großen Kaffeemaschine herum. Kurz darauf zischt und brodelt es.

Ich beobachte derweil argwöhnisch Chanel, die sich scheinbar wieder beruhigt hat, uns aber mit einem arroganten Gesichtsausdruck bedenkt. Dir würde das T-Shirt deines Herrchens auch gut stehen, denke ich, als dieser schon mit einer großen Tasse Milchkaffee herbeieilt und sie auf den Tisch in der Warteecke stellt. Ich bedanke mich und frage ihn, wie lange es seinen Laden schon gibt.

»Wir haben erst vor zwei Wochen aufgemacht. Ich habe mir einen großen Traum mit dem Salon erfüllt, Frau Berger. Gefällt er Ihnen?«

Ich finde den Laden sehr gelungen und sage ihm das auch.

»Ach, wie mich das freut, Frau Berger. Nennen Sie mich doch bitte Mättie«, strahlt er und fährt dann fort:

»So, Frau Berger, dann wollen wir mal los legen, nicht wahr?«,

Er deutet mit einer Handbewegung an, dass ich mich auf das Sofa setzen soll.

Hoppi auf Couchi!, denke ich und muss ein Kichern unterdrücken.

Mättie schnappt sich Molly, die auch ohne Mucken mit ihm in den Wellnessbereich entschwindet. Kurz danach höre ich das Wasser laufen, und als ich um die Ecke schiele, sehe ich meine Molly pitschnass und schon teilweise eingeschäumt in der Badewanne stehen. Mättie redet beruhigend auf sie ein. Er macht seinen Job offensichtlich gut.

Mit einem wohligen Seufzer widme ich mich dem Milchkaffee und blättere in einem Hochglanzmagazin, in dem es um die Reichen und Schönen geht.

Nach einer Weile höre ich das Geräusch eines Föhns und schaue erneut um die Ecke. Molly steht auf dem Tisch und Mättie hält eine Art Schlauch in der Hand, der mich an einen Laubbläser erinnert. Damit föhnt er Molly behutsam trocken und bürstet ihr gleichzeitig mit der anderen Hand das Fell.

Molly steht wie der Fels in der Brandung und ich bin wirklich stolz auf sie. Ich setze mich wieder bequem hin und beobachte Chanel, die den Kopf auf die Pfoten gelegt hat und vor sich hindöst. Ein großer Pudelfan werde ich sicher nie. Ich betrachte ungläubig den riesigen Dutt, den sie auf dem Kopf hat. Ob Mättie den jeden Tag neu toupieren muss?

Dann ist Molly auch schon fertig und sieht toll aus. Ihr Fell glänzt wie geölt und sie duftet appetitlich. Mättie hat ganze Arbeit geleistet und betrachtet stolz sein Werk.

»Sie ist eine wahre Schönheit, Frau Berger, nicht wahr?«, schwärmt er und ich teile seine Begeisterung.

Ich nutze die Gelegenheit, um ihm gleich ein Formular für den Förderverein vor die Nase zu halten.

Ohne dass Mollys Zähne in seinen Waden zum Einsatz kommen müssten, füllt er alles aus und unterschreibt auch den Aufruf. Außerdem darf ich einige Exemplare auf den Tresen legen. Prima!

Nachdem ich bezahlt habe, bringt Mättie uns zur Tür und verabschiedet uns mit den Worten:

»Tschüssi, Molly. Tschüssi, Frau Berger. Ich hoffe, wir sehen uns bald wieder. Bitte empfehlen Sie mich weiter!«

Ich lächle ihm zu und antworte:

»Das werde ich ganz sicher tun, und ich weiß auch schon genau, an wen.«

Als ich nach Hause komme, ist es schon 16.30. Ich kann es kaum erwarten, Johannes von meiner Begegnung im Waschsalon zu erzählen.

Doch halt! Vielleicht sollte ich die Sache ganz anders anpacken. In meinem Gehirnstübchen reift ein Plan. Natürlich könnte ich bis Donnerstag und unseren Waldspaziergang warten, aber Warten war noch nie meine große Stärke. Deshalb schnappe ich mir gleich das Telefon und wähle Johannes Nummer.

»Hallo Johannes«, melde ich mich kurz darauf. »Ich muss dir was Interessantes erzählen. Hast du einen Moment Zeit?«

Johannes hat und ich berichte ihm von dem neuen supertollen Hundesalon, in dem ich heute war, und lege ihm wärmstens ans Herz, unbedingt bald mit Harro dorthin zu gehen, um auch seinen Hund mal runderneuern zu lassen.

»Schließlich kann er doch neben Molly nicht aussehen wie ein Clochard«, bekräftige ich meine Aufforderung und Johannes lacht.

»Dann gib mir doch mal die Nummer. Mal sehen, ob ich vor Donnerstag noch einen Termin kriege, damit wir euch schönheitsmäßig nicht nachstehen müssen.«

Nachdem er sich die Nummer notiert hat, gebe ich ihm noch einen kurzen Abriss des Treffens im Tierheim. Johannes ist natürlich einverstanden, ein Formular auszufüllen und wir verabschieden uns gut gelaunt voneinander. Ich bin mit meiner kleinen Kuppelaktion sehr zufrieden.

Mal sehen, was daraus wird.

Der Spatz in der Hand ist besser, als die Taube auf dem Dach

Am nächsten Abend springen meine frisch ondulierte Hündin und ich pünktlich um 18.30 vor der Tierarztpraxis Kronenbusch aus dem Auto. Wir betreten ein, in freundlichem Gelb gehaltenes Wartezimmer mit einer Wartestuhlreihe, die allerdings momentan nicht besetzt ist. Hinter einer großen Empfangstheke sitzt eine kleine, pummlige Arzthelferin mit vorstehenden Schneidezähnen und begrüßt uns lächelnd. Die wäre doch was für Karnickelhannes, denke ich gleich, doch Babette bringt mich rasch wieder zur Besinnung.

Schluss damit! Ein Verkupplungsversuch pro Jahr reicht vollkommen.

Ich erkläre der jungen Dame, aus welchem Grund Molly und ich da sind. Sie fragt mich nach dem Impfpass, an den ich tatsächlich gedacht habe, und will einiges über Molly wissen. Leider kann ich ihr nicht alle Fragen beantworten, doch dafür hat sie Verständnis.

»Armes Tier. Naja, aber bei Ihnen scheint sie es ja gut getroffen zu haben, so wie sie aussieht,« meint sie mit einem freundlichen Lächeln. »Eine Bildhübsche bist du, Molly und so ein schönes Fell hast du«, wendet sie sich an meinen Hund und zaubert ein Leckerchen hervor, dass Molly jedoch nicht annehmen will.

»Wahrscheinlich ist sie ein bisschen aufgeregt«, erklärt die Helferin mitfühlend.

»Das ist bei vielen Hunden so, wenn sie zum Arzt müssen.«

Nicht nur bei Hunden, denke ich und erinnere mich schaudernd an meinen letzten Zahnarztbesuch bei Dr. Zemekis, bei dem er mir eine Wurzelbehandlung am rechten hinteren Backenzahn angedeihen ließ, worauf ich ihm fast die Freundschaft gekündigt hätte.

»Nehmen Sie doch noch einen Moment Platz, Frau Berger. Der Doktor ist noch in einer Behandlung. Es wird aber nicht mehr lange dauern.«

Also setzte ich mich auf den nächstbesten Stuhl und Molly legt sich hin.

Es dauert wirklich nicht lange und die Tür zum Behandlungszimmer wird geöffnet. Eine schlanke, grauhaarige Dame in einem eleganten, dunkelgrauen Kostüm tritt ins Wartezimmer. Sie hat eine rote Leine in der Hand, an der eine sehr dicke Bulldogge hängt, die jetzt schnaufend und sabbernd ebenfalls das Wartezimmer entert. Bevor die Frau die Tür hinter sich schließt, schaut sie sich noch einmal um und ein verzücktes Lächeln huscht über ihr faltiges Gesicht, während sie ein:

»Bis bald Herr Kronenbusch«, in den Behandlungsraum haucht. Dann zieht sie die Tür hinter sich zu und schaut mit einem immer noch beseelten Grinsen in die Runde. Plötzlich scheint sie sich zu besinnen. Ihr Gesicht nimmt einen eher abweisenden Ausdruck an und sie wendet sich mit einem geschäftsmäßigen:

»So, Frau Peters, ich brauche noch das Entwurmungsmittel für Brutus. Sie wissen ja, welches«, an die nette Arzthelferin, die ihr das Gewünschte aushändigt.

Nachdem Brutus unverändert speichelnd und laut hechelnd sein Frauchen aus dem Wartezimmer gezogen hat, nickt mir Frau Peters freundlich zu und meint:

»Sie können jetzt mit Molly reingehen, Frau Berger«, und ich mache mich auf den Weg.

Als ich das Behandlungszimmer betrete, schaue ich auf Herrn Kronenbuschs breiten Rücken. Er wäscht sich gerade an einem überdimensionalen Waschbecken die Hände und sagt, ohne sich umzusehen:

»Einen Moment noch. Ich bin gleich für sie da«.

»Ist gut«, sage ich und warte.

Herr Kronenbusch hat graues, volles Haar, ist schlank und normalgroß. Von hinten schätze ich ihn um die sechzig. Er schüttelt sich die Hände ab und greift nach einem Papierhandtuch. Während er sich die Hände trocken reibt, dreht er sich zu mir um und ich bin überrascht. Dieser Mann ist vielleicht gerade mal fünfzig, wenn überhaupt.

Er hat ein schmales, sehr männliches, kantiges gebräuntes Gesicht und phänomenale, dunkle Augen. Als er mich zur Begrüßung anlächelt, bilden sich kleine Fältchen darum herum. Die grauen Haare stehen ihm ausgezeichnet und vermitteln den Eindruck von Intelligenz und Erfahrung. Heidenei, das hatte ich jetzt nicht erwartet.

Er ist ein sehr anziehender Mann. Jetzt verstehe ich, warum sich das Brutusfrauchen eben so hingebungsvoll verabschiedet hat. Herr Kronenbusch wirft das Papierhandtuch in den bereitstehenden Abfallbehälter und streckt mir die rechte Hand entgegen.

»Guten Tag, Frau …«

»Berger«, beeile ich mich zu sagen und ergreife sie.

»Berger«, wiederholt er, schaut mir in die Augen. Er hält meine Hand länger in der seinen, als es nötig wäre. Zumindest scheint es mir so und plötzlich passiert es.

Ich spüre, wie mir der Schweiß ausbricht und sich meine Wangen röten.

Schnell entziehe ich Herrn Kronenbusch meine Hand und drehe mich zu Molly um, damit er es nicht bemerkt.

Schon seit meiner Kindheit werde ich in den unpassendsten Situationen rot wie eine Tomate, schwitze wie ein Kutscher und ich hasse es!

»Ja, und das ist Molly, mein Hund«, gebe ich nun sinnigerweise von mir.

Prima, Karin. Babettes Stimme ist sauer wie Essig. *Dass Molly kein Zwergkaninchen ist, hat er bestimmt schon gemerkt.*

Ich wünschte, ich hätte einen Ventilator in der Tasche, starre immer noch meinen Hund an und hoffe, dass ich nicht bereits stinke wie ein Frettchen.

»Aha, Molly«, meint Herr Kronenbusch und scheint ein wenig verwirrt.

»Was kann ich denn für Molly tun?«, wendet er sich an meinen Hinterkopf.

Ich visualisiere mich gerade in einer Kühltruhe, versuche nicht zu hyperventilieren und antworte gepresst:

»Sie muss geimpft werden«.

»Aha, geimpft«, wiederholt Herr Kronenbusch und fügt hinzu:

»Geht es Ihnen nicht gut?«

Jetzt hat er mitbekommen, wie puterrot ich bin, denke ich panisch, doch dann stelle ich fest, dass der Errötungsausbruch abebbt. Gott sei Dank!

Ich drehe mich mit einem, sicher immer noch stark gefärbten Kopf, zum Tierarzt um und sage, wie ich hoffe, leichthin: »Ich werde leider immer so rot im Gesicht und das ist mir peinlich. Entschuldigen Sie bitte!«

Doch dann überrascht mich Herr Kronenbusch zum ersten, aber nicht zum letzten Mal, an diesem Tag.

»Das ist bestimmt unangenehm, aber es scheint ja vorbei zu sein. Es gibt halt Dinge, die man so hinnehmen muss, wie sie sind. Mich hat gerade meine Frau verlassen. Sie hat einen Jüngeren. Ich habe auch die eine oder andere Hitzewallung hinter mir, das können Sie mir ruhig glauben«.

Dabei lächelt er verschmitzt und ich fühle mich gleich viel besser.

»Das mit Ihrer Frau tut mir leid«, sage ich, dankbar für die Ablenkung.

»Sehen Sie! Anderer Leute Probleme helfen über die eigenen hinweg«, meint er lächelnd und ich bin von ihm hingerissen.

Nun kümmert er sich gewissenhaft um Molly, die brav und mutig die Untersuchung und die Spritze über sich ergehen lässt. Ihr gefällt der nette Arzt bestimmt auch.

Nachdem er die Gesundheit Mollys festgestellt, gelobt und ihre Daten in den Impfpass eingetragen hat, überrascht mich Herr Kronenbusch zum zweiten Mal. Als ich mich gerade (ehrlich gesagt mit Bedauern) von ihm verabschieden will, meint er beiläufig:

»Hätten Sie Lust, mit mir essen zu gehen?«

Bevor der Inhalt seiner Frage mein Gehirn erreicht hat, antworte ich hastig:

»Hat mich auch gefreut. Ich wünsche Ihnen noch einen schönen Tag«.

Erst dann sickern seine Worte durch und ich habe schon wieder einen Grund mich zu schämen und eine rote Birne zu bekommen. Ich kratze mich am Kopf und frage zerknirscht:

»Was wollten Sie wissen?«

»Ob Sie mit mir essen gehen wollen?«, wiederholt er amüsiert.

»Sehr gerne«, erwidere ich.

»Prima! Haben Sie heute Abend Zeit?«

Hui, das geht ja flott.

»Ja, hab ich. Wo möchten Sie hingehen?«, antworte ich überrascht.
»Das dürfen gerne Sie entscheiden«, sagt er lächelnd und ich schlage ein chinesisches Restaurant vor, in dem ich schon öfter war. Herr Kronenbusch ist einverstanden und wir verabreden uns um zwanzig Uhr vor Ort.

»Also bis nachher, Herr Kronenbusch«, verabschiede ich mich nun tatsächlich.

»Nennen Sie mich bitte Wolfgang«, antwortet er charmant und ich entgegne: »Karin.«

Ich gehe zur Tür und öffne sie. Als ich gerade wie auf Wolken hinausschweben will, höre ich ihn nochmals: »Auf Wiedersehen«, sagen und flöte hingebungsvoll und aus ganzer Seele:

»Auf Wiederhören!«

Als mir klar wird, was mir da gerade entschlüpft ist, schließe ich mit Lichtgeschwindigkeit die Tür und erstarre im Türrahmen. Kurz darauf ertönt ein Hüsteln und ich drehe mich langsam um. Im Wartezimmer starren mich drei Augenpaare ungläubig an und ich lächle gequält. Frau Peters betrachtet mich allerdings mit einem wissenden Blick. Ich zahle, verabschiede mich schnell und verlasse fluchtartig die Praxis.

Wie peinlich!

Auf Wiederhören. Hatte ich mich nicht schon genug blamiert?

Wahrscheinlich hat ihm diese tolle Verabschiedung den Rest gegeben, vermutet Babette. *Der gute Herr Kronenbusch kommt heute Abend bestimmt nicht, sondern ist eilig nach Timbuktu ausgewandert, damit er dir bloß nie wieder über den Weg läuft.*

Ach, sei doch einfach still!

Ich fahre, nachdem ich eine Abendrunde mit Molly gedreht habe, nach Hause, um mich umzuziehen. Gerade öffne ich die Haustüre, als das Telefon klingelt. Es ist überraschenderweise die nette Tierarzthelferin, Frau Peters.

»Hallo Frau Berger, ich hoffe, Sie sind mir nicht böse, wenn ich mich für Ihre Privatangelegenheiten interessiere, aber ich fand Sie so nett. Da musste ich Sie einfach vorwarnen.«

Hab ich's doch gewusst. Alles, was auf den ersten Blick so toll aussieht, hat einen Haken. Wahrscheinlich ist Herr Kronenbusch geistig nicht ganz auf der Höhe, schießt es mir durch den Kopf. Ich knirsche mit den Zähnen und frage betont unaufgeregt:

»Wovor wollten Sie mich denn warnen, Frau Peters?«

»Also, es ist Folgendes ...«, beginnt sie zögerlich.

»Ja?«, versuche ich sie zu beschleunigen,

»Also, die Frau vom Doktor. Sie hat ihn verlassen.«

»Das hat er mir gleich erzählt«, sage ich.

»Ja, das erzählt er jeder«, fährt Frau Peters fort und kommt langsam in Schwung.

»Aber er erzählt nicht, dass das erst vor drei Wochen passiert ist und er seither mit ungefähr zehn oder zwölf Frauen essen war. Er fragt eigentlich jede, die vom Alter her passt. Wie soll ich es beschreiben? Er ... Er tobt sich einfach nur aus.

Nach diesen Verabredungen rufen die Frauen ständig in der Praxis an, aber er lässt sich von mir verleugnen. Ich muss dann sagen, er sei bei einer Operation, in einer schwierigen Behandlung oder auf einem Hausbesuch, aber er würde später zurückrufen. Das macht er aber nie. Verstehen Sie, Frau Berger?«

Ich nicke wortlos und habe einen trockenen Hals.

»Die Frauen sind sauer. Kann man ja auch verstehen«, erzählt Frau Peters weiter.

»Eine kam sogar in die Praxis und hat ihm eine Szene gemacht. Aber das scheint ihn nicht weiter zu stören. Er verliert seine Klientinnen und ruiniert die Praxis, wenn er so weitermacht.

Doch es scheint ihm völlig egal zu sein. Die Trennung von seiner Frau hat ihn sehr getroffen und er kompensiert das Ganze jetzt mit diesen One-Night-Stands, verstehen Sie?«

»Ich höre Ihnen zu, Frau Peters«, sage ich.

»Er fühlt sich scheinbar wie ein Jäger und Sammler. Die Frauen sind ihm dabei herzlich egal. Ich denke ... Ich glaube, er will sich an seiner Frau rächen. Und weil Sie so nett auf mich gewirkt haben, wollte ich Ihnen das erzählen, damit Sie nicht gleich auf seine Masche reinfallen.«

»Ah, ja«, sage ich.

»Er ist ein wirklich netter Mann, aber im Moment läuft er irgendwie neben sich. Verstehen Sie, Frau Berger?«

»Danke«, krächze ich. »Es war sehr freundlich von Ihnen, mich aufzuklären.«

»Ich hoffe, Sie sind mir nicht böse. Auf Wiederhören«, antwortet Frau Peters und hat auch schon aufgelegt.

Plötzlich überkommt mich eine tiefe Traurigkeit. Ich lasse mich auf den Hocker sinken und seufze tief. Das Leben ist Scheiße! Ich hatte mich so auf den Abend gefreut. Fast hatte ich geglaubt, dass Doktor Kronenbusch mich genauso attraktiv und interessant finden könnte, wie ich ihn. Das Leben ist ungerecht. Ich seufze erneut und überlege gerade, ob ich mich meiner depressiven Stimmung ganz hingeben und ein paar Tränen vergießen soll, als ich plötzlich Frau Schmökel-Neumanns Stimme im Ohr habe.

»Auf, auf Frau Berger! Selbst wenn eine Situation so richtig mies aussieht, straffen wir den Rücken und machen das Beste daraus. Das Leben ist zu kurz, um ständig zu jammern. Sie sind ein Fels, ein Mammutbaum, eine Riesenschildkröte. Nichts kann Sie umwerfen. Wir verkehren die Situation ins Gute und Sie werden sehen, Sie gehen gestärkt daraus hervor.«

Wie kommt sie nur auf eine Riesenschildkröte, überlege ich und habe damit mein absolutes Stimmungstief bereits überwunden.

Ich werde trotz der Warnung mit dem guten Herrn Kronenbusch essen gehen und mir einen schönen Abend machen. Und dann werde ich fein nach Hause fahren, daher nicht in seinem Bett landen und dann auch nicht schluchzend und am Boden zerstört von Frau Peters abgewimmelt werden müssen.

Ich springe vom Hocker, straffe die Schultern und beschließe, dass es heute ein lustiger Abend werden wird. Ich bin eine Riesenschildkröte und One-Night-Stands sind eh nichts für mich.

Seelisch gestärkt gehe ich nach oben und suche mir etwas zum Anziehen aus. Ich entscheide mich nach einigem Hin und Her für ein schlicht geschnittenes blaues Sommerkleid mit rundem Ausschnitt, der den Ansatz meines Busens schön zur Geltung bringt. Es passt wie angegossen und ich bin erstaunt, dass ich es nicht schon öfter angezogen habe. In der Regel betrachte ich mich eher nicht als den Kleidertyp, aber heute Abend gefalle ich mir darin.

Zum Kleid wähle ich ein paar hellbraune Sandalen mit leichtem

Absatz, eine dunkelblaue Wollweste, falls es nachher kühler wird und eine dezente, einreihige Perlenkette mit passenden Ohrringen. Nach dem Duschen, Föhnen, Schminken und Anziehen drehe ich mich vor dem Spiegel und bin mit dem, was ich da vor mir habe, wirklich zufrieden. Wenn ein Herr Kronenbusch das nicht bemerkt, dann ist er sowieso ein Blindbommel.

Ich freue mich auf den Abend. Jetzt, wo ich weiß, was ich zu erwarten habe, bin ich auch gar nicht mehr so aufgeregt. Ich werde nicht rot werden müssen und kann alles ganz entspannt auf mich zukommen lassen. Eigentlich sollte ich Frau Peters für ihren Anruf dankbar sein. Die Gute! Bestens aufgelegt verabschiede ich mich von Molly, die auf ihrer Decke döst, schnappe mir meine Tasche und mache mich auf den Weg zu meinem Date.

Es ist nicht alles Gold, was glänzt

Als ich am Restaurant eintreffe, wartet dort niemand auf mich. *Er ist wirklich nach Timbuktu ausgewandert, hab ich's doch gewusst.* So ein Elend! Warum muss Babette immer Recht behalten? Jetzt stehe ich hier im blauen Kleidchen und gucke blöd. Ok, ich gebe ihm eine Chance. Ich werde noch fünf Minuten warten und dann bin ich weg.

Um mir die Zeit zu vertreiben, schiebe ich kleine Sandkörnchen zu einem Haufen zusammen. Körnchen für Körnchen, das lenkt mich ab. Als ich einen Sandhaufen von der Größe eines mittleren Vulkans aufgehäuft habe und meine nackten Füße in den Sandalen aussehen, als hätte ich sie noch nie gewaschen, spricht mich jemand an.

»Kennen wir uns nicht?«

Er hat es sich doch noch anders überlegt. Erfreut schaue ich auf und blicke in ein bärtiges Gesicht.

Oh, bitte, lass sich die Erde auftun und mich verschlingen! Warum passieren immer mir diese peinlichen Dinge? Mein Mund ist trocken und mein Herz pocht wie verrückt.

»Guten Abend«, presse ich hervor.

Mein Gesicht sieht offensichtlich so verkniffen aus, dass Klaus van der Kauten nun endgültig weiß, wo er mich schon einmal gesehen hat.

»Ach ja, Sie sind die Frau mit dem wilden Hund. Haben Sie nicht auch hinter mir in der Kirche gesessen?«

»Ja und ja«, sage ich.

»Sie sahen sehr betroffen aus. Kannten Sie Herrn Nixius gut?«, fragt er.

»Ein wenig«, gebe ich zu. »Er war mein Chef«.

Meine Güte, wenn ich könnte, wie ich wollte, würde ich mich winden und krümmen wie ein blauer Wurm und dann eilig durch einen meiner selbst gebuddelten Vulkane das Weite suchen. Doch leider stehe ich hier mit schwarzen Zehen vor meinem neuen Schulleiter und dem Verdächtigen Nummer eins und muss versuchen, diese scheußliche Situation irgendwie zu überstehen.

»Oh«, meint Herr van der Kauten überrascht. »Das wusste ich nicht«.

Dann streckt er mir die Hand hin und meint lächelnd:

»Dann sollten wir uns einander vielleicht vorstellen. Mein Name ist Klaus van der Kauten und ich werde nach den Ferien die Stelle von Herrn Nixius übernehmen.«

Wie freundlich er ist und wie gut er aussieht.

Schon wieder bin ich total verunsichert.

Stockholm, ruft Babette warnend und ich gebe ihm schnell die Hand und schüttle sie.

»Karin Berger, freut mich, Herr van der Kauten. Dann werden wir uns ja nach den Ferien öfter sehen.«

Wenn er dann nicht schon im Knast sitzt.

Ich lasse seine Hand los und merke, wie sein Blick forschend über mein Gesicht, anschließend über meine schmutzigen Füße und dann über meinen kleinen Vulkan gleitet. Er hält mich, gelinde gesagt, zumindest für überspannt.

»Da waren Sie aber fleißig«, meint er nicht unfreundlich und zeigt auf meine Aufhäufelung.

»Ich wollte mir die Zeit ein wenig vertreiben«, gebe ich kleinlaut zu.

Sein Gesicht wirkt mit einmal sichtbar angespannt. Er quält sich ein Lächeln ab, antwortet aber mit ernstem Blick:

»Ja, das kenne ich. Dienstagabende können wirklich langweilig sein.«

Als ich nicke, ist es dann doch zu viel für ihn.

Er verliert die Contenance und bekommt einen Lachanfall. Er lacht so herzlich und mitreißend, dass ich einfach einstimmen muss, obwohl ich mich in Wirklichkeit ziemlich mies fühle. Als wir uns wieder einigermaßen beruhigt haben, meint er kichernd:

»Jetzt aber mal im Ernst. Sie bauen doch nicht jeden Dienstagabend Sandkegel auf dem Bürgersteig, oder?«

Zerknirscht gebe ich zu, dass man mich versetzt hat. Sofort hört er auf zu lachen und schaut mich mitfühlend an. Oder bilde ich mir das jetzt nur ein?

»Oh, das tut mir leid«, sagt er hastig. »Vielleicht hätten Sie ja Lust ...«

»Frau Berger! Karin!«, ertönt da eine Stimme.

»Wie nett, dass Sie gewartet haben«.

Ich erkenne den gut aussehenden Tierarzt, der gerade im Laufschritt die Straße überquert und auf uns zuhält. Als er atemlos bei uns ankommt, schaut er von mir zu meinem Begleiter und fragt irritiert:

»Ist alles in Ordnung?«

»Ich wollte meiner Kollegin nur ein wenig die Wartezeit verkürzen. Doch wie ich sehe, ist das jetzt nicht mehr nötig. Auf Wiedersehen Frau Berger und Ihnen beiden noch einen schönen Abend«, sagt Klaus van der Kauten und geht.

Was hatte er mir da eben vorschlagen wollen?

Ein Teil von mir ist ein wenig enttäuscht, es nicht erfahren zu haben. Sei´s drum! Es sollte mich nun wirklich nicht interessieren.

Doktor Kronenbusch erklärt mir ausführlich, warum er so spät dran ist.

»Gerade in dem Moment, als ich rausgehen will, klingelt das Telefon und ich bin natürlich rangegangen. Könnte ja ein Notfall sein«.

Ich verstehe. So ein Arzt ist halt immer im Dienst.

Er nimmt meinen Ellenbogen und lenkt mich behutsam Richtung Eingang, während er fortfährt.

»Und natürlich war es so. Der Setter von Frau Viereck sollte schon vor drei Tagen werfen, hatte sich aber dann für heute Abend entschieden. Ich konnte Sie ja leider nicht anrufen, hatte ja keine Handynummer.

Jedenfalls bin ich gleich hingefahren, kam aber zu spät«.

»Um Gottes willen, der arme Hund. Hat er es nicht überlebt?«

Wolfgang Kronenbusch grinst mich an und schüttelt den Kopf.

»Ganz im Gegenteil. Die Gute war schon fertig, als ich ankam. Sind rausgefluppst wie geschmiert. Vier bildschöne, gesunde Hundebabys. Nur die arme Frau Viereck brauchte einen Cognac nach all der Aufregung. Den musste ich noch mit ihr einnehmen, bevor ich los konnte. Aber jetzt bin ich ja hier und Sie sind nicht einfach verschwunden. Da habe ich aber Glück gehabt«, strahlt er mich an und ich bin überhaupt nicht mehr sauer.

Mittlerweile haben wir unseren Tisch erreicht und mein Begleiter bestellt gleich Pflaumenwein als Aperitif. Wir greifen nach den

Speisekarten und vertiefen uns in die schier nicht enden wollende Aufzählung chinesischer Köstlichkeiten. Wie schaffen die es bloß, so viele unterschiedliche Gerichte anzubieten? Wahrscheinlich arbeiten in der Küche Hunderte von Familienmitgliedern von der Großmutter bis zum Kindeskind und schnitzen aus Möhren kleine Kunstwerke.

Ein kurz gewachsener, schwarzhaariger Kellner wuselt mit den Gläsern heran und bleibt dezent am Tisch stehen, um unsere Bestellung aufzunehmen.

»Haben Sie sich schon entschieden? Oder darf ich du sagen?«, fragt mich Wolfgang Kronenbusch.

Als ich geschmeichelt zustimme, greift er galant das Pflaumenweingläschen und wir trinken Bruderschaft mit Küsschen auf beide Wangen und den Mund. Na, das fängt doch schon mal ganz lustig an. Wir bestellen und der Kellner wiederholt alles in dieser unnachahmlichen Deutsch-Chinesischen Zwischendingsprache.

»Njummer Drjei un grjoss Bierj for ßie un akundfisish un Rjossè for ßie. Iss fertiss?«, fragt er, und als wir nicken, wuselt er wieder davon.

»So, Karin und jetzt musst du mir mal ein bisschen von dir erzählen, ja?«, fordert mich Wolfgang lächelnd auf. Also erzähle ich.

Ab und zu unterbricht mich Wolfgang mit einer Frage, doch die meiste Zeit hört er mir zu und gibt mir tatsächlich das Gefühl, dass ihn meine Geschichte interessiert. Das ist ja mal was ganz Neues. Ein Mann, der zuhören kann? Es geschehen noch Zeichen und Wunder.

Seine Frau muss ihn aus anderen Gründen verlassen haben, stellt Babette fachmännisch fest.

Schon kommt unser netter Kellner wieder angehuscht und stellt uns Teller, Schüsselchen und Schälchen auf den Tisch. Mit einem breiten Lächeln und einem »Gut Appetet!«, überlässt er uns die Leckereien und wir lassen es uns schmecken.

Während des Essens erzählt mir Wolfgang von sich. Er leitet die Praxis bereits seit dreizehn Jahren und ist/war ebenso lang verheiratet. Seine Frau, eine Physiotherapeutin arbeitet ebenfalls selbstständig. Das ergänzte sich über viele Jahre ganz gut, doch dann fing sie an, sich über seine Nachtschichten und Wochenenddienste aufzuregen. Sie fühlte sich oft allein und begann, ohne ihn und mit Freundinnen auszugehen.

›Ich habe sie einfach nicht verstanden‹, gibt Wolfgang zu, während er sich knusprige Ente auf seinen Teller löffelt.

›Ich hab gedacht: Lass sie mal. Das gibt sich schon wieder. Aber da lag ich völlig falsch. Sie hat dann diesen Christian kennengelernt. Der ist Sportwissenschaftler. Pah! Jedenfalls ging das mit den beiden wohl schon eine ganze Weile, bis sie es mir dann eingestand. Ich hatte keine Ahnung und bin aus allen Wolken gefallen.‹

Er winkt dem Kellner und bestellt ein weiteres großes Bier. Als er meinen skeptischen Blick sieht, lächelt er und beruhigt mich:

›Ich bin mit dem Taxi gekommen und so gedenke ich auch wieder nach Hause zu fahren.‹ Ich fühle mich ertappt.

›Entschuldige bitte. Ich neige dazu, mich in anderer Leute Angelegenheiten einzumischen. Eine schlimme Angewohnheit‹, muss ich zerknirscht eingestehen.

›Ist doch völlig in Ordnung. Ich finde es sehr sympathisch, dass du dir Sorgen um mich machst ‹, lächelt mich Wolfgang an.

Er ist wirklich ein Hingucker, oder wie es Sonja ausdrücken würde:

«Ein Sahneschnittchen«

Auch nachdem wir aufgegessen, und der nette Kellner den Tisch nach der obligatorischen Frage: ›Hat`s smeckt?‹, abgeräumt hat, unterhalten wir uns sehr angeregt. Ich freue mich, dass wir nicht die ganze Zeit über unser verkorkstes Beziehungsleben reden, sondern viele verschiedene Themen anschneiden. Doch ab und zu lässt mein Gegenüber eine Bemerkung fallen, die mich hellhörig werden lässt.

›Ich wollte nie Kinder‹, erklärt er mir zum Beispiel.

›Meine Frau zwar schon, aber mit meiner Entscheidung musste sie sich halt abfinden.‹

Als ich ihn beunruhigt ansehe, meint er entschuldigend:

›Ich bin in manchen Sachen eher konservativ. Auch wenn es nicht modern ist. Ich finde, in einigen Fragen sollte der Mann nach wie vor die Hosen anhaben.‹

Hoppla, ruft Babette. *Willst du gleich gehen, oder dir den Quatsch noch länger antun?*

Sie hat sicher recht, doch ich will Wolfgang Kronenbusch noch eine Chance geben. Der erzählt gerade von seinem letzten Kinobesuch. In 3D. Er fand es ja urkomisch, wie die Leute alle da saßen, mit den riesigen Brillen im Gesicht und aussahen, wie Willi, der Freund von Biene Maja. Lachend stimme ich ihm zu.

Vielleicht war ich vorhin etwas zu streng mit ihm. Er kann schließlich so charmant sein. Ich vergesse das zuvor Gehörte und lausche amüsiert, während er den einen oder anderen Schwank aus seinem Tierarztalltag zum Besten gibt. Mittlerweile hat er sein viertes großes Bier bestellt, während ich nach dem ersten Rosé zu Wasser übergewechselt bin. Langsam aber unaufhaltsam entblößt der Bierkonsum den wahren Menschen hinter der zivilisierten Fassade. Dadurch komme ich nun leider doch immer mehr zu der Überzeugung, dass ich wirklich besser schon vor einer Stunde gegangen wäre. Ich habe mittlerweile großes Verständnis für die Entscheidung seiner Frau. Wolfgangs Ton wird weinerlicher und dann geht es los mit dem Beziehungskram.

»Jetzt muss ich den ganzen Haushalt alleine schmeißen, oder mir eine Putzfrau besorgen«, jammert er gerade.

Auf meine Frage, ob er denn vorher nicht bei der Hausarbeit geholfen hätte, schaut er mich ehrlich erstaunt an.

»Wie stellst du dir das denn vor? Dafür hatte ich nun wirklich keine Zeit. Wir zwei haben ja auch nicht so viel Schmutz und Durcheinander gemacht, als dass ich auch hätte helfen müssen.

Frauen können das doch sowieso viel besser. Das geht denen so flott von der Hand. Ich habe das immer sehr bewundert.«

»Also, ich müsste lügen, wenn ich sagen würde, dass ich die Hausarbeit mag, geschweige denn, dass sie mir flott von der Hand ginge«, halte ich dagegen.

»Dann bist du eben die berühmte Ausnahme«, entscheidet Wolfgang.

»In der Regel liegt das in den weiblichen Genen. Die Frauen bringen das einfach so mit.«

Ich halte die Luft an und staune über diese Blasiertheit, als es auch schon weitergeht:

»Ach Karin«, Wolfgang lässt den Kopf hängen.

»Ich habe gedacht, ich wüsste, was meine Frau will. Aber ich lag wohl ganz falsch. Dabei war ich immer treu. Obwohl ich genügend Chancen gehabt hätte, das kannst du mir glauben. Und das ist jetzt der Dank. Bin ich blöd gewesen!«

»Da kommst du drüber hinweg«, tröste ich ihn.

»Du findest bestimmt wieder eine Frau, die so ist, wie du dir das vorstellst, und bei der alle Putzgene an der richtigen Stelle sitzen. Ich jedenfalls fahre jetzt nach Hause. Mein Hund muss raus und ich bin müde«.

Wolfgang schaut mich mit leicht geröteten Augen überrascht an.

»Du willst schon los? Ich dachte, wir fahren noch zu mir und lassen den Abend schön ausklingen.«

»Ein anderes Mal vielleicht«, lüge ich.

»Ich bin wirklich ordentlich müde und habe ein wenig Kopfschmerzen.«

»Oh, ja dann.«

Wolfgang ist etwas aus dem Konzept geraten.

»Dann muss ich ja alleine nach Hause fahren.«

»Sieht ganz so aus«, stimme ich zu und stehe auf.

»Das ist aber schade«, meint er gedehnt. »Ich hatte mir das irgendwie anders vorgestellt.«

»Aber Wolfgang. Männer sind doch flexibel. Das haben sie in den Genen. Ich habe das schon immer bewundert. Dir fällt doch sicher etwas anderes ein«, kontere ich, doch Wolfgang ist schon nicht mehr in der Lage, Ironie selbst dann zu erkennen, wenn sie ihm ins Gesicht lacht. Er nickt bedächtig und grinst mich dann bierseelig an.

»Du hast recht. Ich werde noch ein wenig in der Altstadt herumziehen.

Vielleicht lerne ich ja noch jemand Nettes kennen.«

Siehst du, du bist nicht nett, lacht Babette, doch ich achte nicht auf sie. Wolfgang erhebt sich ein wenig unsicher und winkt dem Kellner zu, der flugs herbeieilt und die Rechnung präsentiert.

Nachdem er abkassiert hat, wünscht er uns mit diesem für Asiaten so typischen herzlichen Lächeln: »Ein ßön Abend!« und wir verlassen das Restaurant.

Vor der Tür drückt mich Wolfgang an sich und haucht mir seinen Bieratem mit den Worten:

»Danke für den schönen Abend, Karin. Wir sehen uns«, ins Gesicht und verschwindet Richtung Altstadt.

Ich schaue ihm hinterher und bin froh, dass er weg ist.

Er ist genau die Art Mann, von der ich Ausschlag bekomme. Dabei sieht er so toll aus.

Tja,

wenigstens war das Essen prima. Immerhin.

Hochmut kommt vor dem Fall

Pünktlich um 15 Uhr stehe ich Freitagnachmittag in der Hauseinfahrt gegenüber dem Pfandhaus.

Tatsächlich ist Klaus van der Kauten eben hineingegangen. Ich warte gespannt darauf, dass er wieder herauskommt, doch auch dieses Mal dauert es eine ganze Weile. Endlich öffnet sich die Tür. Klaus van der Kauten tritt gemeinsam mit dem Pfandleiher heraus und beide schauen sich um, als suchten sie etwas.

Oder jemanden?

Oh, mein Gott!

Der Pfandleiher wird ihm doch wohl nicht ...?

Mir wird heiß und kalt.

Die beiden stecken gerade die Köpfe zusammen und lachen. Er wird Klaus van der Kauten doch nicht von der Frau erzählt haben, die ihn gerne kennenlernen will? Wenn der Pfandleiher mich beschreibt, weiß mein neuer Chef doch genau, wer da nach ihm gefragt hat. Bei diesem Gedanken gebe ich ein leises Wimmern von mir und trete einen Schritt zurück. Die beiden Männer verabschieden sich mit einem freundschaftlichen Schlag auf die Schulter.

Die kennen sich. Wahrscheinlich arbeiten die zusammen. Der eine klaut die Sachen und der andere vertickt sie in seinem Pfandhaus, kombiniert Babette.

Und ich dämliche Kuh schwärme dem noch was von seinem Kumpel vor. Wie blöd kann man denn sein, stöhne ich.

Reiß dich zusammen! Wir brauchen Beweise, koste es, was es wolle.

Mir ist aber schlecht, jammere ich. Doch Babette ist gnadenlos.

Du gehst jetzt gleich in dieses Pfandhaus und ziehst die Sache durch!

Also mache ich meine Atemübung, nehme all meinen Mut zusammen und betrete den Verkaufsraum. Der Pfandleiher strahlt mich an.

»Da sind Sie ja. Ich hatte schon früher mit Ihnen gerechnet.«

»Ich hatte noch einen Termin«, sage ich.

»Schade, jetzt haben Sie den Herrn gerade verpasst«, meint er bedauernd.

»Dann vielleicht nächste Woche. Sind denn wenigstens neue Armbänder oder Broschen reingekommen?«, frage ich leichthin.

Der Pfandleiher schaut mich verwirrt an.

Wahrscheinlich hat er erwartet, dass ich schluchzend zusammenbreche, wenn mir klar wird, dass ich das Ziel meines Verlangens verpasst habe.

»Äh, ja. Ich schau mal nach«, sagt er und holt aus einer Schublade ein kleines, mit Samt ausgeschlagenes Tablett.

Und da liegt sie.

Meine Gemme. Sie ist es ganz bestimmt. Ich bin mir völlig sicher. *Jetzt musst du absolut ruhig bleiben. Er soll keinen Verdacht schöpfen, sonst lässt er die Brosche verschwinden.*

»Nein, die gefallen mir auch nicht so wirklich gut«, sage ich deshalb.

»Ich schaue nächste Woche noch einmal rein. Tschüss.«

»Aber ...«, ruft der Mann mir hinterher, doch ich warte seine Antwort nicht ab, und mache, dass ich rauskomme. Ohne mich umzusehen, hetze ich zu meinem Wagen. Dann wähle ich sofort die Nummer von Herrn Gerber und berichte ihm atemlos von den neuesten Entwicklungen. Er hört erst einmal zu und sagt kein Wort.

»Wo sind Sie gerade?«, fragt er dann.

»In der Nähe der Pfandleihe. Es ist ja eben erst passiert«, antworte ich aufgeregt.

»Sie fahren jetzt sofort nach Hause! Wir werden uns um alles Weitere kümmern«, weist er mich an.

Ich bin furchtbar enttäuscht, doch da gibt es wohl keine Widerrede. Schließlich verkörpert Herr Gerber die Staatsgewalt.

»Rufen Sie mich denn wenigstens an, wenn Sie etwas herausfinden?«

»Wir melden uns bei Ihnen, sobald wir gesicherte Erkenntnisse vorliegen haben, Frau Berger. Sehen Sie bitte so lange von Rückfragen ab«, sagt er und verabschiedet sich.

Na, klasse. Die große Detektivin darf unverrichteter Dinge nach Hause fahren und muss dort Däumchen drehen.

»So was Blödes!«, grummle ich und lasse den Motor an.

Die nächsten beiden Tage bewege ich mich durchs Haus, als liefe ich auf heißen Kohlen. Ich schleiche ständig um das Telefon herum, das partout nicht klingeln will. Es scheint wirklich zu stimmen, dass die Mühlen der Justiz langsam mahlen. Dabei hatte ich gehofft, noch am Freitag von der Verhaftung des Einbrechers zu erfahren. Heute Morgen stand jedenfalls nichts dergleichen in der Zeitung. Es ist so ganz anders als im Film, seufze ich gerade, als das Telefon klingelt. Endlich!

Doch es ist nur Elvira.

»Hallo, Elvira«, begrüße ich sie und versuche, mir meine Enttäuschung nicht anmerken zu lassen.

»Was gibt es denn so Wichtiges, dass du es mir noch vor der Dienstbesprechung erzählen musst?«

»Dass es heute keine Besprechung gibt«, sagt Elvira trocken.

Mein Herzschlag nimmt Fahrt auf.

»Sag nur, jemand ist verhaftet worden«, flüstere ich und halte die Luft an.

»Woher weißt du das?«, fragt Elvira und ich muss mich setzen.

»Ne, Quatsch. Niemand ist verhaftet worden«, lacht sie und ich lasse den Atem schnaubend wieder entweichen.

»Aber unser neuer Chef hat tatsächlich was bei der Polizei zu regeln, wird gesagt. Komisch, dass du so etwas vermutet hast. Er soll in einer polizeilichen Ermittlung eine Aussage machen, heißt es. Wusstest du was davon?«

»Quatsch, das war nur so daher gesagt. Weißt du denn nichts Genaueres?«, frage ich.

»Nein, nur dass der heutige Termin für die Besprechung auf kommenden Donnerstag um die gleiche Zeit verschoben wurde. Mehr nicht.«

»Wie kommt es bloß, dass du immer so gut informiert bist?«, frage ich nicht ganz ohne Neid.

»Der frühe Vogel fängt den Wurm, meine liebe Karin. Im Gegensatz zu dir schaue ich mehrmals am Tag in meinem Posteingang nach, was es Neues gibt. Ich weiß aber, dass du es nicht so hast mit dem Computer. Also dachte ich, ich rufe dich an, bevor du umsonst zur Schule fährst.«

»Elvira, du bist ein Schatz!«, lobe ich sie und verabschiede mich nachdenklich.

Aussage in einer polizeilichen Ermittlung …

Soll heißen: Er wird verhört und die Schlinge zieht sich langsam zu. Wurde aber auch Zeit.

Stimmt wohl. Warum habe ich dann aber auf einmal so ein merkwürdiges Gefühl im Magen?

»Wehe, du fängst jetzt wieder mit diesem blöden Stockholm an«, sage ich laut und deutlich. »Ich wünschte nur, ich hätte endlich Klarheit. Sonst ist da gar nichts, kapiert?«

Um mir die Zeit zu vertreiben, mache ich mit Molly ein kurzes Straßentraining. Es klappt immer besser. Bald werden wir das Geschirr nicht mehr brauchen.

Nachdem wir fertig sind, und ich meinen zweiten Kaffee für heute trinke, denke ich über Johannes nach. Leider konnte er letzte Woche nicht mehr zu Mätties Hundesalon gehen, weil ihm einige Termine dazwischen kamen. Also muss ich auch in Sachen Partnervermittlung Geduld aufbringen. Ich seufze tief. Das Leben verlangt mir im Moment eine ganze Menge ab.

Dienstagnachmittag klingelt es an der Haustüre und Molly gibt wieder einmal den Hund von Baskerville. Mich lassen ihre Auftritte mittlerweile ziemlich kalt. Ich gehe zur Tür, öffne sie und schaue in das erschreckte Gesicht von Frau Premmel, der freundlichen Polizistin.

Sie starrt Molly an, die wiederum sie anstarrt, an ihr schnuppert und sich dann ins Wohnzimmer verzieht.

»Hallo Frau Premmel«, begrüße ich sie und mit einem Mal schlägt mir das Herz bis zum Hals. Jetzt ist es also soweit. Gleich wird sie mir erklären, dass der Fall dank meiner Hilfe gelöst werden konnte, und Klaus van der Kauten und sein Komplize in Untersuchungshaft sitzen. »Na, da haben Sie sich aber einen respektablen Hund angeschafft «, sagt Frau Premmel stattdessen anerkennend und schüttelt mir die Hand.

»Darf ich reinkommen?«

Ich führe sie ins Wohnzimmer und sie nimmt Platz.

»Hier sieht es ja wieder richtig gut aus«, stellt sie fest, während sie sich umschaut.

»Danke«, sage ich und platze fast vor Ungeduld.

Scheinbar treten mir vor Anspannung die Augen stark aus den Höhlen, denn Frau Premmel macht ein komisches Gesicht und sagt dann:

»Äh, ja, Frau Berger. Dann will ich Sie nicht länger auf die Folter spannen und Ihnen unsere Untersuchungsergebnisse mitteilen.«

Mir ist plötzlich ganz flau und ich kralle mich an der Sessellehne fest.

Eigentlich soll er es doch gar nicht gewesen sein. Eigentlich soll er einfach nur ein netter Kerl sein. Eigentlich.

»Also, es ist folgendermaßen. Wir hatten gestern Herrn van der Kauten zum Gespräch auf der Wache und es hat sich alles aufgeklärt.«

»Und?«, frage ich atemlos. »Ist er tatsächlich der Einbrecher?«

»Nein«, sagt Frau Premmel und schaut mich an.

Gott sei Dank! Er war es nicht!, ruft Babette, diese Opportunistin.

»Oh Gott. Er war es nicht. Was mache ich jetzt nur?«, stöhne ich, schließe die Augen und versuche, den bitteren Geschmack im Mund hinunterzuschlucken.

»Ist Ihnen nicht gut, Frau Berger? Sie sind ganz blass geworden«, sagt Frau Premmel besorgt.

Es geht mir tatsächlich überhaupt nicht gut. Ganz und gar nicht.

Doch ich winke ab und bitte sie, mir alles genau zu erzählen.

»Herr van der Kauten war zum Zeitpunkt des Einbruchs überhaupt nicht in der Stadt. Er war in Kiel. Er wurde von der Schulgemeinschaft seiner alten Schule mit einem großen Fest als Konrektor verabschiedet«, erläutert mir Frau Premmel.

»In Kiel«, murmele ich.

»Wir haben das überprüft. Es hat alles Hand und Fuß. Die Schüler haben ihm zum Abschied dieses unsägliche, geblümte Fahrrad geschenkt. Alles handbemalt.«

»In Kiel«

»Ja, genau«, sagt Frau Premmel.

»Der Pfandleiher, Herr Primsthal, ist tatsächlich ein alter Freund von Herrn van der Kauten. Die beiden kennen sich bereits seit Kindertagen. Herr van der Kauten wohnt ja erst seit einigen Wochen wieder in seiner alten Heimat und schaut daher häufig bei Herrn Primsthal vorbei.«

»In …«, gerade noch rechtzeitig registriere ich den warnenden Blick der Polizistin und sage:

»In der Pfandleihe, ich verstehe.«

»Herr Primsthal hat uns dann den entscheidenden Tipp gegeben. Er kopiert stets die Papiere der Kunden, die bei ihm Wertgegenstände verpfänden und so konnten wir die Person ermitteln, die Ihre Brosche dort abgegeben hat.«

»In der Pfandleihe«, sage ich.

»Aber ja doch«, sagt Frau Premmel.

»Wer ist es?«

»Sagen wir mal so. Er ist für uns kein unbeschriebenes Blatt. Ein alter Bekannter sozusagen. Den Namen darf ich allerdings noch nicht nennen. Aber er ist heute Morgen verhaftet und dem Untersuchungsrichter vorgeführt worden. Er leugnet zwar noch, aber in seiner Wohnung fanden wir jede Menge Beweise.«

Frau Premmel ist sichtlich stolz. Doch meine Begeisterung hält sich in Grenzen.

Einerseits bin ich natürlich froh, dass Klaus van der Kauten nicht der Einbrecher ist. Andererseits werde ich ihm nun beichten müssen, dass ich es war, die ihm diesen Ärger eingebrockt hat. Schließlich ist er mein Chef und außerdem kommt so etwas immer irgendwie raus.

Plötzlich habe ich einen schrecklichen Verdacht.

»Haben Sie Herrn van der Kauten etwa gesagt, dass ich … ?«

Als Frau Premmel mein verzweifeltes Gesicht sieht, weiß sie, dass hier etwas nicht rund läuft.

»Keine Sorge, Frau Berger. Wir dürfen keinerlei Informationen weitergeben. Er weiß gar nichts. Aber ich glaube, Sie brauchen jetzt erst mal einen Cognac. Darf ich?«

Sie erhebt sich, tritt an den Schrank und holt zielsicher eine Flasche aus der Bar. Dann schenkt sie mir einen ordentlichen Schluck ein und hält mir das Glas vor die Nase. Ich ergreife es dankbar und nehme einen tiefen Schluck. Das Zeug brennt wie Feuer und ich muss husten. Doch ich komme langsam wieder zu mir, und als Frau

Premmel fragt, ob ich ihr erzählen möchte, was denn los ist, erzähle ich ihr alles. So, als wäre sie meine beste Freundin.

Und Frau Premmel hört mir zu, nickt an den richtigen Stellen und schaut so verständnisvoll, als wäre sie meine beste Freundin. Nachdem ich geendet habe, stiere ich in mein leeres Cognacglas.

»Wollen Sie meinen Rat hören, Frau Berger?«

Ich nicke und Frau Premmel sagt:

»Wenn Ihnen etwas an dem Mann liegt, dann sollten Sie ihm die Wahrheit sagen. Vielleicht nicht heute und vielleicht auch noch nicht übermorgen. Sie werden sehen. Der richtige Zeitpunkt wird sich von alleine finden, glauben Sie mir. Es wird alles gut.« Mit diesen Worten steht sie auf, verabschiedet sich und geht.

Alles wird gut, sagt auch Babette.

Ach, wenn ich ihr doch nur glauben könnte.

Dann mach es doch einfach so, wie Scarlett o`Hara, schlägt sie vor.

Ich starre weiter in mein Cognacglas. Dann nicke ich und sage:

»Ok! Verschieben wir´s auf Morgen!«

Die Hoffnung stirbt zuletzt

Als am Donnerstagmorgen der Wecker klingelt, bin ich schon längst wach. Die heutige Dienstbesprechung liegt mir schwer im Magen. Die letzten beiden Nächte habe ich schlecht geschlafen und wirres Zeug von Verfolgungsjagden und von mir selbst als Gangsterbraut geträumt.

Seit Frau Premmel hier war, wälze ich immer wieder die gleichen Gedanken in meinem Kopf hin und her. Wie soll ich ihm das nur erklären? Wie konnte ich nur darauf kommen, er sei der Einbrecher? Hätte ich doch auf Petra gehört! Wie soll ich ihm das nur erklären? Die Kollegen werden mit dem Finger auf mich zeigen. Die Schüler werden mich auslachen. Wie soll ich ihm das nur erklären?

Mitten in der Nacht habe ich mich endlich zu einem Entschluss durchgerungen. Ich habe alles aufgeschrieben und werde ihm den Brief heute einfach wortlos überreichen. Ich weiß, das ist feige, aber ich habe schlicht und ergreifend nicht den Mut, ihm bei meinem Geständnis in die Augen zu schauen. Ich habe diesem Mann ein solches Unrecht getan.

Ich habe alles falsch gemacht. Doch jetzt ist es zu spät und ich habe meine Konsequenzen gezogen.

Heute Nacht um drei habe ich auch gleich noch ein Versetzungsgesuch geschrieben.

–Aus privaten Gründen möchte ich zum nächstmöglichen Zeitpunkt um meine Versetzung an eine andere Schule im Stadtbereich bitten–.

Auch diesen Brief werde ich ihm heute wortlos übergeben.

Wenn ich Glück habe, bekomme ich bereits zum neuen Schuljahr, also in drei Wochen eine andere Stelle und muss ihn nie wieder sehen. Dann habe ich es hinter mir und kann ganz neu anfangen. Jetzt laufen mir die Tränen die Wangen herunter. Ich tue mir schrecklich leid. Eigentlich würde ich doch viel lieber an meiner Schule bleiben. Die Kollegen sind fast alle in Ordnung und die Kinder sind nett.

Doch es ist zu spät.

Das hättest du dir besser überlegen sollen, bevor du ...

Wütend reibe ich mir die Augen und stehe auf. Auf Babettes Kommentare kann ich jetzt wirklich verzichten.

Als sie mich hört, kommt Molly aus ihrem Körbchen, und wartet an der Terrassentür darauf, in den Garten gelassen zu werden. Sie hat seit Montag nicht mehr in die Wohnung gemacht. Wenigstens ein Lichtblick in meinem, ansonsten grauen Dasein. Ich schleppe mich in die Küche, setze Kaffee auf und richte Mollys Futter her. Dann lese ich die Zeitung, aber das, was darin steht, kommt nicht wirklich in meinem Hirn an. Ich starre vor mich hin und hänge meinen verworrenen Gedanken nach. Nicht genug damit, dass ich ihn angezeigt habe. Nein!

Sein Kumpel Primsthal hat ihm natürlich die Frau beschrieben, die nach ihm gefragt hat. Er weiß jetzt hundertprozentig, dass ich das war, und zu allem Unglück denkt er bestimmt, ich würde ihm nachstellen. Dabei ist er doch verheiratet.

Heute Nachmittag wird es dir besser gehen, tröstet mich Babette. Ich seufze tief.

Plötzlich spüre ich eine Bewegung am Bein. Molly hat mir ihr Gummihuhn aufs Knie gelegt. Mein Hund will mich trösten. Das ist einfach zu viel für mich. Ich schluchze laut auf. Molly legt ihren Kopf auf mein Bein und ich heule und streichle sie. Als das Gummihuhn versehentlich auf den Boden fällt, hebt Molly es sofort wieder auf und hält es mir hin. Das gibt es doch nicht! Sie will mit mir spielen. Ich wische mir die Tränen aus dem Gesicht und werfe das Huhn bis zur Tür. Molly springt hinterher und bringt es zurück. Unglaublich! Und so spiele ich zum ersten Mal mit meinem Hund und muss trotz meines ganzen Elends lachen.

Als ich irgendwann auf die Uhr schaue, bekomme ich einen riesigen Schreck. Es ist schon neun und ich hocke hier noch im Schlafanzug herum und spiele Hühnerweitwurf. Jetzt muss ich mich aber beeilen, damit ich es schaffe, bis um zehn in der Schule zu sein. In Windeseile springe ich unter die Dusche und um halb zehn sitze ich tatsächlich im Auto und fahre los. Um zehn Minuten vor zehn öffne ich die Tür zum Lehrerzimmer und schaue in fünfunddreißig Augenpaare, die mir teils erschrocken und teils mitleidig entgegenblicken.

Ich bin zu spät. Auch das noch.

»Äh, guten Morgen«, nuschle ich und versuche auf die Größe einer Küchenschabe zu schrumpfen.

Schnell schaue ich mich nach einem Platz um, doch die einzigen noch freien Stühle stehen natürlich ganz vorne.

Oh, Gott! Mir bleibt aber auch nichts erspart! Also mache ich mich mit hochrotem Kopf auf den weiten Weg, als die Stimme unserer Schulrätin durch den Raum schallt:

»Guten Morgen. Frau Berger, wenn ich mich recht entsinne? Wie schön, dass Sie auch noch hergefunden haben. Nehmen Sie doch bitte erst einmal Platz. Wir anderen warten so lange.«

Ich nicke ihr zu und lächle gequält. Mir wird körperlich bewusst, dass ich diese Frau überhaupt nicht leiden kann und ich beeile mich, mit dem karierten Polster des Stuhls zu verschmelzen.

Mein Blick streift unseren neuen Chef, der mir ein aufmunterndes Lächeln herüberschickt und dabei kurz und kaum sichtbar die Augen verdreht. Sofort geht es mir noch schlechter und ich senke hastig den Blick. Wie soll ich diesen Morgen nur überstehen? Ich schaue zu Elvira hinüber, die entschuldigend das Gesicht verzieht. Sie hat vergessen, mich anzurufen und deshalb jetzt scheinbar ein schlechtes Gewissen. Die Arme. Währenddessen fährt die blöde Meierling damit fort, den Werdegang unseres neuen Chefs darzulegen und ist voll des Lobes über seine innovative Arbeit als Konrektor, die er nun als Schulleiter sicherlich fortführen und weiterentwickeln wird. Ich höre ihr nicht wirklich zu. Die Worte perlen einfach an mir ab. Nach einer Weile beendet sie ihren Vortrag und verabschiedet sich mit den Worten:

»Leider kam mir ja ein weiterer unverlegbarer Termin dazwischen und ich kann nicht bleiben. Ich wünsche Ihnen und Ihrem neuen Kollegium einen guten Start und übergebe Ihnen hiermit das Wort.«

Dann ist sie weg.

Nun ist Klaus van der Kauten an der Reihe.

»Wie Frau Meierling Ihnen ja seeehr ausführlich, (es erklingen einige Lacher) mitgeteilt hat, habe ich längere Zeit in Holland gelebt und gearbeitet. Mir hat die unkomplizierte Art dort immer gut gefallen und ich möchte ein wenig davon an Sie weitergeben. Deshalb werde ich Ihnen als meine erste Amtshandlung das Du anbieten. Ich hoffe, dass viele von Ihnen/euch mein Angebot annehmen werden, denn ich habe die Erfahrung gemacht, dass es bei der Zusammenarbeit sehr hilfreich ist.«

Ein Raunen geht durch die Reihen. Ich schaue wieder zu Elvira hin, die mit geröteten Wangen lächelt und nickt. Auch ich finde diese Idee gut. Klaus van der Kauten unterbricht meine Gedanken mit einer weiteren revolutionären Idee:

»Außerdem lade ich euch alle ganz herzlich am letzten Freitag der Ferien, dem 27sten, also in drei Wochen ein. Ich habe die Grillhütte im Oberforst gemietet und möchte mit euch dort ab neunzehn Uhr meinen Einstand feiern.«

Wieder geht ein Raunen und Getuschel durch die Menge. Einige Kollegen klatschen, andere zücken gleich ihren Jahresplaner und tragen den Termin ein. Wie gerne würde ich auch mit ihm feiern. Ich bin sehr traurig und niedergeschlagen und fühle mich wie eine Amöbe.

Dann wird es wieder dienstlich. Klaus van der Kauten war fleißig und hat sowohl die Stundenpläne als auch ein neues System für die Vertretungen ausgearbeitet und erläutert uns alles mithilfe einer ausgefeilten PowerPoint-Präsentation. Ich verfolge seine Ausführungen und schaue ihm zu, wie er mit kleinen Gesten bestimmte Passagen unterstreicht. Er ist wirklich ein gut aussehender Mann. Wenn nur dieser blöde Bart nicht wäre. Wie kann er sich nur so entstellen?

Dieser Scheißbart ist an allem schuld, ereifert sich Babette und ich nicke.

Als hätte er meine Gedanken gelesen, schaut Klaus kurz zu mir herüber und ich spüre, wie mein Herz einen Schlag aussetzt.

Ich räuspere mich, setze mich gerade hin und bemühe mich, mir den restlichen Vortrag konzentriert anzuhören. Nach etwa einer halben Stunde hat Klaus van der Kauten uns alle wichtigen Informationen für das neue Schuljahr weitergegeben und wechselt plötzlich das Thema.

»Falls jemand hier im Raum es noch nicht wissen sollte. Ich wurde am Montag auf´s Polizeirevier zitiert, weil mich jemand angezeigt hatte.«

Ein erschrockenes Wispern geht durch das Lehrerzimmer.

»Mir wurde vorgeworfen, zwei Wochen zuvor einen Einbruch begangen zu haben. Ich konnte die Sache allerdings sehr schnell aufklären, denn ich war an diesem Tag in Kiel.«

Klaus schaut lächelnd in die Runde. Ich rutsche immer tiefer in meinen Stuhl und würde mich am liebsten in Luft auflösen.

»Macht euch also bitte keine Sorgen um euer Eigentum! Vor mir ist es auf jeden Fall sicher«, fährt er fort.

Alle, außer mir, lachen.

Dann schließt Klaus die Besprechung mit den Worten.

»Also, wir sehen uns hoffentlich am Siebenundzwanzigsten. Bis dann.«

Die Versammlung löst sich auf und ich kann mich unter die Kollegen mischen. Leider laufe ich sofort Walter Viernheimer über den Weg.

Er ist ein Schleimer vor dem Herrn, der auf dem Weg zum neuen Chef, dem er sicherlich Honig um den Bart (wie sinnig) schmieren will, kurz bei mir Station macht und meint:

»Na, Karin, da hast du dich ja ganz schön ins Fettnäpfchen gesetzt. Aber das kennt man ja von dir. Frau Meierling war ziemlich sauer, hatte ich den Eindruck. Bei der solltest du in nächster Zeit besser mal auf gutes Wetter machen.«

»Ach, Walter. Und du solltest mal versuchen, nicht auf deiner eigenen Schleimspur auszurutschen und uns in Ruhe lassen!«, fährt ihm Katja Schneider, unsere Sportfachfrau über den Mund und lässt ihn links liegen.

Beleidigt trollt er sich und reiht sich in die Schlange derjenigen Kollegen ein, die das Angebot unseres neuen Chefs umgehend annehmen wollen. Ich muss lachen, danke Katja für ihren Einsatz und fühle mich ein wenig besser. Katja meint kämpferisch:

»Ich muss zwar mit ihm zusammenarbeiten, aber mögen, muss ich ihn nicht.«

Recht hat sie. Dann gesellt sich Elvira zu uns. Sie hat noch immer eine rosa Gesichtsfärbung und einen beseelten Ausdruck in den Augen.

»Findet ihr die Einladung nicht auch toll?«, begrüßt sie uns und fügt hinzu:

»Wir sollten ein Geschenk für ihn besorgen, das der Personalrat ihm auf der Party überreichen kann, meint ihr nicht auch?«

»Die Idee ist wirklich nicht schlecht, Elvira, aber wie willst du das auf die Schnelle organisieren?«, gibt Katja zu bedenken.

Elvira lächelt und beteuert, dass sie das gerne in die Hand nehmen würde, und sammelt gleich von jedem schon einmal drei Euro ein.

»An was für ein Geschenk hattest du denn gedacht?«, frage ich.

»Was haltet ihr von einem schönen Bildband und einer guten Flasche Wein?«

»Und welche Art Bildband schwebt dir vor?«, will Cornelia Metzger, unsere schlaue Mathematikerin wissen.

»Ein Vögelchen hat mir gezwitschert, dass Klaus ein großer Naturliebhaber ist. Ich dachte an etwas in der Richtung: Landschaften der Erde, oder so«, erwidert Elvira verzückt, und als wir zustimmend nicken, flattert sie weiter von Kollege zu Kollegin und sammelt wie ein fleißiges etwas moppeliges Bienchen das benötigte Kapital ein.

Ich finde Elvira wirklich richtig nett. Sofort habe ich wieder einen Kloß im Hals.

»Hallo Frau Berger«, höre ich da hinter mir Klaus van der Kautens Stimme und ich verschlucke mich dermaßen, dass ich husten muss. Als ich mich umdrehe, steht er lächelnd da und hält mir die Hand hin.

Immer noch hüstelnd, ergreife ich sie und röchle:

»Karin. Ich heiße Karin«.

»Also Karin. Freut mich sehr. Ich heiße Klaus. Würdest du mir bitte die anderen Kollegen hier vorstellen?«, fragt er und lässt meine Hand los. Er tut so, als würde er mich gar nicht kennen, stelle ich erstaunt fest. Wieso tut er das?

Professionelle Distanz, meint Babette. *Er gibt dir damit die Chance, wieder bei Null anzufangen. Schließlich ist er verheiratet. Vergiss das nicht!*

Ich räuspere mich und will gerade Katja vorstellen, als Elvira zu uns stößt und ihn mit Beschlag belegt. Ich huste noch einmal kurz und trete einen Schritt zurück. Soll Elvira doch ihren Auftritt genießen. Dadurch bin ich hoffentlich entlassen und kann mich unbemerkt aus dem Staub machen.

»Herr van der Kauten, äh… ich meine natürlich Klaus, ja Klaus. Ähm,… ich bin die Elvira. Freut mich sehr, Sie äh, … dich kennenzulernen. Ich bin die Vorsitzende des Personalrates und wir werden bestimmt gut zusammenarbeiten. Ähem«, flötet sie und schüttelt dem armen Kerl die Hand samt Arm, als seien sie ein Pumpschwengel.

Klaus lässt sich dadurch nicht im Geringsten aus der Ruhe bringen. Er lächelt Elvira an und meint freundlich:

»Karin wollte mir gerade die anderen Kollegen vorstellen. Du erlaubst?«

Damit wendet er sich an mich und ich beginne erneut.

Elvira ist zuerst etwas perplex, dann aber lächelt sie und verfolgt jede Regung unseres neuen Chefs mit begeistertem Blick. Als er alle Kollegen zumindest namentlich kennengelernt hat, verabschiedet er sich mit den Worten:

»Ich sehe euch hoffentlich alle am Siebenundzwanzigsten. Dann haben wir mehr Zeit uns bekannt zu machen. Bis dann.«

Abschließend wendet er sich nochmals an mich und sagt leise:

»Und übrigens, was Frau Meierling da eben zu dir gesagt hat, war sehr unkollegial. Aber du solltest ihr verzeihen. Schließlich machen wir alle mal einen Fehler. Nicht wahr?«

Mit diesen Worten dreht er sich um und geht.

Ich schaue ihm sprachlos hinterher. Was war das denn jetzt?

Der ahnt etwas; Karin, ich sag´s dir.

»Nein, das glaube ich nicht«, murmele ich.

»Das bezog sich auf meinen Auftritt im Pfandleihhaus. Er ist darüber nicht sauer, geschweige denn nachtragend. Vielleicht ist alles andere ja auch nicht so furchtbar schlimm, wie ich gedacht habe.«

In diesem Moment beugt sich Elvira zu mir hinüber und säuselt:

»Er ist einfach umwerfend, findest du nicht auch? Und du? Führst du wieder Selbstgespräche?«

Ich grinse schief. Elvira grinst ebenfalls und fragt:

»Soll ich dich am Siebenundzwanzigsten abholen? Ich trinke

sowieso nichts und schließlich hast du mich ja auch bei der Beerdigung rumkutschiert. Was hältst du davon?«

Da muss ich nicht lange überlegen.

»Das wäre wirklich nett von dir«, sage ich.

»Gut, abgemacht«, grinst Elvira. »Wir telefonieren vorher noch mal!«

Mit diesen Worten verschwindet sie, um auch von den restlichen Kollegen das Geld für den Bildband einzusammeln.

Und was ist jetzt mit den Briefen?, will Babette wissen.

»Die setzen in drei Wochen keinen Schimmel an und vielleicht ist ja alles nur halb so schlimm«, sage ich leise.

»Die Briefe kann ich ihm auch später noch geben, wenn es denn sein muss, oder?«

Man muss die Feste feiern, wie sie fallen

Zwei Wochen später sitze ich mit Frank auf der Terrasse. Nach einer fast einstündigen Trainingsstunde mit Molly haben wir uns eine Tasse Kaffee redlich verdient. Die obligatorische Tafel Schokolade liegt auf dem Tisch und Frank langt ordentlich zu. Molly hat mittlerweile spürbare Fortschritte gemacht. Sie geht viel besser an der Leine und zieht beileibe nicht mehr so schlimm, wie vorher. Rollende Gefährte sind für sie zwar immer noch der Feind Nummer eins, aber mit der Hilfe des Geschirrs hat sie gelernt, dass sie sich an der Straße benehmen muss. Auch das Spielen haben wir zur Routine gemacht. Das Beste ist aber, dass sie mittlerweile täglich zu mir kommt, und mir den Kopf auf das Bein legt, damit ich sie beschmuse. Molly hat mich als Rudelchefin akzeptiert und schon eine Menge Vertrauen zu mir aufgebaut, meint Frank. Nur in meine Augen schauen, das will sie immer noch nicht, aber damit kann ich ganz gut leben. Irgendwann wird Molly soweit sein, und dann ist sie wirklich mein Hund.

Ich selbst habe ebenfalls Fortschritte gemacht. Nach ausführlichen Telefonaten mit Frau Schmökel-Neumann und Sonja habe ich mich zwischenzeitlich recht gut mit meinem schlechten Gewissen arrangiert. Klaus scheint das Ganze schließlich mit Humor zu nehmen. Es hat ihm weiter nicht geschadet und ich habe ihn ja letztendlich nicht angezeigt, um ihm eins auszuwischen. Daher gibt es für mich keinen Grund am Boden zerstört sein, sagt Frau Schmökel-Neumann und die muss es doch schließlich wissen. Ich werde ihm nächste Woche alles beichten, wenn sich die Situation ergibt, das habe ich mir fest vorgenommen. Falls sich keine passende Situation ergibt, dann eben ein andermal. Außerdem werde ich an meiner alten Schule bleiben. Kein Versetzungsgesuch. Das war eine Panikreaktion, meint Frau Schmökel-Neumann. Professionelle Distanz ist das neue Zauberwort, und das kriege ich hin.

Mein »Stockholmsyndrom« habe ich auch überwunden. Der Mann ist schließlich verheiratet. Ich habe mich wahrscheinlich einfach nur von Elviras Schwärmerei anstecken lassen. Schließlich hatte ich ziemlich viel Stress. Aber das ist ja jetzt vorbei. Außerdem habe ich ihn schon so lange nicht mehr gesehen. Und Zeit heilt ja bekanntlich alle Wunden.

Des Weiteren habe ich noch einen Fortschritt zu vermelden. Ich habe fast vier Kilo in den letzten vier Wochen abgenommen. Die viele Bewegung hat sich also bezahlt gemacht. Molly sei Dank geht es mir hervorragend.

Als ich Frank von meinem Abend mit Doktor Kronenbusch erzählte, meinte er grinsend:

»Du hättest besser mich genommen. Da wüsstest du, was du hast. Ich bin nämlich keine Mogelpackung.«

Wir tratschen gerade über Johannes. Frank hat ihn zwar noch nicht persönlich kennengelernt, aber ich erzähle ihm immer die neuesten Neuigkeiten. Johannes hat nichts dagegen, sondern findet es völlig in Ordnung, wenn man Freunden von anderen Freunden erzählt. Nur lästern darf man nicht. Da sind wir einer Meinung.

»Und er hat tatsächlich einen Termin in diesem Hundewaschsalon gemacht?«, fragt Frank gerade.

»Ja, es hat fast zwei Wochen gedauert, bis es endlich klappte. Ich habe während der ganzen Zeit auf glühenden Kohlen gesessen. Schließlich musste ich den Mund halten und nachfragen durfte ich auch nicht, denn sonst hätte Johannes bestimmt Verdacht geschöpft. Also musste ich die Zähne zusammenbeißen und abwarten.«

Frank rutscht neugierig hin und her. Er will alles ganz genau wissen. Diesen Charakterzug mag ich auch sehr an ihm. Es macht Spaß, mit ihm zu tratschen. Es ist fast so, wie mit einer Frau. Die meisten Männer sind ja eher mundfaul und hören vielmehr aus Höflichkeit als aus Interesse zu.

Bei Frank ist das anders. Wenn er die Zeit dazu hat, kann man stundenlang alle möglichen Themen mit ihm durchhecheln, doch es wird nie unfair, gemein oder unfein. Höchstens lustig. Sei es über seine Exfrau oder eine seiner Kundinnen. Da erlebt er übrigens die haarsträubendsten Geschichten ...

»Letzte Woche war es dann soweit und Johannes hat hinterher gleich bei mir angerufen. Er hat gesagt, ich sei eine ganz Durchtriebene. Da hätte ich ihn ja ordentlich vorgeführt, und er wäre mir extrem dankbar dafür.«

»Ja, ja«, meint Frank ungeduldig. »Wie war es denn nun?«

»Ok, ok. Johannes ist also rein und war total perplex, den Kerl von der Eisdiele vor sich zu haben. Er lässt sich aber so etwas natürlich nicht anmerken. Ganz im Gegensatz zu Mättie. Der muss geguckt haben, als hätte er eine Marienerscheinung, kann ich mir vorstellen.«

»Und dann?«, will Frank wissen.

»Dann hat sich Mättie wohl wieder gefangen und ganz professionell nach Johannes Wünschen gefragt. Anschließend hat er Chanel reingeholt und die war von Harro total begeistert. Harro von ihr wohl auch und Mättie war entzückt über das schöne Paar. Dann gab es einen Kaffee, und als Mättie anfangen wollte, Harro zu waschen, hat er ihn nicht auf den Tisch gekriegt. Harro wollte nicht springen und zum Hochheben ist Mättie wohl zu zart.«

Als Frank mich ungläubig anblinzelt, zucke ich mit den Schultern.

»Das genau waren Johannes Worte: z-a-r-t, hat er gesagt und dabei ganz belämmert ausgesehen.«

»Also ist Johannes ihm zu Hilfe geeilt, habe ich recht?«, fragt Frank amüsiert.

»Aber selbstverständlich. Gemeinsam haben sie den Hund auf die Tischplatte gehievt und dabei haben sich ihre Hände das erste Mal berührt. Ist das nicht romantisch?« Frank lacht.

»Ja, fast wie im Film. Wie ging´s dann weiter?«

»Da Johannes schon mal dort war, hat er Mättie dann auch beim Waschen und Föhnen geholfen. Dabei hatten sie so ein anregendes Gespräch, dass sie die Zeit völlig vergaßen, denn plötzlich stand die nächste Kundin mit einem Zwergpinscher im Laden und Chanel hat sich als Herrin des Hauses aufgespielt und die Zähne gezeigt.«

»Da war dann wohl Chaos angesagt, schätze ich«, freut sich Frank und grinst genüsslich.

»Kann man wohl sagen«, nicke ich.

»Harro hat sofort ins gleiche Horn geblasen. Er musste ja seine neue Bekanntschaft verteidigen. Er ist vom Tisch gesprungen und hat dabei das Geschirr und die Halterung, an der er festgemacht war, einfach abgerissen und völlig demoliert.« Frank grinst wie ein Buddha.

»Es gab einen riesigen Lärm und einen ordentlichen Tumult. Das Frauchen hat ihren Pinscher ganz schnell auf den Arm genommen und ist auf einen Tisch geklettert. Dort musste sie schreiend ausharren, während die drei Hunde wie bekloppt gebellt haben.«

Mittlerweile hat Frank Tränen in den Augen. Er lacht sich schief und auch ich kann vor Kichern nicht mehr weiter erzählen.

Als ich mich wieder gefasst habe, berichte ich ihm, wie Mättie und Johannes die großen Hunde erst einmal aus dem Laden bugsieren mussten.

Anschließend wurde das Pinscherfrauchen vom Tisch geholt, mit ein bis drei Cognac beruhigt und dann mit einer Gratispediküre für Heino, den Pinscher (Frank schmeißt sich bei dem Namen quer über den Tisch) bestochen. Und zum guten Schluss wurde das mittlerweile etwas angeschickerte Frauchen noch überredet, die Pinscherwäsche auf einen anderen Tag zu verschieben.

»Mann, wär ich da gern mal Mäuschen gewesen«, lacht Frank und wischt sich über die Augen.

»Na, jedenfalls waren Johannes und Mättie der Meinung, sie hätten die Situation bravourös gemeistert. Johannes hat das kaputte Hundehaltegeschirr natürlich sofort bezahlt und danach Mättie als Wiedergutmachung zum Essen eingeladen.«

»Und? Waren sie schon?«, will Frank wissen.

»Ja, letzten Samstag. Seitdem habe ich allerdings noch nichts von Johannes gehört. Was meinst du? Ist das ein gutes oder ein schlechtes Zeichen?«

»Ich denke, es ist ein gutes Zeichen. Wenn der Abend blöd gewesen wäre, hätte er es dir sicher schon erzählt«, gibt Frank zu bedenken.

»Ich sehe ihn ja morgen beim Spaziergang. Da werde ich ihn auf jeden Fall ausquetschen und hören, wie es war.«

»Genau!«, stimmt Frank mir zu.

»Jetzt muss ich aber langsam los«, meint er mit Blick auf die Uhr und will gerade aufstehen, als es an der Tür klingelt.

Molly und ich öffnen und da steht meine kleine Schwester in Tränen aufgelöst vor mir. Ich wechsle sofort die Farbe, doch bevor ich fragen kann, was los ist, bricht es schon aus ihr heraus:

»Er iiist weheheg!«

»Was?«, ich schreie fast. »Ist was mit Robin, sag schon!«

Petra schaut mich für eine Zehntelsekunde verdutzt an, um dann gleich wieder loszuheulen:

»Nix Rohobin. Kuhurt ist weheheg.«

Mir fällt ein Stein vom Herzen. Es ist nur was mit Kurt. Ich ziehe meine Schwester in die Diele und schiebe sie vor mir her Richtung Terrasse. Dort steht Frank, schaut irritiert auf die völlig aufgelöste Petra und macht mir mit den Augen ein Zeichen. Er will wissen, was er jetzt tun soll. Ich signalisiere ihm, sich wieder hinzusetzen und er kapiert sofort. Petra schnieft vor sich hin und ich drücke sie auf den freien Stuhl neben Frank.

»So, jetzt beruhigst du dich erst einmal und dann erzählst du uns alles ganz langsam und der Reihe nach. Das da ist übrigens Frank Mallmann. Ich habe dir schon viel von ihm erzählt.«

Petra schaut ihn an und wimmert:

»Ha … Hallo, fr … freut mich.«

Ich flitze in die Küche, hole Taschentücher und entscheide mich nach kurzem Nachdenken auch für eine Flasche Sekt und drei Gläser. Wenn es tatsächlich so ist, wie ich vermute, habe (zumindest) ich einen Grund zu feiern. Als ich auf die Terrasse zurückkehre, sitzt Petra zusammengesunken auf ihrem Stuhl. Frank beugt sich mitfühlend zu ihr hinüber und redet beruhigend auf sie ein. Petra hat sich mittlerweile etwas gefasst und schnuffelt nur noch vor sich hin. Sie schnappt sich dankbar die Taschentücher, putzt sich geräuschvoll die Nase und setzt sich aufrecht.

»So, dann leg mal los«, fordere ich sie auf und tätschele ihre Hand.

Petra holt noch einmal tief Luft und lässt uns an ihrem momentanen Elend teilhaben.

»Kurt, also, er hat einfach so … Schluss gemacht. Per SMS.

Das macht man doch nihicht«, weint sie erneut los und ich stopfe ihr Taschentücher in beide Hände.

Petra schluchzt noch einmal laut auf und fängt sich dann wieder.

»Ich ha … hab dir doch er … erzählt, dass er in letzter Zeit ständig auf diesen Exku … Exkursionen war?«

Als ich nicke, fährt sie mit festerer Stimme fort.

»Von wegen, wichtig fürs Stu … Studium. Er hatte die ganze Zeit so eine junge Schnecke im Au … im Auge und nur wegen der ist er überall hin mit. Dieser Arsch!«

»Jawohl, ein Riesenarsch!«, bestätige ich und schaue Petra dabei kämpferisch an.

»Oberarsch!«, meint auch Frank.

Petra schaut ihn dankbar an und nickt. Langsam wird sie wütend.

»Und mir hat er jedes Mal die dreckige Wäsche hingeschmissen und dabei schon überlegt, wo er seine Neue am besten flachlegen kann, während ich seine Scheiß-T-Shirts und schlabbrigen Unterhosen gewaschen hab.«

»Ach, Schätzchen. Sei froh, dass du ihn los bist. Besser jetzt, als in einem Jahr. Da hättest du noch viel mehr gebügelt«, versuche ich sie aufzumuntern.

Petra kommen schon wieder die Tränen.

»Was soll ich denn jetzt Ro … Robin sagen? Er hat so gern mit Kurt Lego gespiehiehlt.«

Frank und ich legen ihr gleichzeitig die Hand auf je eine Schulter und reden ruhig auf sie ein.

»Ich komme morgen vorbei und spiele Lego mit ihm«, verspreche ich.

»Das lenkt ihn bestimmt ab. Außerdem war Kurt doch in den letzten Wochen sowieso nicht mehr oft da. Du wirst sehen, Robin steckt das weg wie nix!«

Petra schaut mich mit roten Augen an.

»Meinst du wirklich?«, fragt sie.

»Selbstverständlich!«

Ich bin total davon überzeugt, dass Robin nicht traurig darüber ist, wenn Kurt aus ihrer beider Leben verschwindet. Aber das kann ich Petra natürlich so nicht sagen. Ich jedenfalls mache innerlich die La-Ola-Welle und tanze in Gedanken Samba. Endlich macht dieser blöde Kurt die Biege.

»Wir müssen euch beide ein wenig ablenken. Dieser Mistkerl von Kurt hat es überhaupt nicht verdient, dass du so traurig bist. Wir könnten zum Beispiel zusammen ins Kino gehen«, schlage ich vor.

»Oder ihr könntet mich alle zusammen besuchen«, bringt sich Frank ins Gespräch ein. »Kommt doch morgen einfach vorbei, wenn der Welpenkurs stattfindet. Das würde Robin doch bestimmt gefallen? Mit Socke darf er natürlich auch spielen und er könnte endlich Molly kennenlernen.«

Ich bin von der Idee begeistert und öffne gut gelaunt die Sektflasche.

Nachdem Petra schnüffelnd das erste Glas getrunken hat, wird ihre Stimmung langsam besser.

»Dieser Idiot«, sagt sie inbrünstig.

»Dieser Trottel!«, werfe ich ein.

»Ein Oberdepp!«, ergänzt Frank.

»Wisst ihr, was ich mache?« Petra kommt langsam in Fahrt. »Ich stopfe die Sachen, die er noch bei mir hat, in einen Müllsack und lege sie vor die Haustür. Dann schicke ich ihm eine SMS:

»Klamotten abholen in 15 Minuten, sonst Müllabfuhr.«

Sie kichert vor sich hin und nimmt noch einen Schluck.

»Das schafft er nie«, grinse ich. »Er ist nun mal nicht der Schnellste. Was hat er dir denn überhaupt geschrieben?«

Petra kramt ihr Handy hervor und hält es mir und Frank vor die Nase.

»VERLASSE DICH. HABE NEUE FREUNDIN. SIND SEELENVERWANDT HOLE MEINE SACHEN NÄCHSTE WOCHE. KURT«

»Ich fasse es nicht.« Frank schüttelt den Kopf.

»Wie kann man nur so kaltherzig sein? Er fragt nicht nach Robin, oder entschuldigt sich in irgendeiner Weise. Du solltest seine Sachen gleich in die Mülltonne schmeißen und ihn nicht noch vorwarnen, finde ich.«

Frank ist ehrlich empört. Petra lacht.

»Ich glaube, du hast recht. Wenn ich nach Hause komme, werde ich gleich loslegen.«

»Wo ist überhaupt Robin?«, unterbreche ich die Rachegedanken der beiden.

»Ich hab ihn zu Dustin gebracht und erst danach mit Heulen angefangen«, grinst Petra mit geschwollenen Augen. »Er hat gar nichts mitbekommen. Er darf bei Dustin übernachten und ich hole ihn morgen nach der Arbeit wieder ab«.

»Wie wäre es denn dann schon heute Abend mit Kino?«, fragt Frank plötzlich. »Ich wollte sowieso endlich mal wieder einen Film angucken. Wollt ihr beiden nicht mitkommen?«

»Willst du mich wirklich so verquollen mitnehmen?«, fragt Petra amüsiert.

»Klar«, grinst Frank. »Ist doch nur vorübergehend.«

Petra grinst ebenfalls. Dann macht sie ein nachdenkliches Gesicht.

»Warum eigentlich nicht? Ich habe in letzter Zeit viel zu oft alleine zu Hause gehockt. Ja, gerne. Ich komme mit.«

»Prima«, Frank ist sichtlich erfreut. »Und was ist mit dir, Karin?«

Ich winke ab. »Nein, lass mal. Ich werde den schönen Abend lieber hier im Garten genießen. Seid mir bitte nicht böse.«

Wie ich feststelle, muss ich mir diesbezüglich überhaupt keine Sorgen machen. Petra und Frank haben sich im Nullkommanix für einen Film entschieden und sich verabredet. Dann muss Frank los, damit Socke noch seinen Abendspaziergang bekommt und Petra muss los, um Kurts Klamotten zu vernichten und sich ausgehfein zu machen. Ehe ich mich versehe, sitze ich wieder alleine auf meiner Terrasse und muss nun, ob ich will oder nicht, den restlichen Sekt alleine vernichten.

Spieglein, Spieglein an der Wand

Am nächsten Morgen, es ist Freitag, klingelt es zu nachtschlafender Zeit an der Tür. In Panik schaue ich auf den Wecker. Es ist 8.30Uhr. Um Himmels willen, wer möchte denn schon so früh etwas von mir? Im Flur bellt Molly wie bekloppt. Es muss etwas passiert sein! Ich springe aus dem Bett, rase an die Haustüre und reiße sie auf.

Statt der Polizei steht ein junger, ziemlich pickliger Kerl mit grünem Wams und grüner Baseballkappe mit der Aufschrift Fleurop vor mir und hält mir einen Blumenstrauß unter die Nase.

»Frau Berger?«, fragt er mich mit schiefem Blick, und als ich nicke, fügt er hinzu.

»Von einem Verehrer, soll ich ausrichten.«

Nach einem intelligenten »Hä?«, meinerseits, muss er sich nochmals vergewissern.

»Und Sie sind wirklich Frau Berger?«, fragt er mit einem ungläubigen Blick und mustert mich von oben bis unten.

Das reicht! Ich bin doch keine Jahrmarktsattraktion, wie die ganzkörperbehaarte Frau oder der Elefantenmensch. Kann jemand wie ich etwa keinen Verehrer haben?

»Ja, bin ich«, antworte ich knapp. «Danke.«

Mit diesen Worten schnappe ich mir den Strauß und knalle dem ungehobelten Klotz die Tür vor der Nase zu.

Hätte er nicht so unverhohlen auf mein morgendliches Aussehen angespielt, hätte ich ja vielleicht über ein Trinkgeld nachgedacht. Aber so …

Ich durchquere den Flur, um Molly in den Garten zu lassen, als mein Blick den Garderobenspiegel trifft. Sofort tut es mir leid, dass ich dem armen Kerl nichts gegeben habe. Das letzte Glas Sekt gestern Abend war vielleicht nicht mehr ganz so gut. Ich sehe jedenfalls stark gealtert aus. Unter meinen Augen haben sich die Tränensäcke sichtbar aufgeplustert und neben den normalen »Lachfalten« ziehen sich zwei ordentliche Schlaffalten quer über mein Gesicht. Durch diese Falten, die wie große Narben aussehen, habe ich eine gewisse Ähnlichkeit mit Frankensteins Monster, und wenn ich ehrlich bin, hätte der arme Blumenbote bei meinem Anblick sogar ein Anrecht auf Schmerzensgeld gehabt.

Doch nun ist es zu spät und der junge Blumenverteiler wird dieses Trauma sein Leben lang mit sich tragen müssen.

Ach Quatsch, meldet sich Babette. Nur die Harten kommen in den Garten. Der wird noch viel Schrecklicheres sehen, als dein unentfaltetes Gesicht.

Ich grinse, wünsche Molly einen guten Morgen und lasse sie nach draußen. Dann schaue ich mir den Blumenstrauß erst einmal in Ruhe an. Er ist wirklich schön. Nicht zu protzig und nicht zu klein. Fünf orange Rosen mit weißen Freesien und schmückendem Grün. Wirklich geschmackvoll. Ich suche nach einer Karte, doch es ist keine dabei. Erst dann wird mir klar, was der Blumenbote da eben gesagt hat:

Von einem Verehrer.

Ich muss mich hinsetzen und starre den Strauß wie hypnotisiert an.

Ich habe einen Verehrer? Wer kann das sein?

Vielleicht Johannes? Fürs Verkuppeln.

Oder Mättie? Fürs Verkuppeln.

Wenn es denn geklappt hat. Aber das werde ich ja frühestens heute Abend erfahren. Oder Frank? Aber warum sollte der mir Blumen schenken? Nein. Frank entfällt. Wer käme sonst noch in Frage?

Doch nicht etwa Wolfgang Kronenbusch? Klar!

Dem guten Doktor ist der Abend nach seiner Ausnüchterung vielleicht doch etwas peinlich gewesen und er will, nach reiflicher Überlegung, nun gutes Wetter machen.

Aber, bei seinem Ego hätte der doch eine Karte dazu gelegt. Alles nur, damit ich mir vor lauter Dankbarkeit sofort die Gummihandschuhe und die Möbelpolitur schnappe, anschließend mit wehenden Fahnen in seine Wohnung eile, und mich dort willig meinen Putzgenen ergebe.

Nein! Geheim passt nicht zu Wolfgang - ich hab den Größten - Kronenbusch. Also wer sonst?

Geheim ist halt geheim, orakelt Babette. Aber wäre es nicht schön, wenn ...

»Nein!«, fauche ich. »Den Gedanken verbitte ich mir, kapiert?«

Doch ich kann selbstverständlich nicht mehr aufhören, darüber nachzugrübeln, wer mir Blumen schickt.

Bestimmt war es Alex. Der macht doch gern mal einen Scherz auf Mutters Kosten. Mein Sohn lacht sich bestimmt schlapp, wenn er sich vorstellt, wie ich hier die Gedanken wälze.

Spätestens morgen ruft er an und fragt, wie mir der Strauß gefallen hat. Genau! Es wird Alex gewesen sein.

Eigentlich schade, denke ich und stelle die Blumen in eine passende Vase und dann auf den Esstisch. So ein kleines Geheimnis hätte mir echt gut gefallen. Auf jeden Fall sind die Blumen sehr schön und ich werde ihren Anblick beim Frühstück genießen. Als ich mir gerade meine zweite Tasse Kaffee eingieße, klingelt das Telefon. Es ist meine kleine Schwester.

Mit einem fröhlichen »Guten Morgen«, begrüßt sie mich.

Ich muss gar nicht erst fragen, ob ihr der gestrige Abend gefallen hat.

Sie lässt sich nicht lange bitten, sondern plappert sofort drauf los.

»Mensch Karin, der Film gestern Abend war spitze. Wir haben ja so gelacht. Frank ist ein wirklich netter Typ. Da hast du nicht übertrieben. Wir hatten richtig viel Spaß zusammen.«

»Und was ist mit Kurt?«, frage ich.

»Ach, du meinst den Typen, der nur noch eine sehr bescheidene Auswahl an Kleidungsstücken besitzt?«, antwortet Petra und lacht.

»Gleich, nachdem ich gestern nach Hause kam, habe ich seine gesamte Habe in einen Müllsack gepackt und in den großen Müllcontainer in der Körberstraße gestopft. Das war vielleicht ein tolles Gefühl, kann ich dir sagen. An diesen Idioten verschwende ich doch keinen Gedanken mehr.

Der wird schon sehen, was er davon hat, sich so daneben benommen zu haben!«

Ich staune über Petras Kampfgeist und bringe dies auch gleich zum Ausdruck.

»Gute Einstellung, Schwester. So kommst du am besten über die Trennung hinweg. Ich bin fest davon überzeugt, dass du etwas Besseres verdient hast, als diesen Kurt.«

»Ja, weiß ich. Das hast du mir ja ständig gepredigt. Und soll ich dir was sagen? Wenn ich ehrlich bin, war ich gar nicht wirklich verliebt in ihn. Ich wollte nicht allein sein, und er war halt da. Ich mochte ihn. Aber das hat sich jetzt auch erledigt. Du hattest also wieder einmal recht, große Schwester. Übrigens habe ich vor, heute Nachmittag nach der Arbeit zu Frank rauszufahren. Er hat doch gestern gefragt und ich habe zugesagt. Willst du auch kommen?«

Wieso habe ich nur das Gefühl, dass Petra gar nicht so traurig wäre, wenn ich jetzt ablehnen würde?

»Du, ich schaffe das wohl doch nicht«, schummle ich daher ein bisschen.

»Ich will heute noch die restlichen Formulare für den Förderverein an den Mann bringen, anschließend alles im Tierheim abliefern und dann bin ich ja noch mit Johannes zum Spaziergang verabredet. Das wird mir einfach zu knapp.«

Petra scheint erleichtert zu sein und meint:

»Schade, aber ich kann dich verstehen. Vielleicht dann ein anderes Mal. Robin kann Molly ja auch noch später kennenlernen. So, ich muss Schluss machen, die Frühstückspause ist gleich rum. Bis bald. Ich halte dich auf dem Laufenden.«

Ich grinse vor mich hin. Die Ablenkung durch Frank wirkt Wunder. Es scheint ihr wirklich besser zu gehen. Das finde ich prima. Nur konnte ich ihr jetzt leider gar nichts von meinem geheimen Verehrer erzählen.

Nach dem Frühstück schnappe ich mir Molly und wir ziehen los, um die letzten fünf Anmeldeformulare für den Förderverein unter die Menschheit zu bringen. Tatsächlich klappt es besser, als erhofft. Schon nach ungefähr zwei Stunden haben wir unsere Mission erfüllt und ich fahre stolz zum Tierheim, um alles abzugeben. Dort angekommen schallt uns das Bellen der Hunde entgegen und ich sehe kurz darauf die nette Tierpflegerin aus Richtung der Zwinger auf mich zukommen. Sie begrüßt mich freundlich und wendet sich dann an Molly.

»Na, wenn das nicht unsere Molly ist. Hallo Schönheit.«

Sie streichelt Molly über den Kopf und blickt mich lächelnd an.

»Molly sieht sehr gut aus. Sie hat mit Ihnen wohl das große Los gezogen.«

»Aber ich auch mit ihr«, entgegne ich und erkläre ihr den Grund meines Besuches. Sie bittet mich, ihr ins Büro zu folgen. Dort sitzt Hannes vor einem Computer und tippt hektisch etwas ein. Er schaut nur kurz auf, und begrüßt mich mit einem: »Hallo Frau Berger. Wie geht es denn so?«, versenkt sich dann aber sofort wieder in seine Arbeit, ohne meine Antwort abzuwarten. Er scheint wirklich sehr beschäftigt zu sein. Hoppelhasenmäßig eifrig.

Ich muss grinsen.

Die Tierpflegerin bittet mich um einen Augenblick Geduld und verschwindet durch eine Tür, um kurz darauf mit Frau van der Kauten im Schlepptau zurückzukehren. Das hatte ich jetzt nicht erwartet, muss ich zugeben. Doch was soll´s? Schließlich bin ich über alles hinweg, oder?

Ich gebe Frau van der Kauten die Hand und stelle mich vor.

Dann packe ich meine Anmeldeformulare auf den Tisch und Frau van der Kauten nickt anerkennend.

›Tolle Leistung, Frau Berger«, strahlt sie mich an.

Sie wirkt sehr sympathisch und hübsch ist sie auch.

»Wenn das so weitergeht, werden wir die größten Probleme bald gemeistert haben«, sagt sie und krault Molly den Kopf.

»Wie viele Anmeldungen haben Sie denn schon?«, erkundige ich mich.

»Sie werden es nicht glauben, aber es sind jetzt schon bereits über 250. Wir sind überwältigt von so viel Hilfsbereitschaft. Es ist einfach toll.

»Super!«, stimme ich zu und überlege gerade, ob ich ihr erzählen soll, dass ich bald mit ihrem Mann zusammenarbeiten werde, als die Tür aufgeht und Klaus den Raum betritt.

Sofort schießt mir das Blut zu Kopf und ich beuge mich zu Molly hinunter, damit er es nicht bemerkt.

Er begrüßt seine Frau mit einem Kuss auf die Wange und sagt: »Hallo Karin. Schön, dich schon so bald wiederzusehen.«

Professionelle Distanz, ruft Babette.

Also richte ich mich auf und lächle ihn an.

»Ihr kennt euch«, zeigt seine Frau sich ehrlich erstaunt.

»Karin unterrichtet auch an der Siegbertschule und außerdem haben wir uns vor zwei oder drei Wochen schon einmal zufällig getroffen, als sie mit Bauunternehmungen beschäftigt war«, sagt Klaus grinsend.

Ich runzele die Stirn. Dann fällt mir ein, was er meint. Meine Aufhäufelung. Der Dreckvulkan.

»Ach, Sie bauen?«, fragt mich Frau van der Kauten interessiert.

Oh, du meine Güte, wo bin ich jetzt bloß wieder reingeraten?

»Also, ich habe da kein Haus gebaut, wenn Sie das meinen«, stottere ich, doch da kommt mir Klaus zu Hilfe.

»Es hatte was mit deinem Fach zu tun. Naturwissenschaften war es nicht so?« Er grinst noch breiter.

»Ja, ich habe nur etwas ausprobiert«, gehe ich auf seinen Witz ein.

»Ach, schade«, meint Frau van der Kauten.

»Wir wollen nämlich auch bauen und suchen noch jemanden, der uns eine wirklich zuverlässige Firma empfehlen kann. Der Markt ist einfach zu unübersichtlich.«

Ich lächle, als hätte ich Ahnung vom derzeitigen Immobilienmarkt und höre mich sagen:

»Da kommt ja viel Neues auf Sie zu. Haben Sie sich denn für einen bestimmten Stadtteil entschieden?«

»Wir stecken gerade mal in den Planungsanfängen«, erklärt mir Frau van der Kauten und lächelt.

»Es ist zwar anstrengend, aber auch total spannend. Ich kann es kaum abwarten, bis wir ein schönes Grundstück gefunden haben.«

»Das ist ja interessant«, sage ich und schaue mich nach einem Fluchtweg um. Doch da hat mein Schulleiter in spe gerade sein Interesse an meinen Hund entdeckt. Er hockt sich vor Molly hin, lässt sie an seiner Hand schnuppern und krault sie ausgiebigst. Dabei redet er mit seiner angenehm dunklen Stimme beruhigend auf sie ein und Molly genießt sichtlich die Zuwendung.

»Da ist ja auch der wilde Hund. Wie heißt er denn?«

»Sie heißt Molly«, antworte ich.

»Eine Hübsche und gar nicht so wild, wie sie immer tut. Stimmt´s, Molly?«, schmeichelt er ihr und Molly sitzt mit hoch erhobenem

Haupt da und lässt sich bewundern. Als mein Chef wieder aufsteht, ist das endlich mein Zeichen zum Aufbruch.

»So, jetzt müssen wir aber los. Wir sehen uns dann nächsten Freitag,« sage ich und gebe Frau van der Kauten die Hand.

»Tschüss Frau Berger«, verabschiedet sie mich freundlich und auch mein Chef schüttelt mir die Hand und lächelt mir zu.

»Bis Freitag.«

Dann bin ich endlich draußen und hole tief Luft.«

Na, so schlimm war es doch gar nicht, meint Babette.

»Aber es war irgendwie eigenartig«, sage ich und gehe zum Auto.

Nachdem ich meine Mittagsrunde mit Molly absolviert habe, telefoniere ich mit Sonja, die mir stolz ihre neuesten Spanischkenntnisse vorführt.

Sie kann jetzt zum Beispiel fragen, wo die nächste Toilette ist, oder wie viel ein halbes Pfund Tomaten kostet. Hut ab!

»Kannst du auch schon auf Spanisch sagen: Mir ist schlecht, weil ich zu viel getrunken habe«, lache ich und Sonja kichert und meint: »Das muss ich Xavier in der nächsten Stunde unbedingt fragen.«

Dann erzählt sie mir von ihrem täglichen Kleinkrieg mit Konrad. Wie er mal wieder die Brotkrümel auf dem Tisch hat liegen lassen, oder seine Socken nicht in den Wäschekorb, sondern wie immer vor die Dusche geworfen hat. Das Übliche also.

Es hat auch seine Vorteile, keine Beziehung zu haben, stellt Babette fest und ich nicke.

»Der Sportwagen ist übrigens Geschichte«, sagt Sonja gerade.

»Aha, hat er es sich doch noch anders überlegt?«

»Ja, hat er. Schließlich hast du ihn ja auf die glorreiche Idee mit dem Jaguar gebracht. Jetzt hat er sich den auch schon bestellt.«

»Bist du denn damit auch nicht zufrieden?«

»Doch schon«, meint sie. »Aber jetzt will er, dass ich ihm einen Schal und die passende Mütze dazu in den Jaguarfarben stricke.«

»Ok, ich mache für ihn einen Termin bei Frau Schmökel-Neumann, wenn du willst«, antworte ich lachend.

»Solange nicht noch Schlimmeres kommt, versuche ich es noch einmal im Guten. Also habe ich schon mal die Stricknadeln bereitgelegt«, sagt Sonja trocken und verspricht mir, mich in der nächsten Woche zu besuchen und mit mir und Molly spazieren zu gehen.

Nicht lange nachdem wir aufgelegt haben, klingelt das Telefon erneut und es ist, wie schon erwartet, mein Sohn Alex.

Aha, hier will wohl jemand nachhören, ob sein Blumenstreich geglückt ist.

»Hi, Alex«, begrüße ich ihn erfreut und er erzählt mir von der vergangenen Woche. Sie mussten mit ihrer Katze zum Tierarzt, weil sie Milben hatte. Igitt! Er erzählt mir alles bis ins kleinste Detail. Von der Entdeckung der ekligen Krabbelviecher, über den Besuch beim Arzt, den die Katze in den Daumen gebissen hat, bis zur völligen Vernichtung aller Parasiten. Anschließend berichtet er über einen beruflichen Erfolg.

Alex ist Vermögensberater einer großen Firma und wirklich gut in seinem Job. Er verdient eine Menge Geld, hat dafür aber auch oft Stress. Für mich wäre das nichts, aber er geht in seiner Arbeit auf. Der Nachteil dabei ist allerdings, dass wir uns nur sehr selten sehen.

»Hör mal, Mum. Was hältst du denn davon, wenn wir am Sonntag zum Kaffee kommen? Wir waren schon so lange nicht mehr da und ich möchte jetzt endlich deine Molly kennenlernen.«

Gerne willige ich ein und wundere mich darüber, dass er die Blumen mit keinem Wort erwähnt hat. Normalerweise hält er es vor lauter Neugierde nicht lange aus. Ganz die Mutter, schmunzle ich und platze heraus:

»Du, die Blumen sind wirklich sehr schön. Vielen Dank. Da hast du aber einen guten Geschmack bewiesen, oder hat dein Schatz Silvie sie etwa ausgesucht?«

Einige Sekunden ist es still. Aha, habe ich ihn also erwischt.

Dann lässt Alex ein Überzeugendes:

»Hallo? Wovon redest du, Mutter?«, vernehmen.

Er klingt ehrlich erstaunt und ich erzähle ihm von meiner geheimnisvollen Blumenlieferung. Alex lacht laut heraus und weist diese Art von Überraschung weit von sich.

»Tut mir leid, aber du musst schon selbst herausbekommen, wer dieser Verehrer ist. Ich verehre dich natürlich auch, aber die Blumen sind definitiv nicht von mir.«

Dann lacht er noch einmal und meint:

»Ich fasse es nicht. Schau einer an. Da hast du ja offensichtlich jemanden sehr beeindruckt. Je oller, je doller. Kaum lässt man dich mal aus den Augen, verdrehst du den Männern schon reihenweise den Kopf.«

»Ich fühle mich zwar geschmeichelt, aber jetzt übertreibst du mal wieder«, wehre ich ab, doch ehrlich gesagt, freue ich mich, dass die Blumen nicht von Alex sind und ich noch weiter spekulieren darf, von wem der Strauß sein könnte. Alex will natürlich wissen, wen ich im Verdacht habe, doch ich muss zugeben, dass ich tatsächlich nicht die geringste Ahnung habe.

Als wir uns verabschieden, ist es schon wieder Zeit für die Abendrunde und ich freue mich auf Johannes und auf das, was er mir zu erzählen hat.

Als ich am Waldparkplatz ankomme, steht Johannes an seinen Wagen gelehnt da. Harro sitzt neben seinem Herrchen und die beiden wirken ein wenig verloren auf mich. Johannes schiebt mit dem rechten Fuß kleine Steinchen herum und erinnert mich an eine Frau im blauen Kleid, die man vor einem chinesischen Restaurant versetzt hatte. So sieht kein glücklich Verliebter aus, denke ich bestürzt und mache mich auf das Schlimmste gefasst.

Auch nachdem ich ausgestiegen bin und Molly aus dem Wagen geholt habe, steht er noch immer so da und scheint seinen Gedanken nachzuhängen. Erst als Harro kräftig an der Leine zieht, weil er Molly begrüßen möchte, erwacht Johannes aus seiner Lethargie und schaut erstaunt hoch. Als er mich sieht, huscht ein Lächeln über sein schönes Gesicht und er lässt Harro losflitzen. Während sich die Hunde stürmisch begrüßen, schaue ich Johannes prüfend an. Er sieht übermüdet aus und irgendwie traurig, oder bilde ich mir das nur ein?

»Hallo Karin«, begrüßt er mich und küsst mich auf die Wange.

»Molly ist ja gut drauf«, bemerkt er dann mit Blick auf das Hundeknäuel, das vor uns herumwuselt. Ich nicke irritiert. Ich hatte eigentlich erwartet, dass er mir um den Hals fallen und sich stürmisch für meine Verkupplungsaktion bedanken würde, doch nichts dergleichen geschieht. Er wirkt erschreckend ruhig und gefasst.

Das hat wohl nicht geklappt, stellt Babette fest. *Verkuppeln führt zu nichts, hab ich dir doch gleich gesagt.*

Ich schüttle unwillig den Kopf.

Natürlich würde ich Johannes jetzt am liebsten bestürmen, mir alles zu berichten, doch ich merke, dass er Zeit braucht. Er wird schon von sich aus erzählen, was los ist, wenn er das will.

Wir schweigen also, während wir die ersten hundert Meter gehen. Auch bei den nächsten zwei-, vier-, und sechshundert Meter kommt kein Ton über Johannes Lippen, sondern er starrt einfach vor sich hin. So langsam wird mir das Ganze unheimlich. Ist etwas Schlimmes passiert? Doch ich traue mich einfach nicht, das Gespräch zu beginnen und warte weiterhin ab.

»Mensch, Karin. Mich hat´s total erwischt«, bricht Johannes endlich das Schweigen und ich atme erleichtert auf.

»Das ist doch klasse«, erwidere ich, doch Johannes schüttelt den Kopf.

»Es ist alles nicht so einfach«, meint er.

»So, jetzt erzähl mal von Anfang an, damit ich verstehe, was du meinst«, bitte ich und höre ihm anschließend gespannt zu.

Und Johannes erzählt.

Mättie und er waren, wie abgemacht, am Samstagabend gemeinsam essen und es war toll. Sie konnten jede Menge Gemeinsamkeiten entdecken. Sei es nun ihre Begeisterung für Hunde, ihr Musikgeschmack oder die Vorliebe für chinesisches Essen.

»Es war, als würde ich in einen Spiegel schauen. Fast schon verrückt «, versucht mir Johannes seine Gefühle zu erklären.

Ich nicke und höre weiter zu.

Je weiter der Abend voranschritt, desto sicherer wurde sich Johannes, den Mann seines Lebens vor sich zu haben.

»Wir teilen die gleiche Art von Humor, lieben Bücher von Berthe Bratt und spielen gerne Scrabble. Wir fahren häufig mit dem Fahrrad, kochen leidenschaftlich gerne, gehen ins Fitnessstudio und hassen die Simpsons. Das kann doch kein Zufall sein, Karin. Was denkst du?«, möchte Johannes wissen und ich gebe ihm natürlich recht.

»Das hört sich doch alles fantastisch an«, finde ich.

»Warum wirkst du denn dann so bedrückt auf mich? Mag er dich nicht so, wie du ihn?«

»Ach Karin«, seufzt Johannes und ich drücke seine Hand.

»Er hat mich gern, aber er lebt schon seit drei Jahren in einer festen Beziehung und er will seinen Partner nicht betrügen.«

»Das spricht doch für ihn, oder nicht?«, werfe ich ein und Johannes nickt.

»Ja, klar spricht das für ihn. Er ist treu und das ist nicht unbedingt die Regel, würde ich sagen. Aber ich habe jetzt dadurch die schlimmsten Depressionen, denn ich kann nichts weiter tun, als abzuwarten, wie sich Matthias entscheidet und diese Entscheidung muss ich dann akzeptieren«, meint Johannes bekümmert.

»Dann ist es bei euch auch nicht viel anders als bei uns Heteros«, stelle ich fest. »Wenn richtige Gefühle ins Spiel kommen, dann leidet man, stimmt´s?«

Johannes nickt und ich drücke ihn ganz fest.

»Habt ihr euch denn noch einmal verabredet?«, will ich wissen.

»Matthias hat gemeint, dass er etwas Zeit braucht, aber er will sich bei mir melden, wenn er weiß, was er tun soll«, erzählt Johannes gequält und ich weiß genau, wie ihm zumute ist.

Um ihn abzulenken, erzähle ich ihm von meinem geheimen Verehrer und schaffe es tatsächlich, ihn zum Lachen und auf andere Gedanken zu bringen. Als wir uns nach einer Stunde wieder verabschieden, verspricht er mir, sich bei mir zu melden, sobald er etwas Neues erfährt.

Und erstens kommt es anders und zweitens als man denkt

Am letzten Ferienfreitag wache ich vom Schrillen meines Weckers auf. Ich muss mich langsam wieder an dieses Geräusch gewöhnen. Nächste Woche wird mein normaler Alltag einkehren und Molly wird sich ebenfalls mit der neuen Situation auseinandersetzen müssen. Sie wird dann morgens alleine sein, und ich hoffe, dass sie sich genügend eingewöhnt hat, um diese Stunden ohne Zerstörungsanfälle zu überstehen. Ich bleibe noch einen Moment liegen und lasse die letzten Tage Revue passieren.

Vergangenen Freitag war ich ganz spontan mit Petra aus. Es wurde ein toller Abend. Erst waren wir eine Kleinigkeit essen, danach im Kino und anschließend in einem neuen Tanzcafé. Wir hatten so viel Spaß wie ewig nicht. Ich wurde sogar mehrmals zum Tanzen aufgefordert und amüsierte mich prächtig. Wie konnte ich nur vergessen, wie gern ich früher getanzt habe?

Petra lernte einen netten Typ namens Bernd kennen und hat sich mit ihm für heute, an gleicher Stelle verabredet, denn ich habe ihr angeboten, nach Robin zu sehen. Schließlich ist er mein Patenkind und Petra hat nicht oft die Möglichkeit auszugehen. Die Klaus van der Kauten Party muss dann eben ausfallen. Das ist nicht so schlimm.

Bist du dir da ganz sicher? Babette scheint nicht wirklich überzeugt.

Petra und Robin waren letzte Woche bei Frank zu Hause und Petra ist von seinem Anwesen ebenso begeistert wie ich. Robin fand die Hunde und besonders die Welpen total süß und Petra musste ihm versprechen, dass er auch einen Hund bekommt, wenn er alt genug ist.

Wie ich meine Schwester kenne, muss er dafür aber mindestens fünfunddreißig werden, aber das hat sie ihm natürlich nicht gesagt. Sie und Robin mögen Frank und wollen ihn bald wieder besuchen.

Kurt kam samstags und wollte seine Sachen abholen. Petra hat ihn aber nicht einmal mehr in die Wohnung gelassen, sondern ihm erklärt, sie hätte, da sie ja seine soziale Art kenne, alle seine Sachen für wohltätige Zwecke gespendet. Dann hat sie ihm die Tür vor der Nase zugeschlagen und sich gefreut, wie ein kleines Teufelchen.

Meine Schwester macht Fortschritte, finde ich und bin sehr stolz auf sie.

Frank kam letzten Samstag zur verabredeten Trainingsstunde und war sehr zufrieden mit Mollys Fortschritten.

Als ich ihm allerdings beim anschließenden Kaffeetrinken von Petras Verabredung erzählte, war er sichtlich geknickt. Er scheint Petra zu mögen und hatte wohl vorgehabt, sie für heute zum Essen einzuladen. Ich habe ihm geraten, es auf jeden Fall zu versuchen. Mal sehen, für wen sie sich entscheidet.

Sonntags kamen Alex und Silvie und waren sofort von Molly begeistert. Alex durfte ihr den Gummiadler werfen und Silvie war im Schmusebereich tätig. Wir verbrachten einen schönen Tag zusammen und Alex beteuerte nochmals, dass die Blumen nicht von ihm stammten.

Oberkommissar Gerber hat sich gemeldet und mir mitgeteilt, dass der Einbrecher durch die Last der Beweise überführt werden konnte, und den Einbruch in mein Haus, sowie weitere vier gestanden hat. Ich muss daher nicht als Zeugin bei der Gerichtsverhandlung aussagen.

Darüber bin ich wirklich nicht traurig. Die Brosche bleibt noch bis nach der Verhandlung als Beweisstück bei der Polizei. Dann bekomme ich sie wieder zurück.

Von Johannes habe ich bisher noch nichts gehört. Herr Mättie scheint nicht von der schnellen Truppe zu sein. Wie kann man bei einem Mann wie Johannes so lange überlegen?

Was weißt du schon darüber, wie anderer Mütter Jungs so ticken, erinnert mich Babette.

»Wie wahr«, sage ich und strample meine Bettdecke herunter. Als ich ins Wohnzimmer trete und Molly begrüße, schaut sie mich ungnädig an und stakst nach draußen.

Was hat Madame denn heute?, wundere ich mich und dann wird mir schlagartig klar, was gerade passiert ist.

Sie hat mich angeschaut! Zwar sehr ungnädig, aber unübersehbar. Ich bin sprachlos. Das muss ich sofort noch einmal überprüfen.

Als Molly nach kurzer Zeit wieder das Wohnzimmer betritt, spreche ich sie wie immer an:

»Na, was ist dir denn heute über die Leber gelaufen?«

Molly hebt den Kopf und blickt mir, als sei es das Selbstverständlichste der Welt, in die Augen, und sie ist eindeutig nicht gut gelaunt.

Ich muss also etwas falsch gemacht haben.

Als ich in die Küche gehe, um ihr Futter zu richten, weiß ich auch, welcher fatale Fehler mir unterlaufen ist. Ich habe gestern Abend doch tatsächlich vergessen, sie zu füttern.

Nach unserem gestrigen Abendspaziergang rief meine Mutter an. Das Gespräch dauerte ewig und danach muss ich Mollys Futter einfach vergessen haben. Ich Rabenfrauchen!

Molly hat es offensichtlich nicht vergessen und ist sauer auf mich, weil sie Hunger schieben musste. Das ist also der Grund, warum sie mich so beleidigt anschaut. Es ist nicht zu fassen! Hätte ich sie vorher schon mal hungern lassen, hätte Madame Molly bestimmt schon viel früher vorwurfsvoll geguckt. Bisher hatte sie offensichtlich keinen Grund, denn es lief für sie ja alles wie geschmiert.

Wenn ich das Frank erzähle, fällt er ins Koma.

Schnell fülle ich Mollys Napf mit der eineinhalbfachen Portion Futter und stelle ihn ihr vor die Nase. Ein letzter kurzer Blick meines Hundes, der da sagen soll: »Na also. Geht doch«, und ich bin wieder Luft für sie.

Kopfschüttelnd bereite ich mir mein Frühstück zu und vertiefe mich in die Zeitung.

Als ich den Lokalteil aufschlage, lese ich:

Tierheim gerettet

Unterschriftenaktion erfolgreich. Stadt gibt nach.

Darunter prangt ein großes Foto, das Herrn Gröbner, Frau Hämmerlein sowie Frau van der Kauten und einen mir unbekannten Mann zeigt.

Die Unterschrift des Fotos lautet:

Die Vorsitzenden des Fördervereins, (von links) E. Gröbner, B. Hämmerlein, S. van der Kauten, sowie deren Lebensgefährte A. Buchner als neu gewählter Schriftführer, freuen sich über die große Resonanz in der Bevölkerung und den Erfolg der eingebrachten Petition.

Hoppla? Ich lese das Ganze noch einmal und bin baff. Frau van der Kauten mit Lebensgefährte? Jetzt bin ich doch etwas verwirrt. Letzte Woche hat sie mir doch noch erzählt, dass sie bauen wollen. Vielleicht hat die Zeitung einen Fehler gemacht, denke ich und lese den Artikel. Durch die vielen Unterschriften der Bürger war die Stadt gezwungen, die Zuschüsse für das Tierheim wieder freizugeben. Die Krise ist damit abgewehrt. Prächtig, denke ich und bin stolz, dabei mitgeholfen zu haben.

Nachdem Molly gefressen hat, ist sie wieder besserer Laune. Sie liegt in ihrem Körbchen und schaut mich lächelnd (ja, Hunde können lächeln) an und wedelt mit dem Schwanz. Dann kommt sie zu mir und lässt sich streicheln. Frank hatte recht. Sie hat Vertrauen zu mir gefasst und sucht nun auch den Blickkontakt. Endlich! Anscheinend ist sie über den Berg und fängt an, sich wie ein richtiger Hund zu benehmen. Ich kraule Molly am Kinn und bin fast glücklich.

Nach dem Frühstück und einem ausgiebigen Spiel mit Molly setze ich mich an meinen Schreibtisch und bereite mich auf die kommende Woche vor. Mit Aufräumen und Umräumen, Bücher sichten und Zusatzmaterial zurecht legen vergehen die nächsten drei Stunden wie im Flug und schon ist es Zeit für die Mittagsrunde.

Als ich wieder ins Haus komme, blinkt der Anrufbeantworter. Ich drücke auf die Abhörtaste und es ist Johannes.

»Hi Karin. Ich bin's Johannes«, sagt er.

Er klingt besser. Nicht mehr so deprimiert.

»Du bist die Größte und du hast ein Essen und noch viel mehr bei mir gut. Dank dir bin ich jetzt im siebten Himmel. Du kannst es dir natürlich schon denken. Matthias will mit mir zusammen sein. Er hat alles schon mit seinem Freund geklärt und ob du es glaubst oder nicht.

Der hatte schon länger eine Affäre. Er wollte Matthias nur nicht verletzen und hat auf die richtige Gelegenheit gewartet, es ihm zu sagen. Na, die war ja jetzt da, und sie haben zusammen ein bisschen geheult und auch gelacht, sagt Matthias.

Ach, ich bin so happy, das kannst du dir gar nicht vorstellen. Fühl dich ganz feste gedrückt. Ich melde mich die Tage noch einmal. Wir gehen doch weiter zusammen spazieren? Ich erzähle dir dann alles noch genauer. Bis dann, du Allerbeste.«

Verkuppeln will halt gelernt sein, tönt Babette stolz und ich freue mich.

Als ich mich nach dem Essen ein wenig aufs Sofa legen will, klingelt erneut das Telefon. Es ist Petra. Sie will sicher wissen, ob das mit dem Babysitten heute auch klappt, denke ich und melde mich mit:

»Hallo Schwester. Ja, ich kümmere mich heute Abend um Robin und ja, er darf bei mir schlafen«.

»Wieso bei dir schlafen«, entgegnet Petra, »das hatten wir doch gar nicht ausgemacht«.

Ich erzähle ihr daraufhin von Mollys Durchbruch und sie freut sich sehr darüber.

»Das ist ja super«, meint sie und fährt fort:

»Schade, dass die Zusammenführung der beiden noch etwas warten muss.«

»Was bedeutet das denn jetzt schon wieder«, frage ich erstaunt.

»Molly erfüllt doch jetzt alle deine Bedingungen. Was willst du denn noch mehr?«

»Ich will Robin heute Abend mitnehmen«, erwidert sie gut gelaunt und ich verstehe nur Bahnhof.

»Du willst Robin mit ins Tanzcafé nehmen? Bist du übergeschnappt?«, frage ich entrüstet. Petra lacht.

»Planänderung, große Schwester. Gestern Abend rief Frank an und hat sowohl mich als auch meinen Sohn zu sich zum Essen eingeladen.«

»Und?«, frage ich.

»Ich habe zu- und diesem Bernd abgesagt. Ich hatte ja seine Handynummer auf dem Bierdeckel notiert, wie du dich sicher erinnerst.«

Ich erinnere mich.

»Jedenfalls möchte ich den Abend viel lieber mit Frank verbringen, als mit einem wildfremden Typen, der noch nicht einmal gut tanzt«, kichert Petra und meint dann plötzlich viel ernster:

»Du, ich glaube, dass Frank mir echt gefällt. Du weißt schon wie?«

»Und ich glaube, du gefällst ihm auch. Du weißt schon wie«, antworte ich ehrlich.

»Meinst du wirklich?«, Petra muss sich immer alles bestätigen lassen.

»Und ob« bekräftige ich daher meine Aussage.

»Als ich ihm von deiner Verabredung mit Bernd erzählt habe, war er am Boden zerstört.«

»Wirklich?«

»Jaha«, sage ich. »Wirklich.«

Petra ist entzückt.

»Er ist so witzig und so souverän, findest du nicht? Und er sieht gut aus. Nicht?«

»Doch. Er sieht gut aus und er ist witzig und ein richtig toller Mann. Ehrlich, wirklich und geschworen!«

»Ok, ok,« lacht Petra.

»Jedenfalls kannst du jetzt den Abend verbringen, wie du willst. Ist doch auch was, oder?«

»Das stimmt«, sage ich.

»Gut, dann wäre das ja geregelt. Wünsch mir Glück und genieße deinen freien Abend! Tschüss, Karin.«

Nachdem ich aufgelegt habe, rufe ich Elvira an und bitte sie, mich zur Party mitzunehmen. Sie will um halb sieben bei mir sein. Wir reden noch kurz, und als ich auf die Uhr schaue, merke ich, wie wenig Zeit ich noch habe. Schließlich muss ich ja mit Molly viel früher rausgehen als sonst, damit ich zur Abholung gestriegelt und gebügelt auf dem Tablett stehen kann. Oder soll ich Molly vielleicht einfach mitnehmen?

Ich kenne die Waldhütte, die Klaus van der Kauten gemietet hat. Da ist viel Platz drum herum und Molly könnte an der Schleppleine laufen. Ich könnte den Gummihahn einpacken und bestimmt fände sich der ein oder andere Hundebespieler.

Schnell rufe ich nochmals Elvira an und frage sie nach ihrer Meinung. Sie findet die Idee völlig in Ordnung und freut sich darauf, Molly kennenzulernen. Das wäre also geklärt.

Doch jetzt zum nächsten Problem:

Was ziehe ich an?

Nach kurzer Überlegung entscheide ich mich für meine neue Jeans und ein anthrazitfarbenes Twinset. Eine warme Jacke werde ich auch noch mitnehmen, denn abends wird es schon merklich kühler. Nun habe ich noch ausreichend Zeit zu duschen und mich aufzubrezeln.

Pünktlich um halb sieben hupt Elvira vor dem Haus. Sie ist extra ausgestiegen, um Molly genauer kennenzulernen und findet sie klasse. Molly macht auch einen wirklich guten Eindruck. Sie wedelt freudig und lässt sich streicheln. Dann hüpft sie brav in den Kofferraum und es geht los. Während der Fahrt erzählt Elvira mir die neuesten Gerüchte. Ich höre nur mit halbem Ohr zu, doch als Elvira etwas über Klaus van der Kauten sagt, hat sie meine volle Aufmerksamkeit.

»Du hattest recht. Er ist wirklich verheiratet. Seine Frau heißt Sybille und ist freiberuflich für einen Verlag tätig. Nebenher engagiert sie sich für den Tierschutz und ist im hiesigen Tierheim sehr aktiv.«

Also doch! Plötzlich ist meine gute Laune wie weggeblasen.

Sag mal, spinnst du jetzt total?, schimpft Babette.

Die Zeitung hat halt einen Fehler gemacht. Na und? Was hast du dir denn überhaupt eingebildet? Dass du ihm gefällst? Nur, weil er dich ein paar Mal registriert hat? Mensch, wie blöd kann man denn sein?

Sei es doch, wie es will. Babette hat auf jeden Fall recht. Ich sollte aufhören, mich zum Deppen der Nation zu machen. Ich werde den Abend genießen und lasse Klaus Klaus sein, ob verheiratet oder nicht. Ist mir doch wurscht und damit basta!

Elvira plappert munter weiter.

»Wenn es so ist, dann wird es sicherlich einige lange Gesichter geben. Hast du gesehen, wie die olle Meierling ihn angestiert hat. Der sind ja fast die Augen rausgefallen. Die wird vielleicht enttäuscht sein.«

Elvira lacht und ich lache mit. Ich werde mich heute amüsieren. Wäre ja noch schöner. Einen Vollbartträger, pah! Ich doch nicht.

»Was machst du denn auf einmal für ein Gesicht?«, fragt Elvira besorgt.

»Ach, nichts weiter. Oh, wir sind ja schon fast da«, lenke ich ab und tatsächlich fährt Elvira wenig später auf den Parkplatz in der Nähe der Waldhütte. Es stehen schon jede Menge Autos dort, und als ich aussteige, schallen mir Musik und Gelächter entgegen. Elvira wuchtet unter Schnaufen einen großen Korb vom Rücksitz und flüstert mir zu: »Das Geschenk.«

Ich nicke und hole Molly aus dem Kofferraum.

Dann schlendern wir drei Richtung Hütte und werden gleich von Katja, Cornelia und Hermine, einer Lehrerin für Werken und künstlerisches Gestalten, begrüßt, die jede mit einem Glas Sekt in der Hand an der Tür stehen.

»Wen hast du uns denn da mitgebracht«, freut sich Katja, geht sofort vor Molly in die Knie und tätschelt sie.

Ich begrüße die drei und erzähle nicht zum letzten Mal an diesem Abend Mollys Geschichte. Als wir die Hütte betreten, geht es genauso weiter.

Molly ist die Heldin des Abends und genießt es sichtlich. Der Lärm und die vielen Leute scheinen ihr überhaupt nichts auszumachen. Vielleicht war sie ja ein Kneipenhund oder ihr Herrchen war Alkoholiker, mutmaße ich, denn sie ist zu jedem freundlich, lässt sich streicheln und schnuppert überall neugierig herum. Durch sie fehlt es mir nirgends an Gesprächsstoff und genau, wie ich vermutet hatte, kommt als Erste von vielen, Katja schon kurz darauf und nimmt Molly zum Spielen mit nach draußen.

Meinen Chef habe ich noch gar nicht gesehen und Elvira hat sich mit einer Kollegin aus dem Personalrat in eine Ecke verzogen.

Als ich gerade zur Theke gehen will, um ein Glas Sekt zu organisieren, klopft mir jemand auf die Schulter, und als ich mich umdrehe, steht Klaus vor mir.

Er grinst mich freundlich an und ich zwinge mich, nicht auf die kleinen Lachfältchen zu achten, die sich rund um seine Augen bilden.

»Karin«, sagt er »schön, dass du kommen konntest. Und du hast Molly mitgebracht. Finde ich gut. So muss sie nicht alleine bleiben. Willst du etwas trinken?«

»Ein Sekt wäre schön«, antworte ich.

Klaus geht zur Theke und kommt kurz darauf mit zwei Gläsern zurück.

»Auf eine gute Zusammenarbeit«, sagt er feierlich und stößt mit mir an.

Dann entschuldigt er sich und ist wieder im Gedränge verschwunden. Da muss ich mir wohl wirklich keine Sorgen machen. Wenn das da eben nicht professionell distanziert war, weiß ich´s auch nicht. Ich werde ihn den ganzen Abend kaum einmal zu Gesicht bekommen. Gut so.

Ich schaue mich um, entdecke gleich darauf das wirklich gut sortierte Büfett im Nebenraum und suche mir einen Platz zum Essen.

Komisch, dass seine Frau nicht zu entdecken ist, findet Babette.

»Ist mir doch egal«, nuschle ich mit vollem Mund.

Zwischendurch schaue ich nach Molly, die ständig von jemand anderem gestreichelt oder herumgeführt wird. Immer wieder setzt sich jemand zu mir und will ihre Geschichte hören und ich erzähle sie bereitwillig. Natürlich macht das viele Reden durstig. Ich bin vor nicht unerheblicher Zeit zu einer leckeren Bowle umgeschwenkt und merke langsam aber sicher, dass der Alkohol seine Wirkung verbreitet. Alle sind gut gelaunt, die Musik ist klasse und die Bowle ist exzellent. Was will man mehr?

Plötzlich steht Elvira vor mir und sagt:

»Ich möchte jetzt nach Hause fahren. Es ist schon spät und ich bin müde.«

Überrascht schaue ich mich um. Die Reihen haben sich deutlich gelichtet. Viele sind anscheinend bereits nach Hause gefahren und es ist wirklich schon spät, wie mein Blick auf die Uhr bestätigt.

Aber eigentlich habe ich noch überhaupt keine Lust aufzubrechen. Ich bin guter Laune, der Abend ist mild und draußen haben zwei Kollegen gerade ein Lagerfeuer angefacht.

»Sei mir nicht böse, Elvira, aber ich möchte noch etwas bleiben. Ich bestelle mir ein Taxi, oder vielleicht nimmt mich Werner nachher mit. Er muss in die gleiche Richtung. Ist das ok für dich?«

Elvira winkt ab:

»Klar, kein Problem. Mach nur keine Dummheiten«, lacht sie und wendet sich zum Gehen.

An der Tür trifft sie auf unseren Chef, der sie freundlich verabschiedet und sie offensichtlich zu ihrem Wagen begleitet, denn sie verschwinden beide aus meinem Sichtfeld.

Die gute Elvira. Ich mag sie wirklich gut leiden.

Ich ziehe meine Jacke über und gehe nach draußen. Molly liegt in der Nähe des Feuers und döst. Ich streichle sie kurz und setze mich zu Werner Otten, Mathematik- und Physiklehrer. Er hat einen langen Ast in der Hand und stochert damit im Feuer herum.

»Einen tollen Hund hast du dir da ausgesucht«, meint er anerkennend mit Blick auf Molly und ich bedanke mich.

Als ich ihn frage, wann er nach Hause fährt, meint er, er sei eigentlich schon weg. Das ist mir auch zu früh. Dann nehme ich mir halt ein Taxi.

Tatsächlich verabschiedet sich Werner kurz darauf und ich hole mir noch ein Glas Bowle. Als ich zurück ans Feuer komme, sitzt auf Werners Platz Klaus van der Kauten und schaut mir lächelnd entgegen.

»Na, gefällt dir der Abend?«, fragt er freundlich.

»Mir gefällt es sogar so gut, dass ich meine Mitfahrgelegenheit habe sausen lassen und mir nachher ein Taxi bestellen werde«, antworte ich wahrheitsgemäß.

Klaus lacht und streckt die langen Beine aus.

»Es war schön, euch heute alle hier zu haben. So lernt man sich einfach ungezwungener kennen, als in der Schule.«

Ich will gerade antworten, als die nächsten beiden Kolleginnen sich verabschieden und Klaus sie zum Wagen begleitet.

Mein Glas ist schon wieder leer und ich hole Nachschub. Mittlerweile sind nur noch zwei Kollegen, Klaus und ich übrig geblieben und meine Putzgene drängen mich, ein wenig aufzuräumen. Also sammle ich stehen gebliebene Flaschen ein und werfe benutzte Pappteller in den Müll, als plötzlich Klaus vor mir steht und mit strenger Miene den Kopf schüttelt.

»Verehrte Kollegin. Sie sind nicht zum Aufräumen hier.«

»Ach, mach bitte nicht so einen Wind«, wehre ich ab. »Zusammen sind wir flott fertig, und bis das Taxi kommt, muss ich mich ja irgendwie beschäftigen«.

»Also gut«, lacht Klaus »Aber nur unter der Bedingung, dass ich dich nach Hause fahren darf und wir vorher noch ein Glas zusammen trinken.«

Ich willige professionell distanziert ein und wir fangen damit an, die Reste des Büfetts in die bereitgestellten Behälter zu sortieren. Die beiden Kollegen verabschieden sich, nachdem die gröbste Arbeit getan ist. Danach sammeln Klaus und ich noch den restlichen Müll ein und wischen die Tische ab.

»Sieht ja schon wieder richtig gut aus«, bemerke ich und schaue mich um.

»Ja, vielen Dank für deine Hilfe«, bedankt sich Klaus und fährt fort.

»So, jetzt setzen wir uns aber noch einen Moment ans Feuer, ja?«

Ich nicke und er holt für uns beide ein Glas Bowle. Nachdem wir uns gesetzt haben, weiß ich zuerst nicht, was ich sagen soll. Aber die Stille ist nicht wirklich unangenehm.

Ist das jetzt der richtige Zeitpunkt für meine Beichte?

Wir schauen beide in die Glut und hängen unseren Gedanken nach. Ich trinke meine Bowle, doch Klaus nippt nur daran und stellt das Glas zur Seite. Dann sagt er unvermittelt:

»Sybille und ich sind zwar noch verheiratet, aber wir leben schon seit über einem Jahr nicht mehr zusammen. Sie will mit ihrem neuen Freund bauen, nicht mit mir, falls du das gedacht hast.«

Warum erzählt er mir das, denke ich und plötzlich puckert mein Herz wie verrückt.

»Das geht mich doch eigentlich nichts an, meinst du nicht?«, sage ich schwach, doch er schüttelt den Kopf und antwortet:

»Es ist mir aber wichtig, dass du es weißt, verstehst du?«

Ach du meine Güte, ruft Babette. *Er mag dich. Er findet dich gut. Er will was von dir.*

Jetzt tu doch was!

Und was mache ich? Statt ihm um den Hals zu fallen, hole ich tief Luft und sage:

»Ok. Ich muss dir auch etwas sagen.«

Klaus sieht mich interessiert und fragend an.

»Also, es ist so …«, stottere ich.

»Ich war das mit der Anzeige.«

Jetzt ist es heraus.

Klaus macht große Augen.

Er hatte keine Ahnung, bemerke ich entsetzt.

Sein Blick wird kühl und ich beeile mich, ihm alles zu erklären.

»Es war der Vollbart, verstehst du? Ohne diesen blöden Bart, hätte ich dich doch nie verdächtigt.«

»Du hast mir also die ganze Zeit über nur nachspioniert?«, fragt er.

Als ich nicke, steht er auf und sagt:

»Und das war alles?«

»Ja, äh … Ich meine, das reicht doch wohl, oder nicht?«

Klaus Blick wird abweisend.

»Naja, das ist ja jetzt wohl nicht mehr wichtig. Wir sollten besser fahren.«

Verwirrt stehe ich auf und hole Molly.

Klaus macht alle Lichter aus, sperrt ab und dann gehen wir zum Auto. Auf der ganzen Rückfahrt sagt er kein Wort und ich traue mich nicht mehr, als ihm die Strecke zu meinem Haus zu erklären.

Dann sind wir da, und nachdem ich Molly aus dem Kofferraum gelassen habe, sage ich schnell:

»Es tut mir alles so leid. Ich wollte dir doch nicht schaden. Ich …«

Klaus verzieht keine Miene.

»Lass es gut sein! Gute Nacht, Karin«, sagt er und fährt einfach davon.

Ich stehe auf dem Bürgersteig und starre ihm hinterher. Wie in Trance schließe ich die Tür auf und fühle mich mit einem Mal total nüchtern und total beschissen. Was hat mich denn da wieder geritten? Das war ganz bestimmt nicht der richtige Zeitpunkt für mein Geständnis.

Ich bin ja so dämlich!

Erschöpft lasse ich mich auf einen Stuhl sinken und kann nicht fassen, was da gerade passiert ist. Er hat mit mir geflirtet, oder besser gesagt, er wollte mir zeigen, dass ihm etwas an mir liegt und statt ihn zu küssen, was mache ich?

Oh, Gott!

Plötzlich ist mir schlecht.

Warum passieren immer nur mir solche Sachen? Er gefällt mir doch auch, und wie er mir gefällt. Bart hin, Chef her. Und jetzt kann ich ihm nie wieder unter die Augen treten. Wie soll das nur gehen? Übermorgen fängt schließlich die Schule an. Da muss ich ihm unter die Augen treten, ob ich nun will, oder nicht. Doch bis dahin ist dieser Abend noch lange nicht verjährt.

Ich glaube, ich muss sterben.

Ich könnte mich krankschreiben lassen. So, zwei bis drei Jahre. Bis dahin hat er diesen peinlichen Moment sicher vergessen.

Ich bin eine Idiotin!

Schwer lasse ich meinen Kopf auf die Tischplatte knallen, aber es wird nicht besser. Molly legt ihren Kopf auf mein Bein. Sie will mich trösten, doch mich kann nichts mehr trösten und ich weine über meine Blödheit, über meine schnelle dumme Klappe, über verpasste Chancen und überhaupt, weil das Leben so ungerecht ist.

Dann schleppe ich mich ins Bett, leide und weine dort auch noch eine Zeit lang, bis ich endlich einschlafe.

Als ich am späten Vormittag wach werde, schlägt das Grauen gleich wieder über mir zusammen.

Wie konnte ich nur?

Vielleicht sollte ich Klaus anrufen und mich noch einmal bei ihm entschuldigen? Doch allein bei dem Gedanken knüllt sich mein Magen zusammen. Also quäle ich mich aus dem Bett und schlurfe ins Bad. Beim Blick in den Spiegel entfährt mir ein Schrei des Entsetzens. Die Heulerei hat meinem Teint nicht gut getan. Meine Augen sind geschwollen und ich sehe aus wie ein Boxer nach der fünften Runde.

Entsetzlich!

Ich werfe mir kaltes Wasser ins Gesicht und gehe nach unten. Jetzt helfen nur kalte Kompressen und Zeit. Ich lasse Molly raus und hole mir zwei Kühlakkus aus der Truhe. Diese verpacke ich in zwei Küchentücher, lege mich aufs Sofa und die Kühlkissen auf meine Augen.

So verharre ich ungefähr eine halbe Stunde und martere mich mit Selbstvorwürfen. Dann wiederhole ich die Prozedur.

Gegen Mittag ist die Schwellung so weit zurückgegangen, dass ich fast wieder normal aussehe. Ich ziehe mich an und fahre mit Molly raus aus der Stadt. Ich will niemanden sehen, geschweige denn mit jemandem sprechen.

Das Wetter ist nicht besonders. Es ist bewölkt und diesig, aber das passt zu meiner Stimmung. So schleppe ich mich über Felder und Wiesen und fühle mich elend. Molly hingegen ist begeistert von der neuen Umgebung, schnüffelt überall herum und buddelt nach Mäusen.

Wieder überkommt mich der Gedanke, wie es denn am Montagmorgen werden soll und ich weiß mir einfach keinen Rat. Ich werde wohl doch das Versetzungsschreiben abgeben.

Ach, es ist alles aus!

Ich bin schon eine ganze Zeit lang unterwegs, als es plötzlich zu tröpfeln anfängt. Daher kehre ich lieber um. Doch was klein anfängt, kann groß enden und schon nach ein paar Minuten macht es herunter, als sei das Ende der Welt nicht mehr fern. Dafür aber mein Auto.

Ich habe mindestens noch eine halbe Stunde Weg bis dorthin. Aber durchnässt bin ich ja sowieso schon und so stapfe ich verbissen weiter. Als ich endlich bei meinem Wagen ankomme, bin ich so nass wie noch nie. Das Wasser läuft in Sturzbächen an mir herunter und auch Molly ist völlig durchnässt. Bis ich zu Hause bin, wird es unten aus dem Fahrersitz tropfen und dann werde ich todkrank und kann am Montag nicht in die Schule gehen.

Das ist die Lösung! Genau! Vielleicht sollte ich noch das Fenster aufmachen; überlege ich. So eine Lungenentzündung ist eine langwierige Sache. Doch dann wird mir klar, wie lächerlich meine Gedanken sind und dass ich diese Situation, wie schon so viele andere durchstehen muss. Schließlich habe ich sie mir selbst eingebrockt.

Aber, aber, Frau Berger, höre ich plötzlich Frau Schmökel-Neumanns beruhigende Stimme. Sie schaffen das. Was ist denn schon so schlimm?

Niemand ist tot, oder schwer verletzt. Sie haben Mist gebaut. Na, und?

Wir sind halt nur Menschen. Sie wollten ehrlich sein. Das ist doch eigentlich gut.

Stimmt, denke ich. Aber, warum suche ich mir immer den falschen Zeitpunkt aus?

Sofort kommen mir wieder die Tränen.

Jetzt hör auf, dich so zu bemitleiden, herrscht mich Babette an.

Du gehst am Montag zur Schule und gut ist. Er ist schließlich dein Chef und muss sich dir gegenüber ordentlich verhalten. Bestimmt habt ihr den peinlichen Abend bald vergessen.

»Aber ich will lieber noch eine zweite Chance«, maule ich und lasse endlich den Gedanken zu. Ich habe mich total in ihn verliebt. Und ich habe fürchterliche Angst, dass ich es mir mit ihm völlig verdorben habe. Dabei würde ich es so gerne mit ihm versuchen. Sogar mit Bart.

Wenn du das wirklich willst, dann ruf ihn an!,

Ja! Wenn ich wieder trocken bin, rufe ich ihn an und entschuldige mich noch einmal bei ihm. Er muss doch verstehen, dass ich nur ehrlich sein wollte. Gleich geht es mir etwas besser und ich gebe Gas.

Zuhause schäle ich mich aus den klebrig nassen Klamotten und ziehe meinen Bademantel über. Erst einmal muss ich Molly trocken rubbeln und dann wird geduscht. Als ich gerade mit ihr fertig bin, klingelt das Telefon und ich sprinte hin.

Es ist Frank. Den hatte ich glatt vergessen. Doch ich habe Glück.

»Hallo Karin. Hör mal, können wir den Termin heute verschieben?«

»Ja, das wäre mir sehr recht«, gebe ich zu.

»Ruf mich doch einfach nächste Woche an und wir machen einen neuen, ja?«, schlage ich vor und er willigt ein und legt auf.

Dann fällt mir ein, dass Petra ja gestern Abend bei ihm war. Ob das etwas mit der Terminverschiebung zu tun hat, frage ich mich, als es an der Tür klingelt. Molly rennt hysterisch kläffend hin.

Ich binde den Bademantel etwas enger, öffne und starre auf einen Blumenstrauß. Diesen Strauß kenne ich.

Molly sagt keinen Pieps mehr, sondern wedelt erfreut mit dem Schwanz. Sie scheint meinen Verehrer schon zu kennen. Mein Blick wandert nach oben und ich sehe in ein, mir auf den ersten Blick unbekanntes, aber gut aussehendes Männergesicht.

Aber diese Augen …Die kenne ich.

»Hallo Karin«, sagt Klaus. »Ist es für dich besser so?«

Er hat sich rasiert und ich stehe da mit nassen Haaren, halb nackt und habe einen riesigen Kloß im Hals.

»Es tut mir so leid«, stammle ich und muss schlucken.

Klaus grinst mich an.

»Mir tut es auch leid«, sagt er.

»Ich war im ersten Moment einfach nur sauer, weil du mir nicht schon früher von der Anzeige erzählt hast und ich die ganze Zeit über geglaubt habe, ich würde dir gefallen.«

»Aber, das stimmt doch auch«, versuche ich zu erklären, doch Klaus winkt ab.

»Mein Ego war total angeknackst, als du gestern meintest, du hättest mir nur nachspioniert. Das kannst du mir glauben.«

Ich nicke bekümmert und er fährt fort.

»Dann habe ich nachgedacht und mir wurde klar, dass ich mich wohl nicht viel besser verhalten habe. Schließlich hätte ich dir auch schon früher von Sybille und mir erzählen können.«

Nun nicke ich wie wild.

»Genau. Schließlich habe ich die ganze Zeit über geglaubt, dass du mit Sybille zusammen bist.«

»Gibt es sonst noch etwas, was wir unbedingt sofort voneinander wissen müssten?«, fragt Klaus.

Als ich den Kopf schüttle, grinst er und meint:

»Ab jetzt also keine dunklen Geheimnisse mehr. Versprochen?«

Ich strahle ihn an:

»Versprochen.«

Lächelnd beugt er sich zu mir hinunter und küsst mich zärtlich auf den Mund. Mein Herz klopft wie verrückt und meine Knie fühlen sich an wie Wackelpudding.

Dieser Einbruch war doch eigentlich eine feine Sache, flüstert Babette.

Und ich erwidere diesen wunderbaren Kuss und denke:

Stimmt!